平原烈火

典藏版

徐光耀 著

人民文学出版社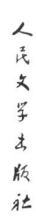

图书在版编目（CIP）数据

平原烈火：典藏版／徐光耀著．—北京：人民文学出版社，2021
ISBN 978-7-02-016463-9

Ⅰ.①平… Ⅱ.①徐… Ⅲ.①长篇小说—中国—当代 Ⅳ.①I247.5

中国版本图书馆CIP数据核字（2021）第229174号

责任编辑　薛子俊
装帧设计　刘　远
责任印制　王重艺

出版发行　人民文学出版社
社　　址　北京市朝内大街166号
邮政编码　100705

印　　刷　北京盛通印刷股份有限公司
经　　销　全国新华书店等

字　　数　173千字
开　　本　850毫米×1168毫米　1/32
印　　张　9.625　插页5
印　　数　1—3000
版　　次　1951年5月北京第1版
印　　次　2021年12月第1次印刷

书　　号　978-7-02-016463-9
定　　价　65.00元

如有印装质量问题，请与本社图书销售中心调换。电话:010-65233595

● 这是徐光耀最喜欢的一张照片，他常把这张照片摆在书房的书柜上。一九四八年十二月，随杨成武兵团进军张家口途中，摄于察北怀安。徐光耀这套军装让他十分自豪。不久，徐光耀穿着它参加了对北平的大包围，也穿着这套军装平生第一次进入了未来新中国的首都。

◉《平原烈火》出版后,许多大学、中学邀请徐光耀去作报告。这张照片中的徐光耀正在北京某中学讲述《平原烈火》的创作经过,摄于一九五二年。

● 结婚那天与老师、同学在洞房合影，一九五三年二月十三日。那时流行革命婚礼，婚期选在大年三十，徐光耀的妻子申芸（左二）穿的还是志愿军军服。

● 徐光耀

● 《周铁汉》(《平原烈火》节选) 发表在一九五〇年《人民文学》第一卷第四期上，单行本由人民文学出版社于一九五三年三月出版。

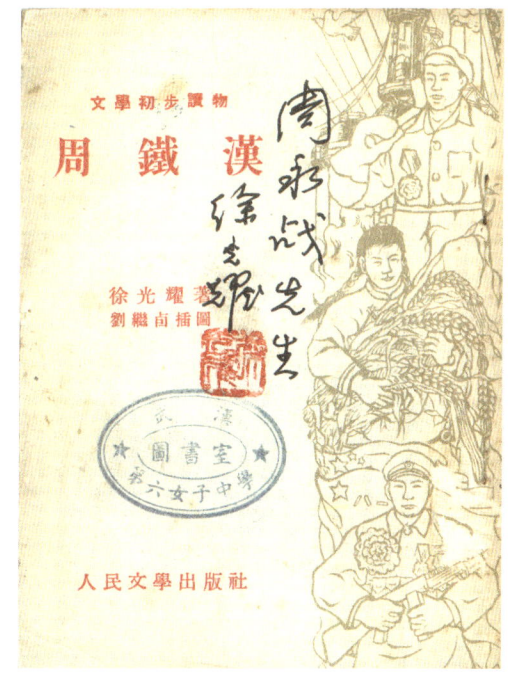

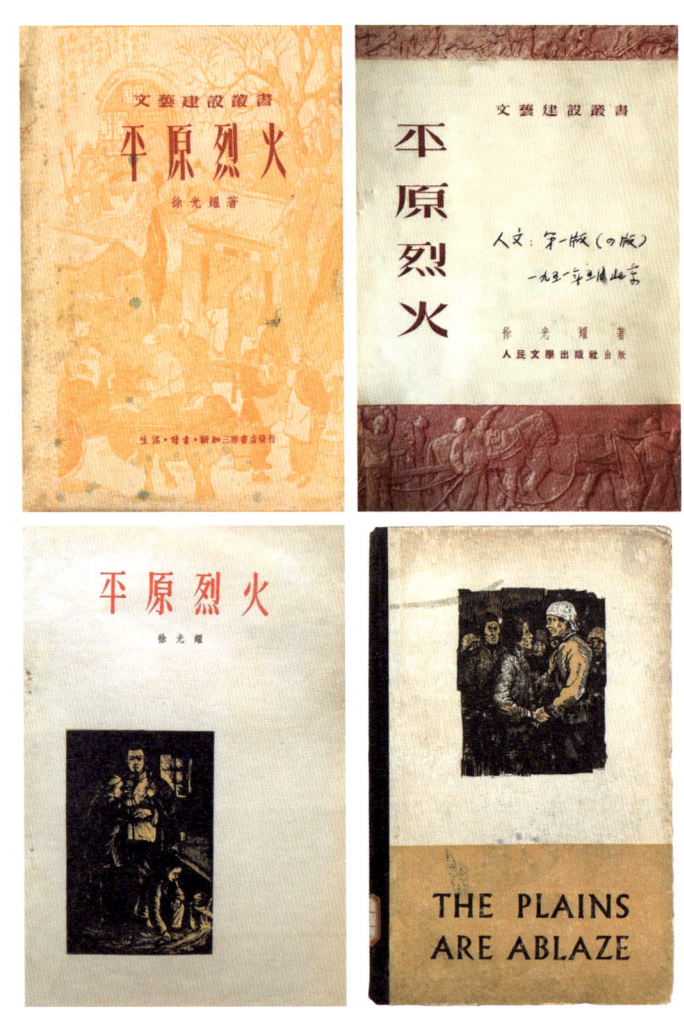

● 各种版本的《平原烈火》

目 录

平原烈火 ………………………………………… 1

附录

我怎样写《平原烈火》 ………………………… 279
文学上的一次短促突击 ………………………… 287
徐光耀:奋楫时代洪流 讴歌人民英雄 ………… 292

平原烈火

一九四二年五月,冀中抗日根据地整个儿地翻了一个过儿。

冈村宁次坐上飞机,在天上指挥着五万鬼子兵进行大"扫荡",残酷的战斗,到处是一片红火。日本鬼子的汽车把遍地黄金的麦子轧烂在地上,骑兵包围了村庄,村庄烧起来,熊熊的火苗儿把黑烟卷上天去。步兵们端着刺刀,到处追着,赶着,把抗日群众从东村追到西村,又从西村追到东村。遍地是嘎嘎嘎咕咕咕的枪响,遍地女人哭孩子叫,多少个英雄倒在血泊里,多少个战士牺牲在枪弹下,多少个地方工作人员,投河的投河,跳井的跳井,有枪的把子弹打光了,剩下最后一颗打碎了自己的头,多少个青壮年、村干部,被裹着走了,送了煤窑,载出关外,运去日本三岛!

共产党领导的八路军,有的突围了,有的冲散了,有的战至一人一枪为国壮烈殉难了。剩下的净是些便衣游击队,看来是不大顶用了。

也有个别无耻的家伙,怕死鬼,向敌人屈膝了。也有个别意志脆弱、政治上不坚定的人,逃跑了,逃到城市去,逃回家里去了。

虽然鬼子的死尸躺得遍地皆是,他们的血一点也没有少流,但是他们还是嚷着"胜利"了,嚷着"八路军被彻底肃清"了。

冀中——模范的抗日根据地变了质,它的元气大大地受了损伤。千万条汽车路连起来了,千万里封锁沟挖成了,岗楼儿就像雨后出土的青苗,不几天便钻了天,成了林!鬼子、"皇协"①遍地跑,到处发横,爱杀就杀几刀,爱打就打几枪。抗日的政权都不见了,穿军衣的八路军一个也没有了,妇救会、青抗先,还有哪个胆大敢提一提?各村都成立了"维持会",都给敌人"挂上钩"②了。看吧,满眼净是敌人的势力,白日满天都是膏药旗,黑夜遍地都是岗楼灯。有几个家伙跑到大街上叉着腰吹起风来:"八路军蛤蟆老鼠也想成什么大气候?!"老百姓都耷拉着脑袋,眉上锁起了两个大疙瘩,上三十的汉子都留起了胡子,剪了发的姑娘又蓄上了辫子。菩萨庙里的香火整天不断,算命先生的生意骤然变得兴隆——时

---

① 当时游击队和老百姓都这样叫伪军。
② 当时根据地的村庄都不支应敌人,哪村开始支应敌人,建立伪政权,就叫给敌人"挂上钩"了。

4

代好像几天之间就倒退了二十年。

是一阵什么风啊,把世界刮成了这个样子?

但是,共产党是杀不完的。只要有他一个火星,终究会烧起腾天大火来。

一

七月,日本鬼子把"扫荡"重点转到沧石路以南来了。深县、束鹿、宁晋、晋县……各地的大小据点都驻满了鬼子,六分区的根据地被铁桶似的包围起来。

在一个云雾遮天的早晨,宁晋县大队陷进了敌人的大包围圈。驻地孟各庄四外都发现了敌人,枪声首先从东边响起,随后北边南边都有子弹飞过;西边,远远可以看见一溜人影正扑着枪声迎过来。情势是明明白白:顶住打,就要被消灭,除了突围,再没有别的道可走了。

一中队长周铁汉接受了大队长的命令:趁敌人的包围圈还没有合紧,坚决冲出去!周铁汉是个二十五岁的结实小伙子,生得膀乍腰圆,红通通的方脸,虽不是太高的个儿,给人一看,却觉得十分魁梧。他把盒子枪拉开栓,压够一条子弹,用大拇指扳住机头,朝沿墙站立的战士们一抡,亚赛敲着钢板的声音说道:

"同志们!有没有骨头,是不是英雄,就看今儿个这一天了!是耻辱,是光荣,也就在这一回了!有种的跟我走哇!"

半截黑塔似的丁虎子一步站了出来:"周队长,我在头里!"他是个共产党员,一向有"打仗瘾"的。

周铁汉用枪向西北一指说:"好,走啦!——二排①跟着!"

呼呼呼一股风响,队伍一支箭似的入了村西道沟。一中队后面是大队部,担任掩护的是二中队,人员足有一百三四。可是,除了呼呼呼的声音及离得还很远的枪声以外,再听不见一点响动。经受过几十次战斗的周铁汉,一听这声音,就觉得今天的斗争,不是你死,就是我活,想偷个空子玩个花招钻出去,是万万没有可能的。

几天来的情况太紧张了,太急迫了。宁晋城,不算以前增加的,只昨天一早,就由赵县开来二十八辆汽车,车上没有一个不是鬼子兵。牙口寨的鬼子也增到六七百。在束鹿、晋县地界,情况更加严重,新据点一天安了五六个,大队的汽车和骑兵来来往往,十分频繁。周铁汉早已感到:恶战总有一天要逼到头上来的。现在,依照眼前情况看,这一天是到来了。

正是为此,周铁汉此刻的心里没有慌,事情逼得他反而下了一个狠心,他想:在这个时候,怕死就准死,把脑袋放在一边去拼,集合大家的劲一起拼!拼得越顽强越勇敢,就越没有危险!想到这里,他不由得把队伍前后看了两眼:二班在最前面,丁虎子持"大鼻子捷克式"②领头,后面一个一个紧紧跟随,大部分是二年左右的老战士,全是经过多次战斗的生龙活

---

① 一个中队只有两个排。
② 一种步枪,捷克造。因为标尺比较高,故名"大鼻子"。

7

虎。再后头的一三班和二排,也个顶个儿的结实雄壮,浑身劲气,情况虽然紧急,却看不出有一个发孬。周铁汉看到这里,信心更强了,精神更高了。有这样一群钢铁打造的战士,将近一半的共产党员,有什么冲不破的,有什么可怕的?

大队长的计划,是甩掉后面——东面和南北两面的敌人,顺道沟悄悄地插往西北,争取在西边敌人还没有发觉我们的队伍以前,从敌人的空子里钻出去。但是,一来敌人太多了,二来有五十公尺道沟没有完全挖通,西面敌人看见了在这段路上飞跑的人,立时扇子面一样散开来,左面的一股,就一直抢先向道沟截下来,企图迎头挡住去路。

周铁汉看得清楚,想要跑在敌人前头,不叫敌人截住,已经来不及了,便一面命令一排说:

"坚决冲!敌人挡就打他,一定要过去!"一面闪在道旁,等大队长赶上来。

矮个儿的大队长钱万里,一步一步稳稳地跑上来了。手里拿着一块粗布手巾,不时擦着光头上的汗珠,盒子枪仍旧插在套子里,还如平时那样四平八稳,好像不是在打仗一样。通讯员金山怀里抱着"马四环"[1]紧跟着他。

"大队长,敌人眼看把道沟卡住了,把整个队伍拿上去冲吧!"周铁汉好像掂着一抱东西,双手向敌人方向作了个猛抛的姿势,这样问着大队长。

---

[1] 七九步枪的一种,类捷克式,马步两用,有四个穿背带的环,故名。

"你的队伍呢？前头怎样了？"钱万里叉开腿,稳稳站住说。

"一排全上去了,我让他们坚决打过去。"

"很好。"

周铁汉以为得到了批准,一翻身,拔步要跑。钱万里又叫住了他：

"等等。"

钱万里把手遮在眼上,向敌人方向仔细地观望着,好半晌,把周铁汉几乎等得不耐烦了,才放下手来,轻微地摇了摇头说："不行,我们冲不过去……"

周铁汉立即接过去说："冲不过去也得冲呀！总不能停在这叫人家来消灭！"

钱万里深洞似的双眼转了个圈,用一个指头点着周铁汉的前胸说："要这个样子：你的一排继续顺道沟插下去,在那柳子行前面打个冲锋,占领那两块坟地,争取把敌人主力吸引到交通沟上。然后,大队直向西南,从敌人的空子里钻出去。"钱万里把话顿住,察看着周铁汉的颜色,见周铁汉一动不动地站在那里,就接下去说：

"这是个十分危险的任务,敌人知道上了当以后,一定要想法先消灭你们。周队长,你的任务就是：先去粘住敌人,掩护大队主力突围；然后,不要叫敌人粘住,把队伍带下来。"

周铁汉知道这副担子是有千斤重的。可是,任务来了,作为一个共产党员,有一千斤就担一千斤,有一万斤就担一万斤,没有二话可说的。周铁汉简单地应一声"是!"转身跑到前面去了。

这时,西面敌人已开了枪,子弹迎头擦过。北东南三面的敌人,随即椅子圈似的兜抄上来。二中队后尾的枪声,一阵紧似一阵,炒料豆一样,一会儿就响乱了。

从前面传来一片震耳的杀声。钱万里看见,周铁汉跃出道沟,抓紧盒子枪的手摆着旗子一样,连连向前挥着。战士们从他面前冲上去,把柳子行附近的两块坟地占领了。这一来,西面敌人的七成兵力被吸引在道沟上,他们拼命地要卡死这道口子。而在西南,却有一个空子给闪开了。钱大队长见时机已到,双手一摆,带领其余三个排,跃出道沟,一阵疾速的飞奔,从西南的口子里突过去了。

二

果然,用冲锋粘住敌人的一排,在撤退的时候,又被敌人粘住了。柳子行里的鬼子见大队主力大部钻了出去,膏药旗冲天晃了几晃,五六十个鬼子哇的一声冲上来,把一排由两个坟地压在一个坟地,机枪、炮弹,急风暴雨般直射过来。一排凭了三十支步枪,不要说招架,抬起头来的空儿也没有了。一班是被压下来一次的,半个班遭了伤亡。眼下的危险,用战士们最不祥的话说,就是:"撤不下来了!"

鬼子的第二个冲锋随时可以压下来。周铁汉在地上伏着,两道扫帚眉拧成个"一"字,闪着火眼盘算:现在撤是不行的,那样一定叫敌人把队伍追散;要撤,必须把第二次冲锋打退,煞煞敌人的气焰。于是,他告诉大家:把手榴弹全部放在手边,拧开盖,勾好线,听命令就甩。他自己,把所有三个手榴弹都放在身下,三根弦一齐叼在嘴里。说时,前面柳条子乱晃,成群的黄呢子野兽又纵身起来,一排亮闪闪的刺刀反着光,鬼子的第二个冲锋又压下来了。看看只离着三四十公尺,周铁汉就地一滚,一纵身跳起来,用嘴把线一拽,右臂一抡,冒着白烟的手榴弹流星似的飞出去。

"手榴弹,甩呀!"随着周铁汉的声音,"黑乌鸦"成群飞出,火星飞爆,浓烟腾空,一眨眼的工夫,天也遮暗了。上来的鬼子,前头的七八个先先后后仰身栽下去,后面的调屁股窜回了柳子行。趁这时,一排的战士们兜起旋风,一溜烟向南跑下去。

刚跑出七八十公尺,鬼子的机枪兜屁股狠命盖过来。一排眼前是一片开阔地,大地上只有旱得卷了叶儿的青苗,不足一尺高低,没有半点儿隐身的地方。二班长张子勤被连响的机枪打断了腿,横栽在地上。一个战士上去挽他,刚一弯腰,也翻身仰倒了。丁虎子赶上去摘了那战士的枪,挎在脖子上,伸手就拉张子勤,要往肩膀上搁。

张子勤把他的手一挡,错了错牙,镇定地说:"我不顶事了,你还是快照顾非党同志去吧!"

丁虎子道:"这可不能,谁也丢不得!"

张子勤扭个身,紧掐住鲜血浸透的大腿,咬住牙关说:"赶快走你的!我无论如何是拖不过今天了,照顾我只会白白连累你们。"

丁虎子说:"我死不了,就不能把你丢给敌人!"说罢,从身后架起张子勤的双臂,打算托起来抱着走。张子勤回头一看,见鬼子们的小钢盔一颠一颠已经追上来,再几步就赶到了。他把心一横,上身猛力一摇,挣开了丁虎子的双手,用命令的口气叫道:

"丁虎子!放了!"

丁虎子吓了一跳。张子勤随手掏出一颗手榴弹,用嘴把

盖咬下去,弦迅速套在手指上,把身旁的枪一指道:

"革命的武器,快拿去!再要动我,要看看手榴弹!"

丁虎子噙着泪把那支三八式捡起来,一边跑一边回头看。张子勤平静如水,一动不动地坐在那里,把手榴弹藏进衣服里去了。

远远瞧见,一个鬼子上去了,刺刀逼住张子勤的心口,张子勤没有动。第二个,第三个又上去了,他们想架他走,可是,就在扶住他的胳膊的时候,从他怀里猛升起一团黑烟,一顶钢盔滴溜溜飞上了半空。烟落下去的时候,那一团四个人都躺着。

周铁汉和丁虎子相对看了一眼。奇怪得很,周铁汉铁青的脸上,不知为什么笑了一下。他说:

"虎子,看见了吧?要死,就这样去死。"

三

明明是大队抓住了一个村庄——北圈里,突然轰轰隆隆,烧了鞭炮市一样,一阵枪声响成一团。又见许多战士混乱地奔出村来,慌张地往回跑着。

"中了埋伏吗?"周铁汉腿下加快脚步,急急朝领头跑下来的那人迎上去,想问问到底怎么回事。他越迎住那人跑,就越生起气来。那家伙左手拖着枪苗子在地上拉,右手只管一掀一掀摘掉身上的东西。米袋子、背包早扔光了,正往下摘手榴弹。

"你是哪儿的?混蛋!站住!"

那家伙被陡然一吓,昏昏地站住了,白蜡色的脸上,一对灰溜溜的眼睛,只管盯住周铁汉看,两腿簌簌地狠命筛着糠。许久,才嚷嚷地说:

"二中队的。"

"往哪儿跑?"

那家伙指了一下村里说:"村里净鬼子。"

"鬼子?为什么不打过去?"

"……"那家伙张着嘴,喘着,不知说什么好。

"转回去!——临阵脱逃,崩了你!"周铁汉的脸上出现了一种少有的严峻,这严峻给他的话加重了分量,似乎每一个字都几千斤重,令人不可抗拒。

那家伙莫奈何地转回身去。周铁汉问清他叫尹增禄,又问清大队在什么地方,就直跟住他的脊梁,让他带道进村。

和尹增禄一块儿的十几个战士,见这情形,早已停了脚,闪在路旁,没有主张地眨着两眼看。周铁汉把头向前一甩,让他们一齐跟了走:

"往后跑也是敌人,宁死在阵前,不死在阵后,小伙子们往前冲!"

十几个人中马上有一个小伙子站出来,把拳头一举说:"二中队的成一列走好,胆大的往前头靠!人都是肉长的,人家全不怕,为什么咱怕!"

周铁汉心里不由得叫声:"好!"肚里的气马上消了一半。他认得这个小伙子是二中队的五班副,新近才入党的,名字叫赵福来,便柔声对他说:

"福来,这十几个人由你负责,跟在我们后边,千万不要再跑丢了。"

赵福来停住脚,咔的打个立正,满精神地答道:"是!"

尹增禄带头往前走着,每走几步就反回头来偷眼看看,见周铁汉气汹汹两只虎眼瞪着他,脚下忙紧跑几步,不一会儿,却不知不觉又慢下来;再偷看看,又紧跑几步。周铁汉就一直瞪着他,走进了北圈里。

村里的枪声已经转到西南上去了。屁股后面的敌人也被甩了二里远。鬼子是不着急的,因为在他们看来,宁晋大队已是进了牢笼的小鸟,扑棱①不出去了。

就在这时候,尹增禄又把一件罪恶铸成了。大队原是在十字街附近跟敌人碰了头,把敌人打退,就向西南突去了。尹增禄害怕再走大街,他企图绕过那个战场,就迷迷瞪瞪把队伍引进了一条死胡同。当发觉房上鬼子正架着"歪把子"②等在那里的时候,一、三班已经卡在里头。敌人的机枪夹带着轰隆爆炸的手榴弹,蒙头盖顶直浇下来。许多战士还没有弄清楚子弹从哪里来的,便倒在血泊里了。五尺宽的过道,登时染满鲜血。周铁汉和几个战士连蹿带蹦,闪在一个小门楼底下,急想找到个还手的机会。

意外的挫折在战士中引起了混乱,几个人首先把愤怒的眼光射到尹增禄脸上来。尹增禄吓得贴在墙上浑身发抖,他切实感到了自己的罪恶。当时,周铁汉忽然高声叫道:

"同志们!先对付敌人要紧哪,掏手榴弹,冲啊!"

"冲啊!"有两个战士上了刺刀,跨出门去。这时,尹增禄也举着枪跟在大家后面,一面左顾右盼地张望着,一面胡乱拉着枪栓;这时,他想杀个敌人赎罪,却又怕真的碰上敌人。他的脚刚刚踏出门槛,一个战士翻身栽回来,冒着鲜血的头,恰跌在他的腿上。尹增禄像挨了一箭,两手一乍,又缩回门里,

---

① 鸟儿抖翅要飞的动作。
② 日本造的一种轻机枪。

他的脚尚未站稳,轰!一个手榴弹响在墙角,尹增禄撒手扔掉手中的枪,扑身倒下去了。

周铁汉以为尹增禄牺牲了,可是,门楼底下发出了一声刺耳的尖叫:

"不要打啦,我,我投降!……"

一个苍白的面孔,绝望地看着天上,双手作揖似的向上伸去,狗一样跪卧在门外的墙角下。

周铁汉立觉浑身一乍,像有一支箭射进了他的心,全身都要崩裂了:

"好他妈的!"

周铁汉一步跨出去,抓住尹增禄的脖领,死猫一样拖进门来,通的摔在地上:

"我叫你投降!……"周铁汉嘴唇哆嗦着,气哽在嗓子上,肺也快憋炸了。他右手一甩,盒子枪响了一声,尹增禄猛地向前一栽,仿佛一个斤斗没折成,脑袋戳到地上去了。周铁汉捧起一把土,狠狠地搓着手上的血污。

两个战士的手榴弹飞上房去,轰轰两声,"歪把子"被炸翻了,两顶钢盔滚下地来。

刚忘了尹增禄的周铁汉,喊声:"打!"一摸手榴弹没有了,一转眼,见尹增禄身上还插着。伸手去解时,尹增禄两只白眼珠无神地张着,裂开个瓢儿似的嘴,作着一副下贱求饶的死相,横躺在当道。周铁汉火又涌上来,扯下手榴弹,只一脚,把那死尸踢滚到墙根里去,好像踢除了一条碍脚的死长虫。

17

这个地方是待不下去了,只要敌人再稍稍费点劲,马上就可以把这五个人碾成肉酱。但是,从胡同里冲出去,想也不要想,那是连蝇子也难飞过的。周铁汉一面指挥着扔手榴弹,压制房上的敌人,一面溜着墙根向西搜寻。忽然,一条生路被发现了:西矮墙的"根脚"已朽得满是窟窿,只剩了薄薄的一层。他招来战士们,用膀子顶住,齐力一扛,轰隆一声,墙倒塌了,五个人飞步纵出村外。

在村西的树丛里,与一排长孙二冬碰了头。他带着二班和赵福来几个人刚从村后抢了来,人员也只剩七八个了。

在西南的漫洼里,远远看得见,整个大队仍然在边打边突着围。

四

　　七月的太阳火似的烧着。钱大队长带着七零八落的队伍,已经一口气跑了十几里。人们大汗淋漓,从头上直灌进鞋底,出气入气,嗓子里火辣辣在冒烟一样,嘴只管张着,舌头却像搅在黏膜里面,唾沫早已吐不出来。敌人呢,不光后面的在紧紧尾追,西北段村,东面侯庄,都发现了敌情,正前方四五里,秃苍苍一片黄白色的土房子上面,牙口寨据点的大岗楼,兀然耸立,挡在眼前。

　　很显然,更大的危险正一步步逼近了。钱万里是喜欢从从容容思考问题的,今天,他第一次感到自己的脑子不够使了,四面八方密密层层的敌人,使他一时抓不住空子。他忽然想:从侯庄插上来的一溜人影,也许是警备旅①吧?嗨!他们就地把敌人顶一下,哪怕二十分钟,实在太好了。那么,我们可以不紧不慢从正南突出去,一个伤亡也没有,把敌人甩得远远的。——他现在是多希望友军来支援一下啊!可是,钱万里猛然觉得,这想法必须赶快打住,越快越好,因为这是幻想。那溜人影分明是敌人,他们正在截上来,要把我们消灭,这时

---

① 冀中八路军主力之一,旅部兼第六军分区司令部。

的幻想,会把整个部队葬送了的。

战士们一边四面扭头,看着越逼越近的敌人,一边频频把两只眼向大队长望着。

钱万里明白,这些眼里正藏着两点意思,一点说:"不怕,看大队长还这样沉住气呢,咱们怕什么?"另一点却说:"四面敌人都上来了,大队长,你也该快想个办法啊!"

钱万里的心,又向下沉了一层。

远远看见,在四五里外,由西北而东南并竖着一排电线杆子,恰像隔开世界的高大篱笆。人人都晓得:电线杆子脚下是一道深宽各一丈多的大沟,沟那面是牙口寨通到罗口的汽车路,每隔二三里修着一个岗楼。这条沟,过去曾是敌占区和根据地的分界线,也是敌人向前"蚕食"的边缘。——战士们望着它,心上又压了一块石头。因为,这在"扫荡"以前,就在黑夜也是最难通过的。大队长望着它,却忽然起了另外一个念头,这念头从他心里刮过一阵小风,立觉轻快得多了。他想:敌人今日的"扫荡",主要是对付根据地,只要突过这道沟,八成便突出了包围圈。牙口寨的敌人来截击的可能性很小,敌人在今天不会把大兵留在家里不动的。——钱万里相信了这个判断,便下了一道坚决的命令:

"冲过沟去!"

可是,左翼的二中队忽然大乱,纷纷朝西北跑起来,队形跑乱了,人们盲冲盲撞着;杂在混乱的人群中,有一个穿白褂蓝裤的人,被大队长一眼看到了,脸色登时沉下来。什么东西惹起来的恐慌?原来在侯庄方向正飞奔着赶来一百多鬼子骑兵,大洋马一纵一纵地蹚起漫天尘土,鞍上的铜镫也一亮一亮闪着光,成三路纵队,虎里虎势扑过来。

钱万里向那里只瞥了一眼,十分冷静地指一指身旁几个战士说:

"去,把人给我拦回来。就说大队长的命令,谁再跑,枪毙他!"然后叫过金山,指着那个白褂蓝裤的人说:

"你去告诉他,说我请他来一下。"

那人正是二中队长刘一萍,喘着气跑到大队长面前来了。钱万里细一看他,心里不由得打个冷战:白褂子上不知什么时候滚满了土,当腰的衣袋也撕掉了一半,向上翻着,平常结在头上的白羊肚手巾胡乱掖在腰带上。尤其使钱万里吃惊的是:那张素来白嫩的脸,不知为什么在一天之内瘦下去那么多,红色也几乎褪完了,倒透着一层暗灰,但他安详柔和地问道:

"你们怎么回事啦?"

刘一萍站在那里,起初奇怪大队长的声音为什么这样不慌不忙,倒像平时听汇报那样,虽也是通身大汗,胸前扣子一个也没解开,浑身上下,还是那样整整齐齐。他低头看一下自己,脸忽地红上来,忸怩地说:

"他们看见骑兵来了,没有经验,乱跑起来,我正拦他们,还没拦住。"

大队长知道他最后一句是说谎,但见他红了脸,也就不想再说别的,只是语气里仍不免带些锋芒说:"现在人已经替你拦回来了,赶快去整顿一下,坚决带着过沟。骑兵怕什么?离近了用排子枪揍他马前胸!不要乱跑嘛,越乱跑就越糟。"

刘一萍红着脸转身跑去整顿队伍了。钱万里望着他的后影,加一句说:"先把自己身上的土打一打。"

周铁汉带着十几个人正赶上来,见大队长在这里,指着前面一座砖窑道:

"就把队伍带到那里干了吧,跑也是死,还不如拼死痛快!"

钱万里好像没有听见他的话,对他说:

"你来了好,赶快带着你的二排,坚决冲过沟去!"

五

战士们在火热的太阳下跟骑兵赛跑。

骑兵分成两股,一左一右在大队的两边镶着,向前抄下去。当他们快接近大窑的时候,战士们一个冲锋抢上了窑顶,两个排子枪过去,把马撂倒了三四匹。骑兵们拨转头向更前方抄下去了。

咚——咣!一连三发炮弹在人群前后炸响了。接连又来了三发,有两颗在空中开了花,随着咣的一炸,好像急雨的袭来,刷的一声,炮弹皮子从天上盖下来,恰似湖面上落下冰雹,地上每隔一公尺左右便有一个土泡溅起来。敌人好像看透了钱万里的心思,追击加紧了,一声不断一声的冷枪,也从背后噗噗追来。又有几个战士躺倒了,另有三四个被架着走。

战士的脚下都加快了,一来要超过前面的骑兵,二来要摆脱敌人的炮弹。但是,炮弹仍然三发三发地飞来,人们总有倒下去的。

丁虎子持着一支枪,背上还挎着三支,跑两步,走两步,张着嘴哈哈地喘,满脸涨得血红,青筋暴起一道一道的堤岗,汗好像泉水一样眼看着往外冒。周铁汉上去接了他的一支枪,嘱咐他不要掉队。

十七岁的小战士张小三,越来越跑不动了,鞋子太大,里头陷满了土,坠得他脚也抬不起来,虽然拼着全副力气拔着腿,仍然渐渐落在后面了。他回头看看,鬼子的圆钢盔正紧跟着;前面看看,两股骑兵铁钳一样抄下去。他的脸一刻比一刻苍白起来。周铁汉等了他几步,摘下了他的枪。可是,他仍然跟不上,肚子一抽一鼓地狠命喘着气,他实在再跑不快了,就要被落远了,泪不由得噙在眼里转。这时的周铁汉,已有两支枪压在身上,因为照前顾后,到处指挥,跑的路更比别人多些,也累得一口不接一口,呼呼喘个不停。但是,当他再回过头去,见张小三一摇一晃,像三岁小孩迈台阶那样吃劲地拔着腿,他心疼起来了,他从心眼里感到:战士们都是自己的亲生孩子,而张小三,更像这大群孩子中最小的一个。于是,他又停住了脚。等张小三赶上来,便弓下腰去,亲切温柔地问道:

"怎么样啊?"

张小三抬起眼来,乞求似的眨了眨,喘得说不上话来,只无力地把肩上米袋往下揪了一下。周铁汉明白了他的意思,伸手给他摘下来,放在自己肩上,又把他两颗手榴弹解下来缠在自己腰里。张小三松口气,把裤子提了提,便又迈开腿向前跑下去了。

也恰在这个时候,钱万里看见一件非常怕人的事发生了:二中队二排的大部分人散散乱乱地向东南方跑起来,那里似乎是个空子。

"可是,难道逃得过骑兵吗?"马上一个悲惨的念头涌上了钱万里的脑子:"完了,这部分是完了!"

只在这时候,钱万里才忽然发觉,已经有不短时间,二中队长刘一萍一直跟在自己身后,一步不离;而二中队的十几个战士也围在自己身边磨来蹭去。当他把严厉的目光再次落到刘一萍脸上的时候,刘一萍正在不知所措地望着那群离队跑散的战士,两只眼茫无主张又怯生生地躲闪着大队长的视线。

钱万里走上去迎头问道:"刘一萍,你的二排这是上哪儿去了?"

刘一萍吞吞吐吐地说:"谁知道哩?"

钱万里再问:"二排长呢?"

刘一萍又吞吞吐吐地说:"他带着队伍的啊!"

旁边一个战士说:"二排长不是炸死了吗?"

刘一萍赶紧改了嘴,用手向天上指了一下说:"是叫炮弹炸死了。"

钱万里再也压不住心上的火,陡然尖叫了一声道:"你不掌握部队,总围住我干什么?"

刘一萍低了头,支支吾吾地说:"战士们离你远了净乱跑,我这也是掌握部队啊。"

大队长一口气梗在心上,盯住刘一萍愣了好一阵,他明白了:刘一萍已经发了蒙,吹他,骂他,已经没有用了。但是,能轻轻放过他吗? 不行! 便给他下了一道命令:

"一排交给我,你赶快去追二排,给我把人追回来!"

刘一萍执行命令是很好的。他明白这个命令没法执行,也明白大队长是生了气,不一定非把人追回来不可的。可是,他仍然扭转身一直朝东南跑下去了。他也并没有白跑,终究大声喊着追回来两个战士。

六

离大沟半里远的地方,有两块长满柏树的坟地。敌人的骑兵,左一股直追向东南逃着的战士,右一股把两座坟地占领了。一中队二排在头前的七八个战士,冲了上去,马上被敌人的火力压倒了。

两块坟地成了拦路虎,部队被它挡住了。战士大部分都伏在地上,有的一枪两枪地还击敌人,有的等待下一次命令,有的干脆把枪抱在怀里,仰面朝天地躺着休息。张小三一面伏在地上喘气,一面偷眼向东南望着。

在那里,鬼子的骑兵正发挥着高度的威力,骑兵追击零散溃逃的人,永远是最拿手的。那十几个战士还在抵抗,看得见他们常常转回身来,托起枪向敌人射击,不过,人数是一会儿比一会儿减少着。骑兵虽也在不断地落下马去,气势却还是那么凶猛。

兜屁股追着的鬼子,很快就上来了,叭勾叭勾的子弹,声声在耳边爆炸。因为敌人都离近了,炮弹已没有先前来得多,半天才飞来一颗。

钱万里忽然向身旁几个战士问道:"你们说,怎么冲出这个圈子去呢?"

一个战士好像重复刚才的命令,也好像就是这样认为:"坚决冲过沟去!"

另一个战士说:"先要把骑兵冲跑!"

又几个应和说:"对!先得把骑兵冲跑!"

钱万里心里踏实下来,他认为这个测验结果很不错,自己肚里的决定,正和战士们的心思相投合。只在这时,他才第一次把盒子枪从枪套里掏出来,扳开机头,一块红绸子飘在柄上。他跑到人群中间,把枪抡着从空中劈了一下,大声叫道:

"同志们!"他再前后左右看了看,见战士们都仰起脖子,把眼光集中过来,就接着说:"要想胜利突围,就要把骑兵从坟地冲跑!不然就要被消灭!敌人是五六十个,我们也是五六十个,大家把骨头里的劲全使出来,用急劲去跟他拼,就保险可以胜利。同志们!为国家争光,为爹娘争光,为自己争光,坚决冲啊!共产党员们站起来冲上去啊!大家一齐冲上去啊,伙夫通讯员统统冲上去啊!"

他的声音又尖又细,却格外坚硬有劲,像一根根钢条,像一根根针,虽不洪亮,却每人都听得清楚。

周铁汉第一个站起来了。他从来打仗是闷着头,咬着牙,一句不哼的,今天却放大了喉咙,打雷似的喊出了第一声:

"杀——!"

接着站起来的是孙二冬、丁虎子、赵福来,先是共产党员们,随后广大战士们,都站起来了,遍地爆发了一阵震撼天地的杀声。挺着刺刀的、瞄着步枪的、挥着盒子炮的、提着手榴弹的,一齐冲上去了。伤员们能站起来的,也冲上去了。钱万里看见,刘一萍提着盒子炮,嘴里喊着:"杀!"也冲上去了——什么敌人能够挡得住!

坟地里的骑兵疯狂射击着,但是,战士们还是上去了。前头的倒下来,后头的紧接上,没有弯腰的,没有回头的。五十公尺了,轰轰轰!手榴弹在坟地里炸起一片浓烟,把坟堆遮住了,把树木遮住了,针似的叶子飞上天去又落下地来。

敌人溃退了,坟地占领了,坟地里的鬼子死尸压着死尸。

"不要停,前进,前进!"周铁汉领着人们直取大沟。

噢嗬!过沟了啊!战士们都拥过去,虽然背后追来的鬼子兵,机枪步枪加紧射起来,漫天漫地都乱窜着子弹,战士们也全不去管了。冲啊!过沟啊!

大沟沿上本来有几个岗楼上下来的"皇协",也丁丁当当顶头打了几枪,经了大波浪的战士们,看也不看他,一直拥过去了。大沟上没桥,没有道口,两岸全是墙一样削立着。怎么过哟?却见周铁汉扑通跳了下去,扑通扑通战士们都跳了下去。伪军见来势太凶,忙钻回了岗楼。大家在沟里乱爬了一阵,可是都滑下来,削壁上连根草都没有长。

有了办法了。一个战士靠削壁立住,两手交叉着攥紧放在小肚子上,说声:"来!"

丁虎子把他的头一搂,第一步登在他手上,第二步登住他的肩膀,另几个战士把枪托子朝上顶在墙上,丁虎子登住枪托,身子一纵,跳上沟去。他叫了一声,忙把一支枪伸下来,底下人们又登在那战士的肩膀上,拽住丁虎子的枪苗子,丁虎子一就劲,把他拉了上去。人梯一个一个都搭起来了,在越飞越密的子弹群里,大队过了沟了。

逃过了岗楼上的有效射程,太阳也压在树梢上了,稀落的队伍慢慢地走着,骑兵一下子过不了大沟,部队从危险里逃了出来。

这时候,人们才感到两条腿除了酸痛之外,还有些粗肿。

七

队伍停在蒋家里。摸着黑,草草号下几家房子,战士们有的睡了,有的搞饭吃。

一晚之间,钱万里匆匆忙忙办完了两件事:第一件,把人数查点了一下,一总剩了三十七个,除去自己和金山,再除了七个伤号,把其余的编了两个小队,每小队只十四个人了。第一小队长周铁汉,第二小队长刘一萍,副小队长孙二冬。第二件,把七个伤员组织了一下,由伤了胳膊的二中队一排长李茂林带着,把几个重伤的动员老乡抬着,送到小刘村去。那里过去是沟里的基点村,党的基础很强。钱万里给支部书记小海写了封信,让他把这几个伤号分散隐蔽起来,好好疗养。

第三件,因为发生了争执,总算没办了:大队上除了每人扛的,还多余五棵枪。五棵里头有两棵坏的,一棵打断了撞针,一棵摧掉了扒子钩。钱万里开初主张把两棵坏的坚壁,别的都背着。周铁汉却坚决反对,拧着脾气坚持"存就都存,坚壁就都坚壁"。

钱万里不懂他的意思,说:"坏的背着干吗使呀?还不如掏火棍顺手呢。"

周铁汉立了一下眼睛,抗议道:"怎么?不如掏火棍?枪也跟人一样,虽说打坏了,可是还有它一份功劳,应比那些窝囊一辈子的枪,吃香得多!"

钱万里不知他为什么闹意气,觉得一时不好说服;又一想,破枪修一下,也还可以使,便说:"好,都背就都背吧。"

周铁汉抄起那两棵坏的,又背起一棵"水连珠"①走了,把一棵"马四环"和一棵"老僧帽"②套筒,留给二小队了。钱万里以为他又在吃亏让人,也没有拦。其实,周铁汉这会正有三分气窝着,那棵老僧帽套筒是棵好枪,能一气顶八九十粒子弹不出故障。可是,周铁汉恨上了它,一眼也不愿再看见它,因为那是从尹增禄身上摘来的。他一见这棵枪,心里就堵得慌,就想冒起火来。他觉得,自今天战斗之后,那枪便被不知什么雕上了擦不掉的字:"耻辱!耻辱!没有尽到责任的枪!"他硬要坚持把枪一起坚壁,也就是不愿再看见它。现在,他没有充足理由驳倒钱大队长,虽说留给二小队了,心上仍然是一块腻歪。

钱万里靠着墙坐在炕上,两只手搂住膝盖,琢磨起另外一件事。他不明白刘一萍为什么在今天变了许多,又变得这样快。刘一萍在"扫荡"以前,在根据地里训练队伍的时候,是很积极的,中队长的工作也最活跃,值星的时候,口令喊得又响亮又圆润,连战士也提精神。上过高小,文化水平使他在和

---

① 俄国造毛瑟枪。
② 步枪,德国造。

平环境下的一切都是有条有理的,打个工作报告,会上发表意见,总是大队里呱呱叫的好手,就是在几次小的伏击中,和警备旅配合拿据点时,作战指挥上,也都将就得来。他入党甚至比周铁汉还早几个月。可是,唯独就经不住今天的考验,这是由于缺乏作战经验呢,还是由于他的阶级出身呢?但是,富农就全是这样的吗?我自己的家庭不也曾是富农吗?而周铁汉却是个地主门里走出来的,两个人相差了多少啊!钱万里一时解不开,准备把这个问题将来和副政委研究研究。

现在他的结论是:刘一萍是个二十四岁的青年,有文化,也聪明,是很好教育的。不过,他以为这还不是最要紧的,最要紧的是他总算在今天的烈火里冲过来了。"哪怕原来是块土坯,一经火炼,也要变成砖。经过大风大浪的人,再有小河沟,总该不会害怕了。"

院里自行车响,钱万里急急爬到窗眼上一望,是侦察班长罗锅子回来了,便叫道:"老杨,在这屋里。"

罗锅子叫杨福静,昨天晚上派去监视宁晋城的。小时害病把背害弯了,立不直,人们叫惯了他罗锅子。他走进门来,把头巾摘下擦擦脸,白白的脸上,两只大眼睛只顾骨碌骨碌转,看看大队长的脸色,看看屋子的四角,愣愣地只管站着。钱万里见这神色,鼻子里也酸了一下,一霎时觉得屋子里空气是这样凄凉惨淡,这样冷冷落落,寂寂无声。往日的玩笑打逗,随风飘扬的歌声,好像是几十年以前的事了。

钱万里把心安了安,拍一下炕沿叫罗锅子坐下,问他怎样找到队伍的。

罗锅子说,在小刘村遇见了伤号,便直来这里了。说完又不说了。

钱万里觉得应该安慰他,却一时找不到说什么好。

在罗锅子心里,现在却正想怎样安慰大队长,他觉得:这会儿大队长心里比任何人都更难过,比任何人都更痛苦,但也找不到说什么好。好半天,才像照护亲近的病人似的,忽然冒了一句道:"大队长,你吃饭了吗?"

钱万里点头说:"吃了。"

"这村里有个小铺,有烧饼麻糖,也有挂面。"

钱万里闷了一下,觉得还是谈正事吧,便摇摇头道:"不想再吃了,你把城里的情况谈谈吧。"

城里的情况并不太紧张,敌人的主要兵力都集中对付根据地了,大部分扎在牙口寨、罗口、百尺口一线上,城里只剩下二百多伪军和五十多鬼子骑兵。围着城的一些据点岗楼,也相当空虚。

钱万里把小队长们都叫了来。周铁汉挎着盒子枪,背着一棵大枪,腰里紧紧煞一条子弹带,一只脚蹬住炕沿,立在地下,仍然整整齐齐,结结实实,浑身都带着劲儿。刘一萍坐在挨门的炕沿上,悠着两条腿,低下头一口一口地长出气。孙二冬是四十岁左右的人了,向来不爱说话,见炕上没了地方,托住下巴,蹲在当地。钱万里把城里情况先谈了,因为去牙口寨、百尺口、罗口等地的侦察员都没有回来,对大沟上的情况,

只能根据今天战场上见的,大致估计一下。最后便提出了明天驻哪儿,怎样活动的问题。他说:

"城根底下虽然没有工作基础,究竟离敌人主力远得多,就是发现了敌情,也容易转圈子。我想了好久,公开住当然没有办法,只能隐蔽起来。可是,村里情况咱不了解,有坏人偷着报告了更糟。怎么办呢?孟村村西的大寺叫我相中了,离村有半里地,荒凉得很,整年没人去。隐蔽在里头,很不容易发觉,就是有情况,也便利观察掌握,打,走,都由咱们。你们看怎么样?"

周铁汉想了想,觉得不大对劲,可是,又想不出第二条道,只好说:"没有意见。可是,光靠藏也不行,这年头就得拼,把敌人拼住了,就是胜利;拼不住,叫敌人也轻易占不了便宜。"

刘一萍听起这话很刺耳,就说:"敌我力量绝对悬殊,隐蔽乃是最好的方针,等'扫荡'过去,警备旅一过来,再想法打仗也不算晚——就是,对骑兵可要特别留神,骑兵对付小部队简直是猫对老鼠一样……"

他还想说些什么,见几个人的眼睛一齐转向了他,沉一阵,便打住不说了。这样,宿营地问题算是确定了。

钱万里又派孙二冬去村里敛些干粮来,准备明日白天吃。另外,决定罗锅子留在这边监视牙口寨,并让他带上一封信,明日晚上顺便去小刘村联络一下,看副政委是不是在那里。

离宿营地五十里,天看看就十一点,月牙儿吊在天上,部队急忙出发了。

八

　　这大寺,不知有多少年了,顶子掀了一大块,露着半拉天,椽子乱瓦伸的伸,张的张,说不清哪一会儿会塌下来。槅扇窗早七零八落,破得栅栏子一样,门还吊吊歪歪凑合安着。院里的臭蒿子、乍蓬棵,长了半人深,四围的短墙,塌的塌,倒的倒,山门早没有了,只剩下两块残壁、一个砖台。大殿上的如来佛仍端坐着,眼只剩了一只,右胳膊断去一半。两旁的十八罗汉,少脚的,缺眼的,断臂的,倒塌的,龇牙咧嘴,格外凄凉可怕。

　　天就要明了,从窗眼里望出去,平坦的大平原,一会儿比一会儿扩展得更远,横在寺前的汽车路,一会儿比一会儿更长,远处黑糊糊一片树林包围的村庄,村庄角上一个岗楼,再远又一个,再远又一个……家雀在房檐上吱一声吱一声地叫着,此外,静得没有一息息声音,好像世界上除了几个家雀,从来没有过活物一样。

　　周铁汉正值班,他把蹲在山门后面的岗哨收进大殿,把门关好,在窗下垫上两块砖,自己登上去,从窗眼往外看了看,又在窗台上八字儿摆了两块砖,中间留一条二指宽的缝,就让岗哨把脑袋背在砖后,从缝儿里监视着殿前的汽车路和宁晋城的方向。然后他就围着如来佛转起来。

战士们横七竖八地睡在地上,周铁汉从他们身上一个一个地迈过去,留神地察看着他们的脸。每迈一个,那战士就睁开眼来向他望望,然后又合上,跟睡熟了一样。他这样走了一圈,原来整个大队没有一个人睡着,却也没有一个人动一下,哼一声。最后他转到一个昏黑的角落里,忽觉脚下一软,碰着一件东西,细一看,原来是刘一萍躺在那里,头用一块手巾紧紧裹着,抱在双臂里,一动不动。周铁汉望了一阵,不由深深地叹了一口气。

日头爬上地面来了,望一下,红艳艳的刺眼,像张着大血口的怪物似的,照得汽车道更明了,照得岗楼更高了,岗楼顶上的膏药旗一飘一摆,向人们抖着威风。唉,真是多么可怕的白天。

估计庄户主已吃过早饭,一个早晨平平安安地过去了。周铁汉心情刚刚放松了一点,窗前的哨兵忽然尽力压低嗓子,惊慌失措地说:"队长,队长!来了来了来了!哎呀,来了!"

大殿里呼隆一声,人们一齐站起来,几个战士的枪拉开了,上着子弹。

周铁汉走过去狠狠瞪那哨兵一眼:"怎么搞的,沉住气!"

那战士从砖上下来,木呆呆戳在角落里。周铁汉登上去向西南一望,果见一溜骑兵卷着漫天尘土顺汽车道跑来。他刚要发准备战斗的命令,一声清亮的泰泰然然的声音响了:

"不要慌,都准备好,且不要拉得枪乱响。"

大队长钱万里不慌不忙地替下周铁汉,朝西南凝神地看着。那溜骑兵整整齐齐排成一队,不紧不慢地向前跑着。领头那个腰插膏药旗的,傲然坐在马上。再往后看,是六七辆大车。再后,什么也没有了。钱万里断定敌人没有发觉,因为他们没有战备,带着大车,更不像来打仗的样子,就决定不动。这时窗后一排人头在扒着窗眼看,钱万里挥手都让他们坐回去,见只有周铁汉仍站在那里,便对他道:

"周队长,你也不要看了。"

周铁汉没有服,反问道:"多我一个怕什么呢?"

钱万里道:"用着冲锋了,自然叫你。这里的事,眼下不用你管。"

大殿里一片寂静,上面罗汉坐着,地下战士们蹲着,耳朵都支着,眼睛都瞪着,人们连气也不出了,凝神听着从殿前传来的一片嗒嗒嗒嗒马蹄响,众人的心随着马蹄飞跳。终于,马蹄响过去了,又一阵大车响之后,大殿又是那般死寂。

钱万里告诉人们说:"敌人进了孟村,看样子是抢麦子的,大车都空着,拉着不少麻袋。"胆子大的随着又躺下;渐渐地,差不多都躺下了。

大家刚躺下,嘎,嘎!清清脆脆两声枪,像在殿后放的一样,一颗子弹咪溜一声,就从大殿檐前飞过。人们轰的一激灵,全站起来,周铁汉嚷起来说:

"上刺刀!把手榴弹准备好!"

把身子挤在门口,就要往外冲,可是,看见大队长仍然登在砖上看,没有敢冲出去。回头看时,刘一萍一张脸纸糊的一样白,左手提着枪,发疟子般哆嗦着。还有几个战士两腿在筛糠,张小三筛得最厉害。

周铁汉向来看不惯这些,又要骂,他想骂他们:"你们这些松蛋包,都该死干净,嘎嘣一下,越快越好。"

可是他没有骂出来,他觉得,一则怕不能全怨战士,二来,骂两句又有什么用呢?我们的战士本来全是很好的人啊!

又是几声枪响,沉静了。

钱万里摆摆手,仍然让人们坐下。敌人没有奔大寺来,把一个从村里逃出来的老乡打死在地里,便又回了孟村。几个战士相对苦笑了一下,又靠墙坐下。

刘一萍愣了一会儿,脸色渐渐缓过来,对身边几个战士也苦笑了一下说:"哎呀,光激灵这一下,就得少活十年。"

有一个就应和说:"少活不少活,顶害一场大病。"

赵福来玩笑似的顶一句说:"看你们娇嫩的,也不看看人家。"把嘴朝周铁汉一努:"不都是一样的人吗?"

敌人还没有走,就在孟村翻腾起来,一会儿听见人喊,一会儿听见敲锣,在一处大高房上架着一挺"歪把子",几个鬼子来回地溜达着。村边上,除了遛马的以外,也是死寂寂的不见一个人影儿。

太阳走得真慢啊!好像过了一年了,却还挂在当头上。没有一丝风儿吹,没有一只鸟儿过,庄稼叶子卷的卷,垂的垂,毫无生气,世界就要绝灭了,太阳却还只管晒,只管晒着不走。

孟村村头上起了一把火,浓浓的黑烟突突地飞上天去。一阵马蹄响过来了,一阵大车响过来了,大车上的麻袋鼓鼓囊囊,垛得很高……都响过去了,鬼子们回了城,马尾巴上还绑着两个人,带着一块儿跑。

钱万里下了砖,看了看战士们,把头一低,沉了好久才说:

"昨天敛的干粮呢?大伙儿就在这儿吃点吧。日头还高得很,到天黑还要三四个钟头……"

九

战士们有的打开手巾包,有的从衣袋里拿出干粮啃着。干粮是各色各样的:有米面窝头,有棒子饼子,也有一个半个豆包和高粱面团子。没有菜,没有水,只就着唾沫吃。周铁汉吃的是块红窝窝,咬一口,嚼一嚼,把脖子一挺,咕嗒一声咽下去,显得十分香甜。

抽抽噎噎,不知谁在低声地哭,周铁汉用眼睛找了一下,见大殿的后角上,有几个战士聚在那里,只听里头一个说:

"小三,快别哭了,给,看这个豆包。"

周铁汉向靠近那群人的战士问了一下,回答说:"许是吓的。"

又听一个声音劝道:"到了这个时候,哭也没用,人活百岁也是死,都得从鬼门关过那么一回,倒不如心里放豁亮点,乐乐呵呵,过一天就赚两个半晌。"

接着一个声音道:"也不用悲观,也不用害怕,凭良心说咱当八路军没有当差,谁也没有办过一点坏事,老天爷有眼,总不能叫好人全死绝了!这不,如来佛也在这儿看着哩。"

又是一个声音说:"你看大队长、周队长,都挺沉住气了,他们不比咱值钱?他们还不怕呢,咱怕什么?抗日嘛,打不死就活着,打死了就落个美名儿光荣到底。"

周铁汉听着,一阵心烦,不由得转过脸来。在如来佛的脚下,也有一堆战士在那里唧唧咕咕,支起耳朵细听,却谈着另一个问题。

一个说:"……反正不能叫抓活的,豁着这一百多斤造了粪也得拼,要叫抓了去,当亡国奴,挨骂丢人且不说,光那份罪就受不了:过电,压杠子,灌辣椒水,哎呀!哪有啪一枪死了痛快。"

另一个却说:"我看要是怎么都不行了,你硬拼还不是干赔着把命送了,想再抗日也抗不成了;就是抓了去,先说几句瞎话,把他蒙住,以后再想法跑出来,还是一份抗日力量。"

第三个声音说:"怎么也不好,就是不让抓住好。你说哩?"

第四个龇着牙摇了摇头,没有表示意见。

周铁汉越听心里越冷,不觉打了个寒战。他觉得这大殿里迷迷蒙蒙飞满了小虫,小虫钻进了战士的心,在那里和茅房的蛆一样滑着,拥着,东一口西一口地乱吃乱咬。他想:照这么下去,队伍非垮了不可,要赶快治一治。可是,怎样治呢?眼下是一座荒凉的大殿,殿外是汽车路,是敌人的岗楼,平坦展直的地上,随时有汽车轧过来,随时有骑兵踏过来,随时有成群的鬼子追过来。

殿后忽然起了一两声吃吃的笑声,周铁汉望去,不由也笑了。只见一个叫干巴的战士,把一个歪倒的罗汉搬开,自己坐在它的位置上,盘着腿,合着掌,闭目养起神来。这时,周铁汉猛觉得有好久不见干巴的面了。其实,也至多两天内没有留神他罢了。因为这干巴是大队上有名的洋相鬼,出个招儿往往笑得人肚子疼,平常最惹人注意,也最讨人喜欢。他灵机一动,便点头把干巴叫到跟前说:

"好久不见你了呀?"

干巴瘦脸上笑了一下说:"是这两天不出洋相了。"

周铁汉道:"就是,你那股高兴劲上哪儿去了呢?"

干巴把干瘪瘪的两只胳膊平摊着张开,没奈何地说:"叫鬼子追得着了急,坚壁在沟外头了。"

周铁汉尽量愉快起来,也很洋相地向东北方向当空抓了一把,攥着拳头说:"我给你取回来了,给你。"把拳头伸进干巴的衣袋里,好像真的给他放进去一件东西,又撺掇说:

"你这洋相可千万别撂下,人们没了你就乐不上来了。"

干巴说:"有我也不行了,跟说书的一样,以前能撂开场子,现在撂不开了。"

周铁汉又苦苦劝了一阵,最后镇着脸说:"你要当个命令去完成啊!"干巴才点头答应了。

周铁汉又和大队长研究了一下,就召集了一个党的小组会,着重讨论了一下怎样稳定情绪,打消"后怕"、悲观思想,并给党员同志们提出了几项保证。最后,周铁汉附带提出一条任务,让每个党员都要学学干巴,要会出洋相,说笑话,把整个空气变轻快些。

43

太阳终于落在西天的树梢上了,天渐渐黑下来,人们松一口气,叭嗒着干渴的嘴说:

"又熬过了一天!"

十

等到天完全黑了,钱万里把队伍整理起来,派出尖兵,抄着小道,扎进了孟村。选了靠村边的一家,把队伍拉进去,随后把大门一关,在门后和房上各派了一个岗。

钱万里跟房东说清,我们是八路军,不是土匪;把房东的心安定下。又叫腾了两间房子,要了两领席,除分配两个人去烧水外,其余的歇在屋里炕上,有的躺在当院和大门洞的席上。

大队部设在东屋。通讯员金山向房东借了个黑油灯,把炕扫了,铺上一床褥子,放了一个枕头,又借一张炕桌来摆在当中。

钱万里坐在炕上,把房东叫了来,问了问今天鬼子净干了些什么,又问了问谁是保长,住在哪道街,家里种多少地,有什么人,往常是干什么的。问清了,就让房东去请保长,并告诉他说:

"只叫保长一人知道,要让别人知道了,在你家打起仗来,可不是玩的。"

一会儿,保长来了。钱万里把村里办公的有谁,谁是"联络员"①,什么时候跟敌人"挂的钩",八路军工作人员是不是

---

① 伪村政权人员之一,专管每天给敌人送"情报"。

常来,又细细问了一遍。最后突然问道:

"我们在这村住几天你看行不行?"

保长连忙摇了摇头:"倒不是不留你们,那头(鬼子)说不定什么时候来,村里又人多口杂,什么心眼的都有。要打起来,村里背点伤倒是小事,不是显着就不好啦?"

钱万里故意加重语气,完全认真地说:"反正我们要住两天的。"

保长拧着眉头子想了好一阵,看看屋里没有外人才说:"这么着吧,我给你们找个地方,可你们也委屈着点。在东北角上,靠村边有两三家,大门在一个胡同里,地方又僻静,人性也好,你们就在那儿一住,白天千万别出来,吃饭就由房东分着做,然后村里还他粮食,这么住个一两天,我还敢保险不出岔。要是大明大摆的,出了事我可担不起。"

钱万里问道:"敌人来了呢?"

保长说:"不碍呀,我派个可靠的人专门看着点,来了就悄悄递个信,办公的也多在街上支应着,保管不出岔就行啦。可有一样,你们也别冷不防蹿出来把他们拾掇了,那一家伙,我们村里可吃不住,办公的们也得'死喽死喽的有'。"

钱万里把他的话仔细掂量了一下,好好记在心里。就告诉他说:"一会儿有个罗锅子去找你,你把他领到我这儿来。"又要了六七十斤米面,告诉他不许乱声张,就打发他走了。

钱万里又坐在灯下出起神来,金山给他端了水来也没看见。他心里把两件事来回翻了好几个过儿:一件是今天熬过来了,但是,是藏着熬过来的,军队是不是应该藏起来呢?从古至今,可是还没有听说过。另一件是保长的话,他认为这样的保长有千百个,孟村这样的村庄也有千百个,或许他说的话就是个坚持斗争的方法。

院里静悄悄的,不时传来一两声叹气声,黑油灯一摇一晃地闪着绿光。——"嗯,或许是个坚持斗争的方法吧?"他一遍一遍地重复着这个问题。

门一响,一阵脚步声,金山第一个蹦进来说:"哈,罗锅子领了副政委来啦!"

门帘未动,一个愉快亲热的声音先进来了:"老钱,你好哇?"

钱万里啊了一声,忙去掀门帘,门帘已经挑开了,两张脸相碰在门口,两只火热的手紧紧握在一起。

副政委薛强是个明快乐观的人,今年二十七岁。中等个儿,圆圆的白胖脸,两只水汪清明的眼睛,嘴上常挂着笑。他永远不发愁,也永远没有什么事情难得住他。战士们特别喜欢他,听说他来了,呼地挤满了一屋子,虽然不像往日那么多话,每张脸上却都舒展多了。跟着他的小通讯员玉柱,和金山特别好,两人一见面就搂住脖子嘻嘻哈哈挤坐在一个凳子上。

"哈,我的运气倒是好些,跟敌人'捉马虎'①,捉了一天一夜,到底把他们骗了。"

---

① 即捉迷藏。

副政委滔滔不绝地说起他怎样被敌人堵在院子里,怎样爬过墙钻进草棚,又怎样在黑夜摸到岗楼底下,装成特务把伪军们吓唬了一顿,安全地过了大沟的故事。最后他告诉人们:县委会已移到小刘村来,大家都还安全。钱万里听了,一半放心,一半惭愧。沉了一会儿,问起一区情况和分区机关的情形。

薛强说:"一区小队比咱们更糟,整个儿地被敌人挤进一座院子,除了冲出两个战士,大部分牺牲了,最后剩下副政委一个人,头上也负了伤,子弹都打没了,便往脸上涂了一把血,压在一个烈士身下,才混过来。不过,他们很值得,鬼子死的比他们多一倍。提起分区来……"薛强把话头一顿,闪起眼睛看了看全屋人们,"警备旅已经走了。"

"怎么!走了?上哪儿去了?"屋里人一齐伸长脖子,睁起惊异的眼。

"嗯,大概上路西①去了。"薛强故意不理睬人们的惊异,反而拖长声调,更沉住气地说下去:

"听说他们也有两个连受了些损失。新的分区机关究竟由谁负责,现在哪里,还不知道。现在县委正组织交通站跟他们取得联系,大约不过几天,就有消息了。"

空气马上沉重了起来,只能看见不闻声息的叹气充满了屋子,才开展些的脸上又都收紧了。薛强却不再往下说,只把

---

① 指当时平汉路西北岳区抗日根据地。

含笑的眼睛从人们脸上扫来扫去。

沉了一刻,刘一萍两眼发直地说:"咱这一块儿没有队伍啦?"

薛强笑一下说:"谁说没有,咱们不是队伍吗?"

刘一萍苦笑一下,耸耸肩膀,低下了头。但是,薛强立即发觉刘一萍并没有真正听懂自己的话,他只是怯于自己的锋芒,把内心的恐惧压下去了。于是,他立起来再紧紧追一句道:

"刘一萍,你笑什么?难道咱们不是队伍吗?"

刘一萍惊慌失措地连连说:"谁说咱们不是队伍,我说咱不是队伍来吗?"

薛强扬起头呵呵笑了起来。笑罢,用食指点着刘一萍的鼻子说:"没有说便没有说,干吗这样惊慌失措呢?这不证明你心里正是这么说来吗?"他忽然返回头,两眼一闪,注视着大家的脸,十分严肃地说:

"同志们!警备旅的走,值不得我们发这么大愁!老实说,它不走,也只能使我们的力量多损失些,对扭转局势是起不了决定作用了。今天大伙儿必须认清,我们自己就是队伍,看一看,谁不是结结实实的小伙子,谁不是两条腿两只手。同志们,不要小看自己,只要敢干能干,有人怕警备旅,也就有人怕我们。"

薛强一个手势从空中劈下去,结束了他的话。他看见,战士们张大了嘴听着,个个脸上都泛着些光彩。又停了好一阵,薛强才告诉大家,分区还留着两个地区队①,一个是三十一区队,一个是四十四区队,各有三四个大队的兵力,是随时可以和我们配合作战的。

最后,薛强把县委会上的决定,给钱万里作了传达:从目前情况看,敌人的"扫荡"还没有过去,我们必须准备应付更严重的环境。主力已经外转,在斗争方式上要采取长期坚持的方针。至于大队怎样活动,县委会上暂决定分散隐蔽,缩小目标,抓空隙打击小股敌人。

除此以外,县委会上还有两个决定:一是,县区干部失去了根据地的依托,分散单个活动需要武器,决定调大队上两支盒子枪。再者,沟外的一区小队,必须迅速建立,大队上要抽干部去具体组织。

---

① 地区队是小团编制,大队即等于连。地区队活动于几个确定的县份之内,是当时分区的主力。

十一

战士们都各回原位休息去了。薛强把小队干部留下来,讨论怎样应付敌人的长期"扫荡"和坚持斗争的问题。

这个问题是沉重又艰巨的,一粒黑油灯的暗光抖抖乱跳着,给人们脸上映了一层灰色。屋子里虽然平静,呼吸却是短促的。战争的损伤加给人们的悲怆情绪,在面临难题的此时此刻,尤其浓浊起来。金山和玉柱,却在地下铺了个草席子,鼻子里早已打起呼噜。

钱万里考虑了好久,第一个发言说:

"从敌人对这次'扫荡'的准备和规模看,它坚决把我们消灭的决心是很顽强的。眼前我们的任务就是如何不让它消灭,不去对它作不必要的刺激,尽量缩小目标,把力量保存下来,以后慢慢再想法发展。因此,执行党的县委决议,把大队分散开来隐蔽活动,是完全必要的。怎样分散呢?我的意见,最好以小队为单位,既缩小了目标,便利隐蔽,又不失战斗的突击力量。"

副政委点点头,刘一萍也忙点点头。

周铁汉沉了一阵说:"我从小长这么大,可是还没听说过有这样活动的队伍。"

钱万里说:"是的,以前我也这么想。不过,从古至今,也没有过像八路军这样的队伍。我们没有粮,没有饷,没有后方,也没有武器弹药的接济,不是一样抗日吗?不是打过很多胜仗吗?为什么能够这样呢?就因为我们有两件法宝:党的领导和群众条件。有党打着灯笼给我们照路,我们就跌不进泥坑,走不了岔道;有党站在高处为我们瞭望,随时教给我们办法和智慧,我们就有能力冲过一切难关。再加上广大群众的支持,真正做到军民一条心,我们就会是鱼儿游在大海,过去干得呱呱叫,今后的隐蔽活动一样可以坚持得好。因为,只要我们自己不离开它,这两件法宝,永远会为我们保镖的。"

周铁汉没话可说了,就爽快问道:"那么,一小队上哪儿去呢?"

副政委看看大家,见刘一萍想说又不想说的,便道:"大家都是共产党员,只管放心讨论,三个臭皮匠,顶个诸葛亮。"

刘一萍搓搓手,慢条斯理地说:"钱大队长说得好,离了群众条件什么都不好办。我看,谁在哪儿社会关系多,谁就在哪儿,既便利隐蔽活动,又容易掌握情况,至少,站脚地方是现成的。我这话也不知对不对?"

大队长点点头,薛副政委干脆说:"这好办啦,周铁汉是二区人,就在二五区吧。刘小队长是三区的,三四区就归二小队。一区情况眼下不能去,且迟迟再说。"

周铁汉把脑袋连摇几摇说:"那可不行,我爹是个老顽固,早就腻歪八路军的合理负担①,和我更是不对眼,跟他的眼中钉一样,开头我参加八路军他挺高兴,后来八路军的气越来越壮,他又后悔了。像我这样的关系,还是离远点好。"

薛强想了想,一蹦跳起来说:"你干娘不是挺好吗?你一说就是'人穷心好,顶得住十个亲娘',这还不是最好的关系?再说,战士们的关系还多着哪。"

一提起干娘,周铁汉心里的小窗户呼嗒就开了,点头道:"那倒是,无产阶级,忠实可靠,最疼八路军。"

薛强问人们还有什么意见,周铁汉猛想起另一件事,问道:

"仗还让打吗?"

未等别人开口,刘一萍好像有什么使他一下高兴起来似的,抢过去说:

"没听说不要刺激敌人吗?这是原则!——可要打呗,还不是在你。"

副政委加上一句说:"当然,在有利的条件下,还可以打一打。"

刘一萍一面往炕下出溜,一面说:"大伙儿没了意见就该走啦。"

周铁汉说:"意见是没有了,总觉着这么一离散,心里怪

---

① 当时在游击区,我们的政权能达到的地方,都实行合理负担,即按资产和收入的多少规定纳税比例,除少数最贫困者外,其余的人均须按照比例纳税。

热乎乎的不得劲,战士们都在丧气头上,怕一离散更慌乱了。"

副政委连鼓励带安慰地说:"你忘啦,兵随将领草随风啊!战士的两只眼还不都围着干部转,我们先挺住腰板,打起精神,战士们就出不了松包。"他对着全屋人讲演似的大声说起来:

"顶天立地的英雄好汉,都是在越苦的时候越志气刚强,越勇敢无畏。我们都是干部,又是党员,革命干部天不怕地不怕,共产党员从来就有威武不屈、杀不退、吓不倒的精神的。小伙子们干吧,无产阶级就要在最艰苦的时候,打出天下来。"

周铁汉把胸膛一挺说:"对,离不开娘的小子是松小子,一辈子没有出息。"

临走,大队长把周铁汉和刘一萍的盒子枪收了,交罗锅子送给县委。关于建立一区小队的事,确定派孙二冬去。但因沟外情况还紧得喘不上气,让他暂时仍随二小队活动,待几天再说。

钱万里和薛强也分了工,大队长跟一小队,副政委跟二小队,把联络地点、几时碰头都规定好了。只有最后一个问题很难解决,在这紧急万变的环境中,只剩了罗锅子一个侦察员,其他三个还不见回来,生死不明。没有侦察员,队伍就是瞎子,有说不清的危险。临时从班里提吧,又怕没经验倒坏了事。愁了好久,还是把罗锅子分给了二小队,但他得每天去小刘村放下一份情报,钱万里好派人去取。一小队只好先抽个人顶替一下,一面加紧跟区小队联系。临分手,钱万里跟薛强把两天来刘一萍的情况谈了一下,建议他经常注意教育。

阴了天,没有星星也没有月亮,出了屋就一片黑咕咚。周铁汉把队伍整理好,靠东墙根排起来,小声地热烈地动员了一会儿。在黑影里,战士们一动不动,也没有一个说话。周铁汉告诉大队长,一切都布置好了,走吧!

钱万里扣上扣子,穿戴整齐,把盒子枪挎上,金山抱着"马四环"跟在后头走出来。

三十多人的队伍又劈作两半,一、二小队要离别了。

一小队走出门来,轻轻地靠墙根向西拐下去,奔了羊肠小道。在黑漆漆的门洞里,好多个黑影互相拉一拉手,拍一拍肩膀,听得见一两声酸楚的道别:

"再见啦!"

"再见。"

"唉!"

风刮得庄稼叶子刷啦刷啦响,也许要下雨了。

周铁汉扛着大枪,雄伟的身影消没在黑暗中了。

十二

月牙儿秤钩一样吊在西天边上,星星一闪一闪地眨着眼,村子早都睡着了,只有断断连连一声声的狗叫。周铁汉的一小队,带着一阵沙沙沙的轻轻脚步响,围着马庄在野地里绕了多半个圆圈,就停在村西北角一家房子后头。周铁汉伸出手来做个手势,战士们便成一列静静地蹲在房檐下。

大队长钱万里跟在周铁汉后面,踮着脚在房前房后看了一遍。

周铁汉问:"行吧?"

钱万里点头说:"行,就在这儿吧。"

周铁汉走在队前,在人群里仔细看了看,伸手把干巴拉起来。干巴摸不清头脑,糊涂着跟在他后头走,到了墙根底下,周铁汉紧贴住他的耳朵说:

"你身子轻,又活软灵巧,搭你爬进墙去,把我干娘叫起来,咱今儿个就住这。可小心,别闹响动,惊动得鸡鸣狗叫的,明儿个一天别想过得去了。"

因为住在自己村里来了,周铁汉格外加了小心。干巴把枪靠在墙上,把小衣襟往腰里一掖,登住周铁汉的肩膀,猫儿一样翻上了墙头。院里靠墙根恰好有个滑秸垛,干巴伸下脚去探探虚实,就无声无息地落在院里了。

这一家,两间半北屋,一间小西屋,栅栏门儿朝西开。干巴看了看,就奔北屋走去,把屋门轻轻推推,里头闩得很牢实。扒住窗台顺破窗眼往里望望,黑咕咚什么也看不清。就用手指把窗棂嗒嗒嗒敲了几下,听听,没有动静,再敲几下,猛然一声尖厉的老太太的声音喊道:

"干什么的?谁呀?"

干巴吓了一大跳,心说:这可糟了,真操蛋!心里一急,忽然一个招儿上来了,忙避开窗眼,捏住嗓子娇声细气地说:

"大娘,是我,你别嚷啦,我胆小。"

等了好一阵,屋里声音柔下来说:"啊,你是南院里他嫂子呀?"

干巴忙又捏住嗓子应了一声:"嗯。"

只听屋里叹口气说:"两口子又闹气哩,三更半夜的也没个安生,看把声调都急变了。——你又是从房上过来的呀?"

干巴忙又嗯了一声。里头说:

"我这就穿衣裳,等等我给你开门去。"

窸窸窣窣,屋里好像正摸衣服,干巴趁这空子,赶忙蹑手蹑脚走到大门口,悄悄把门开了。

周铁汉正等在那里,说:"怎么搞的?"

干巴把脖子一伸,吐着舌头说:"我说先通知大娘,好去欢迎你们哩,谁知她来了一口'当阳桥',差点吓掉我的魂。"

门吱一声开了,披了一头花白头发的老大娘,扣着扣从门

里探出身来。昏花的老眼,还正张望,周铁汉没等她开口,走上去说:

"干娘,是我,你可千万别嚷。"

那老大娘猛一愣,往前走了一步又退了回去。

周铁汉忙又接着说:"不用怕,我是铁汉,干娘。"

老大娘呆了好一刻才说:"你是铁汉,哎哟,真把我弄糊涂了,来,我看看你。"

周铁汉走上去,把脸伸给她。老大娘用力睁睁眼,细细看了一下,就伸出手抓住他的肩头,上下打量着说:

"真是你呀孩子,你怎么这会儿才来呀?"扭过头朝屋里大声喊道:

"菊,快起来,看你干哥来了……"

周铁汉忙止住她说:"别嚷别嚷,我带着队伍来的。"

干巴已经一步一步把队伍带进院来。钱万里看着队伍进完,仍叫把门关好,派一个人守在门后,随后赶上前来。

周铁汉说:"这是我们钱大队长,人们常念叨的,你见见他吧。"

老大娘把头伸过来,虽是黑夜也看得见她笑着张开的嘴:

"噢——你就是那个钱大队长呀?你们来了多少人哪?"

钱万里温和地说:"十五六个。"

老大娘立时沉下脸说:"可了不得,怎么只来这么点,哪儿搪得了人家呀?"

随后就说前两天向东去的鬼子可多了,这村里也断不了来,人们说八路军都叫轰散了,光剩些地狗子、蛤蟆老鼠成不了大气候;又说,待不几天,这一块儿鬼子也要来"扫荡扫荡",老百姓心里整天吓得不行,村里有钱的人们直嚷嚷着要推倒合理负担哩。

周铁汉给她解释了好一阵,最后把今天住在这儿,怎么住也说明了。

老大娘想了想说:"行了,住吧,你们先上屋里歇会儿,我给你们烧点儿水喝。"

闺女小菊也起来了,揉着眼把周铁汉迎进屋去,就打火石点灯,又被人们止住了,烧水人们也不要,说怕叫岗楼上看见亮了,暴露秘密。

房子太窄巴,西屋是个柴火棚子,地下铺上草也只能睡十一二个人,还有三四个实在挤不开。北屋除了外间做饭以外,只一条炕,老大娘本可以腾出来的,可是,白天要有个串门的就没法躲。除此以外,还有个半间大的套间,里头箱箱柜柜,糠囤谷篓堆得满满的。

钱万里问老大娘:"邻居几家有没有靠得住的,能腾间屋不?"

老大娘想了想说:"唉,邻居倒是好邻居,可是一来怕人家怕事,二来住在人家我也不放心,左右我是个穷老婆子,闹了事,顶多把这两间破房烧了,就在咱家里挤吧。"

说着,和小菊把套间的谷篓子、破箱子搬出几个来放在自己屋里,把腾出来的一块地打扫光了,抱了一抱滑秸铺上,就叫钱万里几个睡在上面。

安定下来了,周铁汉才发现干兄弟三生没在家,原来他昨天被征到大陆村据点去修大沟,还没有回来。

不知不觉鸡叫三遍了,天就要明。周铁汉告诉战士们:白天只准在屋里,不许说话,各屋都放上个尿盆子,解手就在里面解。然后又跟干娘商量,白天叫小菊去街上探访着点,有了什么事回来说一声。小菊已经十二三了,很机灵,也胆大,没等她娘张嘴,倒先答应下了。

周铁汉把屋里院外又查看了一遍,把岗收到窗里来,一切都妥帖了,便给大队长说了一声,去西屋里地上挨着门口躺下来。

十三

周铁汉半天睡不着，调了几个身还是睡不着。他侧着耳朵总在听，有一声狗叫，有一点脚步响，连树枝上鸟儿一飞，他都听一听，辨一辨。其实，他倒也没什么太担心的，可是，他自己觉得必须醒着，就像一个娘偎着一群睡熟的孩子一样，虽然知道不看着也可以，却还是放心不下。有些战士睡着打起呼噜来，连院外也能听得见，他就用一根秫秸轻轻捅醒他，然后叫他再睡。

战士虽然睡在草上，看起来都睡得很香甜。有的四仰八叉，把胳膊和腿都放在别人身上，有的枕着手榴弹搂着枪，有的斜躺着把头顶在墙角里。丁虎子大仰着身子，张着大嘴哈哧哈哧出气，豆大汗珠子一颗颗排在前额上。干巴把头枕在别人脚腕上，眯着眼龇着牙好似在笑。周铁汉一个一个看看他们，心眼里不由得热乎起来，他觉得这些战士真是叫人太"爱见"了，如果外面敌人来了，他们就会马上跳起来去拼命冲杀，流血牺牲都不在意，指挥他们上东就上东，命令他们上西就上西，第一个栽倒了，第二个从死者身上跨过去，一样向前冲。现在需要他们藏在这里，就藏在这里，吃糠咽菜，睡草蹲房，也不哼一声道一句，咬牙忍受。大"扫荡"的时候，一块儿过了筛子过箩,一块儿吃苦共难,在生死关头,你帮我助,谁也没有说过谁占了便宜,谁吃了亏。高兴起来,大家一块儿高兴,悲伤起来,大家又一块儿悲伤,比一家子还亲,比弟兄们还热。周铁汉越想越看越爱,就连张小三的鼻子翅儿一张一合的,他都看着最好看、最爱人儿。心里不由慨叹道:

"战士净是好战士,死死活活都是他们在头里啊!"

他觉得,战士们第一就是自己的亲弟兄,第二就是自己的孩子们,或者简直可以说,就是自己的命。他因此越觉得自己的责任重大,他想他当前的任务就是如何领导他们,渡过困难,取得胜利。

日头看看靠响午了,门一开,老大娘迈进来,周铁汉忙坐起来给她腾出一块草。

老大娘见战士们都睡着,盘着腿坐在周铁汉对面,把手搭在他膝盖上,悄声地说:"还吃点儿饭不?瓦罐里还有半升秫面,烙张饼吧?"

周铁汉连忙说:"不饿不饿,早起给我们做了半天饭啦,你还不歇歇。"

说完这两句,两人都没有话了,四只眼对瞧了一阵,周铁汉笑一下说:

"干娘,你看我这弟兄们怎么样,是好人哪坏人?"

老大娘转过脸去一个一个看着,就像在集上买鞋面一样,瞧了又瞧。都看完以后,说:

"净好人,一个一个心慈面善,全是老实巴交的,像你一样的庄稼主儿出身的人。"

周铁汉说:"怎么,像我一样?我是老财呀,怎么是庄稼主儿?"

老大娘把头微微一点,也没说对,也没说不对,只嗯了一声。然后就两眼凝住神,死死盯住周铁汉的脸看起来,许久,还是一句话不说。

周铁汉被她看得不自然起来,就说:"干娘,干吗尽是看我?"

老大娘忽然醒来一样,不自然地笑了笑说:"我看着你,就想起你干哥来了,你和你干哥长得一模一样,他也是老实、厚道、刚强志气,什么都跟你一样。唉!他爹死了以后,和你是一年上的关外煤窑,你回来了,他没有回来,八成是死在日本人手里了。"

周铁汉咬牙说:"鬼子待中国人太狠心了,唉!……他妈的!"

大娘接着说:"你干哥去,是日子过不上来了。你家里挺有法儿的,也轮不着去受那个罪。也不怨人们说你爹心眼太狠霸。"

周铁汉见说起他爹来,就问:"他现在家里干什么?"

老大娘说:"也说不上干什么来,雇着两三个长工,有好几套大骡子,赎吃就行了,还干什么?"

老大娘又把周铁汉看了一眼,把声音放悄些说:"前天区里把他传了去啦,就因为这一个多月以来,鬼子、'皇协'们气壮了,整天闹腾,他和几家有钱的嘀咕着要推倒合理负担,叫区里知道了。可也没有怎么样了他,说给训了训话,他认了错,就又放回来了。唉!你们要不是常来转着点儿,庄稼主儿就更过不了。"

周铁汉皱起眉头来不言声,半天了,说:"黑下,我回去一趟看看……"

老大娘说:"看看也好,可不要说在我家里住着哩……"

他俩正说着话,噔噔噔一阵急促的脚步声跑了来。周铁汉腾地往起一站,一把抓起枪,战士们也呼隆一声一骨碌全爬起来,乱抓枪扎子弹带。老大娘说:

"我奶,这是怎么啦?"一句话未落地,小菊一头撞进来说:

"'皇协'们来啦!"

周铁汉问:"在哪儿呢?"

小菊说:"刚进南口,奔了局子①啦。"

钱万里也从北屋套间跑过来,问有多少,小菊摇摇头说没看清。

钱万里说:"小菊,你还敢去不敢?"

小菊说:"敢。"

钱万里告诉她,快去再看看,看来了多少,来干什么,是不是向西北角上来了。

---

① 伪村公所,专管支应敌人。

小菊嗯了一声,拨头就往外跑。老大娘忙叫住她说:

"看你慌张的!沉住气,没事人似的出去,装着看热闹,别叫人看出娄子来。"

小菊说:"知道!"

老大娘又嘱咐说:"再回来告诉,别咕咚咕咚地跑了。——吓得我心里直扑腾。"

小菊答应一声,小辫儿一甩一甩又出去了。

钱万里看着她的后影儿,自言自语地说:

"真像个小侦察员,小孩儿倒办了大人办不到的事。"

战士们都已披挂整齐,准备战斗,直等到日头快落了,小菊才回来报告说:

"来了三十鬼子,一百多'皇协',要了五车麦子,这会儿回据点去了。"

老大娘插嘴说:"这会儿走到哪儿啦?"

小菊说:"不知道。我跟到他们村外就回来了。"几个人全笑起来。

眼看没日头了,周铁汉在大门口派了个岗,叫战士们全出来,把尿盆子倒一倒,到院里活动活动。

十四

天黑了好久以后，街上静得没有人了。周铁汉一路上想着要说的话，奔家里走去。

东西大街，道北一家高台，飞檐门楼，黑漆门扇，两边一对石狮，里头一排瓦房。周铁汉看了几眼，仍感得到当年的威风，不过，更生疏了，但是比过去进这门时，更理直气壮了。

北屋里明灯火烛，周铁汉直走进去，第一眼就看见他爹周岩松坐在太师椅上，仰靠着椅背在喝酒，八仙桌子上四个碟儿盛了各样的菜。

周岩松本来一副恼相，忽然见他撞进来，吃了一惊。随后就温和起来，放下酒盅，眯一下眼睛说："回来啦？"

"回来啦。"

"怎么样，混不住了吧？"

周铁汉皱了下眉头，没有说话，他不打算马上弄僵了。

父亲见他不言语，从一个多月的情势想来，以为又和关外煤窑上回来一样，大概是无路可走了。面孔立时板了起来，训斥道：

"狼走千里吃肉，狗走千里吃屎，生下来是个什么，一辈子也出息不了。上回从关外扛回一张嘴，这回又扛回嘴一张吧。"

周铁汉闷着头受完了,把眼立了一下,不紧不慢地说:"今儿个我是回来看看你,一会儿就走。"

周岩松呆了好一阵,嗯了一声:"你坐下吧,短衣裳穿啦?"

周铁汉坐在椅子上,摇摇头说:"不短。我听说你叫区上传了去一回,我看看是怎么回事。"

周岩松马上沉不住气,紧追着问道:"听谁说的?"

周铁汉想了一下,只好说谎:"在秀才营碰见保丁老五啦,他闲扯了两句。"

父亲又问:"你今天从秀才营来呀!光你自己在那儿吗?"

周铁汉说:"是,我们的队伍也在那里。"

周岩松听了,脸色声调立时都柔下来,咳嗽一声说:"也没有事,区上听了些谣言,我去了把误会说开了,也就完了。"

周铁汉劈头截住说:"不对。听说你要推倒合理负担哩!"

周岩松红起面孔惊慌地说:"不不不,老五简直胡说,简直胡说!明天我去问问他。"

周铁汉看出了他的假相,就按自己早已想好的说起来:"我说,不管真假,无风树不响。我劝你老人家想开点,这么大年纪了,何苦在乎这么俩钱,说真的,咱家的钱哪一个是自己亲手挣来的,还不都是雇人剥削来的。日本鬼子打来了,大

67

伙儿命也顾不住,饭也吃不上,咱们自己心里也该想一想,难道真能忍着心让大伙儿受苦,让国家灭亡,让鬼子常年把咱们糟践在脚下,世世代代永辈子当亡国奴吗?共产党实行合理负担,意思也就是有人出人,有钱出钱,还不就是为的打日本,救中国,让大家不当亡国奴,不吃下眼饭吗?……"

周铁汉的话头头是道,句句占理,周岩松想不到他在八路军这几年练得这样一张嘴,于是气势全消隐了,一面听,一面皮笑肉不笑地点着头。

周铁汉也明知他不爱听这些话,也听不进去,可是他觉得必须这样说一说,说了只能有好处,没有坏处。

道理讲完了,父亲让热菜暖酒,说:"铁汉,咱父子多日不团圆啦,今天就趁这点儿现成的酒菜,你也别走啦,咱一家子团圆团圆,也是父子情肠。你的话,我早就明白,也是按着这么办的,以后还是顺这条道走,咱们家向来走不到七扭八歪的斜岔子上去……"

说着要叫睡在东厢房的二小子玉亭和他娘起来,周铁汉连忙阻住说:

"不用叫他们啦,都睡了也就算了,我就这么喝几盅吧。"

说完,就地站着,也不等菜来,提起壶一连干了三大杯,最后,夹一大箸子豆芽放进嘴里。他觉得应该马上走,战士们还在等他,而这屋里的华丽陈设,尤其使他坐不住。他觉得这不是自己的家,到底像什么他说不上来,也许像个庙堂或是灵棚吧?而自己真正的家是在队伍上,在战士的群里。

周铁汉迈开大步出来了。只有在出了那森严的黑漆大门之后,他才感到愉快,觉得自己似乎完成了一件不知谁给的任务。

在干娘的屋子里,坐着满满的一炕人,除了钱万里和一些战士之外,还有几个生客。

周铁汉一眼看见二区小队长蔡大树,也光着膀子躺在炕上,就扑上去在他臂上捣了一拳说:

"伙计,你也来了,又上岗楼了没有?"

蔡大树一翻身拢住周铁汉三个手指,使劲一攥说:"不行了,人家的气正往上升,再去他要不认得我这盟兄了。"

周铁汉吃他一攥,挣扎不住,哟了一声,一甩臂把手夺回来,挺起拳头朝蔡大树脊梁上连捶了几家伙。

蔡大树打个滚,拦住他的手说:"得啦,别闹了,看我们这正腻歪不清哩。"

原来他带着两个战士和区委宣传马捷英也在这村住了一天,天黑了,才听村副①说大队也来了。他现在正和大队长争论怎样活动的问题。前四天,他的小队在沟沿上被敌人"扫"了一下,跑了多半天,损失了六七个人,战士们情绪全低落了。情况又一天一天紧,蔡大树就把剩下的十五个人,分成四五组,各分了三四个村,分散隐藏了起来。大队长不同意他把人

---

① 当时游击区村政权都是两面支应,村长(有的叫保长)专管应敌,村副是暗的抗日村长。

分成这么零星,说这样就失去了战斗力量,应该再集中起来活动。

蔡大树说:"集中起来也打不了仗,全成了落架的烟啦,没一点精神气。要暴露了目标,叫敌人再'扫'两家伙,又说我粗心大意啦。"

大队长说他:"把队伍分成这么零,也不想法给大队来个报告,真是游击习气。"

蔡大树嘻嘻哈哈地说:"游击队嘛,不游击习气!不游击习气有什么法儿啦,光我自己什么也不怕,有一个脑袋全顶住啦。十五个人十五条命,这担子不是挺轻巧的咧。"

周铁汉听到这里,从旁插嘴说:"越是分散,越怕打仗,情绪就越低落,长久了,自己就把自己消灭了。天底下本来就没有鬼,小孩子怕鬼全是大人吓唬的。战士也一样,不叫他打几个仗,亲手把鬼子敲死几个,他老是觉着敌人都是铁打的,不是肉长的。"

说完看看钱万里,钱万里也正看着他,可是,没有点头,却也没有摇头。

停了一阵,蔡大树满不介意地说:"对,集中就集中,打仗就打仗,我服从命令。"

他把压在身下的褂子往肩膀上一搭,盒子枪往腰里一别,对区委宣传说:"老马,走哇,聚集咱那点儿人去。"

大队长又把他叫住了,告诉他派个有经验道路熟的战士,到小刘村去取情报,今日晚了,明日一定回来。随后就和区委马捷英谈起二区的工作基础和一般情况来,并商量着今天转移哪村好。

周铁汉走回了西屋,西屋人们正围住二区小队一个战士,听他讲什么故事,都听入了神,一个个张着嘴、傻着眼,满面紧张得一动不动。猛见他一进来,却忽然不讲了,大家只把头低下去。周铁汉只听得最后一句道:

"……鬼子一个挨一个,近得拉住手了,刷啦,刷啦,从地里蹚了过来……"

周铁汉笑着问:"怎么我一进来就不说了?"

开初大家不言语,后来干巴说:"不是人们不讲了,是知道你不爱听这个。"

小队上那个战士趁他们说话的工夫,抬起屁股躲到北屋去了。

周铁汉又问:"你们说笑话来没有?"

干巴说:"说了。"

"净说的什么?"

干巴就扳着手指头给他报起名来,什么:"张三煞橛子"、"傻小子拜年"、"小两口逛庙"、"王小扛活"……

周铁汉问大家道:"你们觉得乐和不?"

人们都仰起脸来看了看他,有的苦笑了一下又低下头去,有的有气无力地支应一句说:"乐和。"有的反而轻轻地长出了一口气。

丁虎子说:"我不知道别人,反正我觉着怎么都乐和,人不能活一百岁,早晚得死,活着有仗打,老百姓看得起,死了哪怕造堆大粪,我都觉着乐和。"

周铁汉听了,话虽然挺硬邦,内里仍藏着不少酸苦味道,不由得暗暗着急,心里又想起那句话来:

"越怕打仗,情绪越低落……长了,自己就把自己消灭了。"

十五

过了好几天,二区的基点村一天一换,差不多都住了一遍。

敌情天天都有,有时还发现两次三次,有一回敌人从门口过也不知道,上了邻家的房子才发觉的。幸亏钱万里沉着,没有动,要依着周铁汉就要冲出去打起来。从此钱万里觉得,全靠房东给巡风,不是长久办法,他们有的不尽心,有的太慌张,一见敌人来了,先爹毛变色,反而容易暴露。如果真碰见坏人给送了报告,被敌人悄悄堵在屋里,一个也跑不了。唉,又没个侦察员,真是焦心得很。

几天来,四周围的据点都增加了敌人,从罗锅子那儿来的情报也说,鬼子从东边回来不少,还有不少正往回调。住在城里的鬼子桥本大队长对人讲话说:

"大皇军扫荡的,胜利大大的,今后的,清剿散匪的,建设新秩序……"

村里不少谣言风一样地刮着,什么警备旅全叫人家围住消灭了,某某村道沟里的死尸摆了五里地啦,宁晋县长投了城里,当了"皇协"啦,甚至还有歌谣流传说:

"八路钻了山,岗楼钻了天。"

风言风语，什么话都有。

钱万里预感到沟里的情况要发生变化。敌人从哪路来，怎样包围合击，我们应从哪路走，怎样跑出圈子，遇见敌人怎样打……这些问题一齐挤进了他的脑子。他躺在炕上，用左手支住头，只顾望着屋顶出神。正出神，耳旁忽然嗤的一声笑起来，定睛一看，见金山正躺在对面眯着眼睛笑。便问道：

"你笑什么？"

金山把脖子一仰，笑得更欢了。金山还是个十七岁的孩子，生了个有些呆气的发实个子①，整天都乐乐呵呵的，别人说他除了照顾大队长，别的事一概不往心里搁。大队长也喜欢他的诚实天真，二人关系搞得很好。这会儿见他只是笑，就努起嘴说：

"傻样儿，还笑！"

金山忍住笑，指着他的鼻子说："你猜我笑什么呢？——我笑你又想事呢。"

"你怎么猜我又想事呢？"

金山把两只手都伸出来，指指画画地说："眼珠也大了，转得比以前更欢了，一股劲绕着房顶子咕噜咕噜，跟风轱辘一样。"

钱万里也觉得好笑，就逗他说："怎么眼珠还会大了？"

金山说："是呀，人一瘦了，眼珠就大。"

---

① 早熟的高大身材。

钱万里不由得用手摸着下巴,翻上眼去,自言自语地说:"噢,瘦了。"忽又放下眼来问道:"什么时候瘦的?"

"从大'扫荡'那天。"

"咱队上的人都瘦了吗?"

金山迟疑了一下,仰着脸想着说:"有黑了的,有瘦了的,有瘦得轻的,有瘦得重的,有瘦得快的,有瘦得慢的。"

钱万里越觉着有意思,就刨起根儿来:"你说说都谁黑了,谁瘦了?谁快,谁慢?"

金山就比画着数起来:"丁虎子黑了,不显瘦;别人差不多都瘦了,你就瘦得轻,一小队长小三就瘦得重,刘一萍瘦得快,周小队长就瘦得慢。——你说对不对?"

钱万里心里翻了几个过儿,一时不说话。一会儿,突然问道:

"怎么你不显瘦?"

金山把胸脯挺了一下,粗着气儿说:"因为我不怕。"

"你怎么不怕?"

"有共产党领导呀。"

"谁是共产党?"

金山被追得不自然起来,把手指快要点在钱万里的鼻子上才说:"你就是一个呗!"

钱万里唔了一声,翻过身去又不说话了。

钱万里想来想去,又回到当前的情况上来了,便出了东屋,想到南屋草棚子里找周铁汉商量一下。刚走到院里,不巧得很,一个十二三的要饭小孩跑进大门来了,钱万里要抽腿回来已经来不及。

那小孩正想开口喊大婶,猛见一个挎盒子炮的出来,毫不迟疑地跑上来张着手道:"八路叔,给块窝窝吃吧。"

钱万里摸摸衣袋道:"你看,没有。"

小孩说:"不就倒给我点米。"

"哪有米?"

小孩歪着头咧开嘴说:"我知道,你们米袋里有米。"

钱万里道:"我们是区里的,没有米袋。"

小孩却摇摇头全不相信地说:"区里没扎皮带的,你哄我!"

钱万里搅不过他,又怕净跟他缠有人进来看见,就把他带到草棚来,给了他一块谷面饼子,对他说:"不许嚷,坐在这儿吃,吃完可不许走了。"

小孩却笑笑说:"就怕你们撵我走哩。"

一句话碰着了钱万里的心坎,就走上来扶住小孩的头,推他到明快地方,仔细打量起来。

小孩是个瘦瘦的个儿,约摸一张桌子高,一个圆脑袋,两只眼特别叫人注意,大杏儿似的,圆鼓鼓凸出来老高。钱万里把他的头转了一下,从侧面看,眼珠子鼓出眼皮外来。两只张风的耳朵,蒜头鼻子,嘴唇向里卷着些儿,显得又狠霸又调皮。底下一个鼓绷绷的大肚子,把裤子顶起老高来。钱万里伸手去大肚子上弹了几下,小孩捂着肚子眯起眼睛说:

"不用敲,糠瓢的。"

钱万里越看越爱,蹲在他跟前仔细盘问起来:"你叫什么?"

小孩答说:"小老虎儿。"

"多大了?"

"十三啦。"

一个战士说:"听这名字,瞧这模样,一准是个小嘎子。"

钱万里又问:"家里还有什么人?"

小孩拿着饼子的手哆嗦了一下,嘴也不嚼了,凝着两只大眼愣着。

"哎,还有什么人?爹,娘?……"

小孩愣着愣着,鼻子抽了一下,从两只大眼里掉下一对眼泪来。

钱万里一时闹不清为什么,心里有些慌,抚着他的头赶紧安慰道:"怎么一下子就伤起心来了?别哭别哭,有什么委屈对叔叔我说说嘛。"

小孩禁不住向前一跪,抱住钱万里的双腿,大声嚎啕起来。

钱万里更慌了,连忙抱住他,小声说:"快别哭,看叫外面听见了……"

一群战士围上来乱看,等小孩止了哭,一细问,大家才明白。

原来小老虎儿的父亲在村里当村副,暗里抗日,不知怎么叫鬼子知道了，黑夜堵门抓了他，就按在当院地上，劈柴棍子打折了三根，最后给绑到树上，乱刺刀戳死了。临走把房子放上一把火，家当片瓦无存。逃了活命的亲娘，无法吃饭，抱着刚满月的小兄弟逃往藁城去了，小老虎儿就跟着七十岁的奶奶一块儿要饭吃，没有两个月，老奶奶也饿死在庙里了。

小虎老儿直说直哭，把几个战士也引得落了泪。

钱万里说："为什么不想法儿给你爹报仇？"

小老虎儿苦着脸噘起嘴说："拿什么报仇，你们全不要我。"

小老虎儿已经两次要求入伍了，第一次是三十一区队，第二次是二区小队，全嫌他小，没有要。

钱万里说："你不怕鬼子、'皇协'？"

小孩咬牙说："不怕。"

"你敢见他们吗？"

小孩说："敢，我常见他们。"

钱万里说："参加我们这里，乐意不乐意？"

小老虎儿把泪赶紧抹了两把，瞪起大眼说："叫我磕头都乐意。"

十六

头天明,一小队转移到东丁村住下了。

已是吃早饭的时候,钱万里从昨夜直到现在还没有睡,同时他命令战士们也不准睡。他不时望望窗外,看太阳到什么地方了,一面又把副政委昨天的来信看了又看。信上说:

"分区通报,束冀①中心根据地大'扫荡'已告一段落,从获得敌人的文件中得知,敌人已把兵力分散到各游击区进行拉网'清剿'。"

据房东说,昨天夜晚,仍有鬼子的兵车从牙口寨往大陆村开。今天,情况说不清什么时候来,不来便罢,来了就估不清有多大分量。

周铁汉气势虎虎地持着棵老套筒在屋里走来走去,他坐不住,立不安,别人猜不透他是准备打仗,还是正盼着敌人来。

干巴轻轻对人说:"看吧,周小队长又要跟大'扫荡'那天似的,来一口大叫:'杀——!'"把周铁汉逗得哧一声笑了起来。

这时候,小老虎儿正在村南口上,一会儿钻进一家要个窝

---

① 当时的新划县,合束鹿、冀县各一部,为"五一扫荡"前巩固的根据地。

头,一会儿又脱下小褂,爬上树去捋些榆叶。但是,那两只大眼,骨碌骨碌总不离通大陆村和唐邱据点的两条道。

忽然,大陆村道上一溜人影卷过来,小老虎儿忙登上碌碡一个一个数着,刚刚数到一百二,一转眼,唐邱道上一溜绿丛丛的"皇协"大队,就快进村了。小老虎儿吓了一大跳,急急看了两眼,扭头就跑。刚刚跑到十字街心,从东又插来一股"皇协",后头紧紧跟着鬼子。"皇协"见他张张皇皇,哗啦把枪栓拉开,顶上子弹喝道:

"跑什么?过来!"

小老虎儿紧紧抱住褂子里的榆叶,对那"皇协"说:"老总,我害怕。"

"皇协"上前几步,仍喝道:"怕什么!"

小老虎儿指指身后,悄密密地说:"八路从村南庄稼地里绕过来了,净穿的绿军装,说是警备旅。"

"皇协"们一听,轰地向后散了好远,嘴里连嚷:"八路,八路!快上房!……"

哗啦啦啦,拉得一片枪栓响。小老虎儿见顾不上他了,抽身向西急急跑了几步,拐个弯儿,奔了西村沿。

钱万里已经得到了房东老大伯的报告,说从牙口寨那边来了一溜穿绿军装的人,说不清是"皇协"还是鬼子。人们全准备战斗了,却还不见小老虎儿回来,正着急,小老虎儿一头撞进来,把情况一五一十说了一遍,大队长决定立即拉出去,向西,经过西丁村再奔霍家庄。周铁汉对大队长说:

"你带队头里走吧,我随后掩护。"

队伍一出村,散在地里的时候,唐邱的敌人首先发现了目标,子弹哧哧地横空飞来。周铁汉只听枪声,就知道净是些"土造皇协",毫不把他们放在眼里,就带了五个战士,故意放慢脚步留在后边,眼看"皇协"们还离着一百多公尺,周铁汉让五个战士藏在两棵大树后面,喊声:

"瞄准——放!"

哗,哗!连回了两个排子枪。领群儿往前冲的两个"皇协"被撂倒了,其余的先先后后扑倒在地上,再也不敢前进。周铁汉高兴得大声说:

"看,撂倒他两个,别人都不敢上来了。——来,瞄好,动就还揍他!"

周铁汉正在兴高采烈,背后金山喊他一声说:"大队长叫你们快跟上哩,看落下你们多远!"

周铁汉扭头一看,可不是,大队长带着队伍已进了西丁村东口,这才带起人们去追,刚跑出不远,东边鬼子的"歪把子"响了,嘎嘎嘎、咕咕咕,一梭连一梭地盖过来,子弹擦着青苗叶儿,就在脑前脑后啪啪直爆。战士们跑一阵爬一阵,滚了通身的土,好容易才撤下来。刚刚进西丁村东口,街里噼噼啪啪又打欢了。周铁汉心里一急,赶紧带上队伍冲了进去,恰在一条南北街上,被由大夫庄来的一股敌人卡住了,大队长他们已经冲了过去,街筒子已被敌人封锁起来。金山噘起嘴来说:

"生是你麻痹大意,慢慢腾腾闹的,这一百多斤又豁

81

上了。"

周铁汉铁着脸不说话,可是人们看得见,他那股凶狠的杀气又冒上顶来了。他探着头在墙角看了看,向后把手招了招,只说声:"跟我来!"身子一纵蹿了出去,敌人的机枪顺着街筒迎头扫来,砖块土末飞了满街。

周铁汉和金山急蹿几步,钻进了向西的道口,可是在他们身后的两个战士一齐被打倒在地,后面三个一蜷身又翻回东街去。

周铁汉见后面没有跟上,立时出了通身的汗,双手喇叭似的放在嘴上,高声叫道:"占维,占维!……"可是,在稠密的枪声中,他的声音传不过去。周铁汉急得转了两圈,把脚一跺,趁敌人枪声一稀,三蹿两纵又跑回东街来。三个战士正毛头毛脑没有办法,见他回来了,眼里又放出光彩。周铁汉安慰他们说:

"沉住气,不要紧,再冲,一个过了一个过,别一拥全上去了。要快,贴着墙根儿跑。"

战士李成第一个纵出去,在街心被打倒了。

周铁汉唉了一声,说:"看着我,我怎么过,你们怎么过。"他三步两步蹿过街心,靠墙根紧跑了几步,又到了西街上。占维第三个,看看跑到西街了,腿上中了一颗子弹,他倒下滚了两滚,金山又拉他一把才过来了。第四个刚刚跑到街心又被打倒了。

鬼子从房上也压过来,连着两个甜瓜手榴弹落在街心。

周铁汉闭紧嘴咬着牙,一气回了三个,掩护着金山往下背占维。

正在这时候,西口高房上,丁虎子的黑大个儿出现了,一面虚张声势地喊着:"冲啊,杀!捉活的!"一面把大鼻子捷克式担在花墙上,"当"一枪"当"一枪地向敌人射击着。大队长又把人带回来打接应了。

十七

队伍一拉溜向霍家庄跑步前进。后面鬼子紧紧追着,冷枪咻一声咻一声不时飞来。周铁汉左手持着老套筒,左肩右斜还背着占维那支"汉阳造",跑一步摆一下,渐渐又落在后头了。

今天敌人的合击,却也是预先有计划的,刚离开西丁村半里左右,在北面高庄窝村里,又插出五六十个伪军来,他们见大队奔了霍家庄,也急步向霍家庄跑去,显然打算赶在头前把大队插住。于是两支并排着的队伍,就此开始了越野赛跑。

毕竟伪军们的道儿近,当丁虎子几个距霍家庄相差一百公尺左右时,"皇协"们的前锋已抓住村沿,就要抢上一家高房去。

钱万里心里正要冷下来,突然,那高房临近的小木板门敞开了,随着一声手榴弹响,"叭勾、叭勾"几响清脆的枪声,"皇协"们来不及提防,还未醒过神来,就被撂倒了三四个,剩下的五六个一转身跑回到一块坟地里。钱万里随着一喜又是一怔:"什么队伍?枪声好脆呀!"

只见从木板门中,猛虎一样,腾腾腾,跳出三个人来,亮闪闪挺着刺刀,从烟雾里穿过去,直扑向那块坟地。"皇协"们吓得枪也放不响,爬起来跑散了,有两个吓呆了的,眼看着躺倒在刺刀下。

钱万里心里连连赞道:"好家伙,真凶!"紧着跑前几步挥手招呼道:"同志!哪部分?"

当头一个挺实坚俊的青年答一声:"警备旅!"

战士们一听,先是一惊,随即一齐笑上脸来,乱说:"怪不得这么棒!看,一人一棵三八大盖。"都围上去与三个人混在一起,亲热地互相问候着进了村。

这三个人,为头的是位排长,名叫胡在先。这时"皇协"在远处又整理了一下,会合了后面的鬼子,又追上来。

钱万里征求三人意见:"咱们一块儿走吧?"

胡在先爽朗地说:"一块儿走,都是共产党的队伍,我们就服从你的指挥好了。"

钱万里一听,心里喜欢得乱跳,握住胡在先的手说:"真是太好了!"

周铁汉刚刚赶上来,二话不说,把左手的枪朝丁虎子一扔,跑到胡在先面前,拉住他的手说:

"大远我就看着你,哎呀,真是主力,真是我们的老大哥。"满脸乐得花朵儿一样,他想抬起右手去拍拍胡在先,可是抬了半截又放下去了。

丁虎子一眼看见他右手上满是血,惊得哎呀了一声,抢上来托住他的胳膊说:"周队长,这是伤……"

周铁汉赶紧把嘴一努,小声道:"别嚷别嚷,看叫人知道了。"

可是人们早听见了,都吃一惊,大家这才发现周铁汉的右膀子挂了彩,乱上来解他身上的枪。

钱万里带着队伍出了西口,一边跑,一边和胡在先一递一句地说着话。

胡在先说,他们原是警备旅一团二连的,在大"扫荡"那天的战斗中,与本连失了联络,找了好几天没有找到,以后就各地乱转起来;白天,有时窝在一家,有时趴在青稞里,有时藏在看园子的小楼上;渴了,喝凉水,饿了,就跟老百姓要点干粮,一直熬了这么二十来天了。最后说:

"离开队伍就像离开娘一样,什么都无抓无挠的。"

过了秀才营,撇着唐邱据点,赶到双井的时候,日头就落了。鬼子追了一程,各自回了据点。

钱万里把队伍安置好,亲自查点了一下人数,除牺牲的四个同志以外,其余都到了,只是缺了小老虎儿,人们有的说准是害怕又跑了,有的说怕是跟不上丢掉了。半夜的时候,他却独自扛着一捆秫秸找了回来。人们不由得奇怪,打开秫秸一看,里头裹着一支大枪。原来他跟着大队冲到西丁村以后,就跟不上了。敌人截住一打,他闪进一家院子里,等枪声停了,他跑出街一看,鬼子们只顾慌慌乱乱地往前追呢。趁他们不留神,他抢下李成尸体旁的枪,提着背带,擦着地皮儿,飞快地跑进了院子,靠大门有一个猪圈,他把大枪插进猪窝的乱草里,就拿起破勺子装着喂起猪来。等鬼子走净了,他才拿出大枪,裹在一个秫秸里扛着,一路打听着摸到双井来。

等他说完,钱万里拉住他的双手,盯着那一对大眼睛说:"你真是个大眼睛的小老虎儿。"

旁边干巴接嘴说:"就叫瞪眼虎吧!"

全屋人轰地笑了,小老虎儿羞答答地眯起眼睛来,也抿着小嘴笑。从此,"瞪眼虎"这个名字就流传开了。

十八

周铁汉和占维在半夜里被抬到了马庄。他干娘一面热泪滚滚,一面匆匆忙忙叫儿子三生把箱啦篓啦搬出来,把套间打扫干净,铺好滑秸,又铺上一床被子,眼看着三生把他俩抱起来轻轻放在上面躺好,又拿来一床被子盖上,把枕头垫高些,就去烧水熬粥。

周铁汉并没有难过,精神还是平时一样健旺,眼里倒常常流露着抱愧的神色。他说:

"我倒不要紧,革命嘛,负伤挂彩谁也短不了。只可惜,那四个同志牺牲得太不应该。"

他沉了一阵,突然翻过头去问占维道:"占维,你觉着这次负伤冤不冤?"

占维一愣,两眼呆呆地望着他,半天才说:"你说的这叫什么话?打日本嘛,死了都是光荣的,怎么冤呢?"

周铁汉忙接住说:"不是,我是说,你今天不应该负伤。"

占维好像才明白他的意思,用安慰的口气说:"周队长,要不是你从西街上又翻回一趟来,我的命还不知怎么着呢,我早就看出来了,你真是为我们着了大急。"

周铁汉合上眼,微微摇了摇头,自言自语地说:"急?晚了!早——晚——了!"

三生站在一边听他俩说话,总摸不着头尾,年轻人的心里憋不住事,便靠上前来,轻轻坐在被子边上,探着身子小声问道:

"干哥,你们在哪儿挂的彩呀?怎么打的仗?给我说说。"

周铁汉看看三生的孩子脸,用胳膊一遮背过脸去说:"没有意思,有什么说头。"

三生把眼转向占维,占维支起胳膊,把身子往起抬抬说:"你爱听吗?我给你说说。"就把东西丁村的战斗,从头上讲起来。当讲到在西丁村街上被敌人卡住的时候,周铁汉禁不住也回过头来,用眼睛望着三生。却见三生一面听,一面点头,听到最紧张的冲锋和李成几个牺牲的时候,他不禁咧起嘴,皱着眉,两臂紧抱在胸前,睁着惊怖的双眼,连连哎呀哎呀地叹着,把整个身子都耸起来。

周铁汉看着看着,呼一口气,把脸一甩,又背过去了,心说:这个软瘫架,真没出息。假如换了另外一个人,他八成要发火的;这次所以没有发,一则三生不是一个战士,而是一个干兄弟;二来,三生还只是十八岁的孩子,因此原谅了他。

隔了一会儿,三生忽然又拍着手大笑起来,连连喊着:"真是巧,这也解一口气!……"原来占维正讲到胡在先几个从小木板门里跳出来。

几个人正说着话儿,后墙上咚咚咚响了三下,接着又是三下。老大娘放下烧火棍去开了门,区委马捷英来了。见周铁汉负了伤,就挨他身边坐下安慰了几句,又掀开他的衣襟看了看伤口,不由皱起眉道:

"还是找个医生赶快看看吧,看这肉翻着,真不轻咧。"

老大娘愁蹙蹙地说:"我也这么说,可是谁会治呀?他们也没个医生,唉,真是愁死。"

马捷英想了想说:"这村的冯先生不是治过红伤吗?还是北平什么科出身呢。"

老大娘两手一合说:"唉,真老了!我快给请去,听说他还有治红伤的家什呢。"

周铁汉忙问:"这人靠住靠不住?"

马捷英连说:"靠得住。"

周铁汉又嘱咐道:"偷着叫,可别叫我爹知道了。"

老大娘把烧火棍交给小菊,就轻悄悄出门去了。

周铁汉用眼送她走了,又问起马捷英关于他爹的事来。马捷英先沉下脸,凑近他耳朵说:

"那天你不是回去了一下?你走了以后,他马上把保丁老五叫去了,不问青红皂白,剜眼剥皮地训了一顿,直到这会儿老五还吓得不敢出门。——自从区里教育他那顿以后,他明着一副笑脸,暗里倒更恨起咱们来了。"

随后他又告诉周铁汉:在这里住也要多加小心,不可太大意了。现在周岩松常把村里一个潦倒梆子外号叫"钱串子"的叫去,还常常给周岩松捎东西。前天他还从钱串子透出口风说:"子不仁,父不义,无的可怪。"周铁汉点了点头。

门一响,老大娘领着冯先生进来了。冯先生戴个眼镜,穿个白褂儿,手里一个小白纱布包,里头卷着一把刀子,两把镊子,一瓶"二百二",两朵棉花。周铁汉坐起来,把褂子脱了,把肩膀扭给他。伤口正在肩膀头上,深深咧开一张嘴,足有二三寸长。冯先生看了看,两道眉皱成一个疙瘩,嘴里喷了一声,自言自语地说:

"我不定治得了治不了。"

周铁汉见他信心不足,就鼓气说:"没关系,治死了也不要你偿命,下手吧!"

老大娘端来一盆开水,冯先生用棉花蘸上水,把伤口周围的血擦干净,用镊子把烂肉挑起来仔细看了看。看罢,把眼一垂,丧气地摇了摇头,用低暗的调子说:

"你们可别多疑我故意拿人,一来伤不好治,二来又没药,又没家什,甭说别的,光里头这块骨头我就取不出来。我看,你们最好是另请个旁人。"

一听说治不了,屋里人都有些着急。周铁汉说:

"你怎么说不好治呢?我的伤并不太重嘛,挂彩以后,我还跑了十来里地呢!"

冯先生惊异道:"怎么,跑了十来里地?真是个立地金刚。"

周铁汉说:"别胆小,骨头取不出来,就往外搜嘛。"

别人也说:"无论如何,既然请你来了,总得给看看。"

冯先生没了办法,狠狠心说:"你可别嫌疼。"

说着,又把烂肉挑开,用镊子试探着,夹一下,咯吱一声,却夹不住,再夹一下,又咯吱一声,还是夹不住。老大娘和小菊早吓得躲到墙角里捂起眼来。三生站在一边,扶住周铁汉的右手,咧着嘴,咬着牙,嗖一声嗖一声地吸着气,就像镊子剜在他的身上一样,也疼出一头汗来。

冯先生偷眼看看周铁汉,只见他闭紧嘴,屏住气,看着镊子,一声不吭,头上豆大汗珠子密密冒出一层。心说:小伙子真好骨气!又夹了几下,还是夹不住。

周铁汉说:"把镊子往里伸,别光夹尾巴,把整块都夹住。"

冯先生青着脸喘口气说:"我是怕你疼啊。"

周铁汉说:"我还不怕哩,伤又没在你身上,你怕什么?"

冯先生狠狠心,把镊子一下伸进肉里多半寸,但是,手却不由得发疟子一样哆嗦起来。

周铁汉看他这样子,问声:"夹住了没有?"

冯先生颤抖地说:"夹住了。"

周铁汉伸出左手,把冯先生连手带镊子一把抓住,嗨的一声,猛力一带,马牙大一块骨头拽出来了。鲜血随着泉水似的涌出来,把医生吓得只是呆着眼看,棉花也忘了拿了。

伤口周围涂了些"二百二",用一块纱布裹住,又用棉花盖上,就拿老大娘一块新买的羊肚手巾包住。

周铁汉等把占维的伤也看罢了,就向冯先生说:"你看我还得多少日子好？"

冯先生说："最快也得个数月，还得养得好。"

周铁汉叹道："真是倒霉，这个数月又打不上仗了，唉，怎么熬过去哟！"

冯先生格外把声音放得柔和，安慰说："什么事也别想，静心养着吧。怕是即便好了，你也在队伍上待不得了。"

周铁汉立时睁圆眼睛说："你说什么？"

冯先生忽觉失了口，连忙遮盖说："没有什么，没有什么，你养养就好了……"

周铁汉见他一躲闪，心里更急，紧紧追着问道：

"冯先生，有什么话你只管一句说完，别这么藏头露尾的，那简直把人急死了！"

冯先生见藏不住，就竭力镇静着说："也没什么，怕是膀子要落点残疾。不过，还看养得好坏，养得好，也许不碍事。"

屋子里立时降下一片沉寂，老大娘无主张地看看周铁汉又看看医生，马捷英低着头躲开了周铁汉的眼，三生和小菊只是眨着眼看。

周铁汉愣着愣着，脸色发起青来，半天才说："我回不了大队了？"

冯先生点一点头说："大概是——"

周铁汉一动不动地望着窗外，忽然啪嗒一下，两颗泪珠掉在衣襟上。他慌忙举起左手在脸上一抹，泪一下擦干了，他偷眼看看别人，心说：千万莫叫看见了，真丢人。

93

十九

周铁汉和占维一气儿在马庄养了一个多月,伤眼看就封口了。在这一个月里头,三生配合着马捷英,在西屋里挖了一个地洞。敌人来了,周铁汉几个就钻进去,敌人去了,再爬出来,一直没有出过事;地洞给人们助了胆,谁也就没有想到要挪开。

秘密是不能长期保守的,周铁汉的风声到底透出去了。有一天,小菊正在街上放哨,钱串子顶头迎住她,张嘴就问:

"小菊,你干哥走了没有?"

小菊到底岁数太小,脑子转不了那么快,说了个"没哩",可是,马上就觉得不对头,急改嘴说:

"我没有干哥,我说我三哥哩!"钱串子已经笑一笑走远了。

当天下晚,老大娘在村头上碰见了周岩松,周岩松二话不说,黑虎起眼来,三个手指一撮,比了个"七",嘿嘿冷笑一声说:"现洋!"就气昂昂走过去了。老大娘吓得头发根子一立楞,连忙走回家来。一路上昏昏沉沉地想:

"这可怎么着?说了吧……不行不行,到底里还是人家势力大,天下又是鬼子的,咱的官司准输没赢。哎呀呀,这可怎么着？……"

到底老太太的心眼儿窄,这一天,她倒在炕上,一口一口长出气,总拿不定个主意。小菊本来想把钱串子的事说给她,见她这么愁眉苦脸的样儿,小心眼儿也收紧了,一直不敢开口,只觉得心里老是扑通扑通地跳。

马捷英在外村开会开到半夜,回到西屋去马上就睡了。几个屋里都黑洞洞的,没一点响声,可是,老大娘的心里却一直翻腾了一夜。

第二天一早,老大娘早早起来,叫醒了小菊,就又让她到街上放哨去了,自己抱柴添水,操持做饭。

周铁汉每天早晨都是早早就起来。这也许是大"扫荡"以来在大队上养成的习惯,因为早晨常是敌人出动包围村庄的时候,这时候发生情况也最难处理,所以,他总是在天破明的时候,就自然地醒来了。

今天起来之后,在院里听了听,一片死静,没有声音,就悄悄摸进西屋,把马捷英叫起来,小声地拉起闲话。正说着,咚咚咚一阵脚步声响过来,周铁汉机灵往起一站,迈出院外。门口咣啷一响,栅栏门忽地闪开了,小菊风风火火扑上来,颜色都变了,抱住周铁汉急促地说:

"干哥,快藏起来吧!鬼子把咱家围了!……"一面说,一面使劲往西屋推他。

周铁汉说:"怎么围了,你可说清楚呀!"

小菊喘气不迭,急急地说:"街上也有,村外也有,前街鬼子正往这南房上爬哩！"

周铁汉登时明白了，他从小菊两只失神的眼里也看出来，今天敌人完全是有目标有准备来的。他忙把小菊推开说：

"你快跑吧，钻洞是不行了。"

马捷英已从西屋里跑出来，周铁汉一把拽住他的手，一边拉一边说：

"啥也别说了，赶快跑！"把老马拉在东墙根下，自己靠墙一站说：

"快蹬着我爬墙！"

村外一声枪响，子弹从院子上空刷地擦过。马捷英蹬住周铁汉的左肩，一跃身翻过东院去。这时三生挽着占维从北屋跑出来，周铁汉晓得他上不了膀梯，上去把他当腰一抱，向上一举，三生连顶带托，刚刚送上墙头，南房上一枪打过来，子弹在墙头上溅起一朵土花。占维喝了一声，也滚过墙那面去了。

周铁汉又随手把三生一拉，靠墙一站说："快，还来得及！"

三生却也在墙边一站说："不，还是你过吧！"

周铁汉急道："咳，这时候还让什么，快过！"刚要伸手抱他，门口咣啷一声，闯进来四五个鬼子，明晃晃一排刺刀逼上来。周铁汉转过身，习惯地把手插进腰里，可是腰里什么也没有。

一个穿黑制服、长个红鼻子的家伙走上前来，对他说：

"你就是周队长吗?"

周铁汉立着眼道:"是又怎么样?"

红鼻子笑一笑:"不怎么样,今天请你来,也无非交个朋友。"

三生上前一步,影住周铁汉道:"他不是周队长,他是我哥……"

红鼻子顺手一个嘴巴,底下一脚,把三生踢滚在地,又上来一个家伙,把三生上了绑。

红鼻子把两手一摊,向周铁汉点了个头,指着门外道:"请吧周队长,外边有大车等着。"

周铁汉刚要迈步走,一个尖锐的声音从屋门口传来:"你们不能抓他走!这是我儿子,他是好人!你们可不能带他走哇!"

老大娘张着双臂,披着头发,疯子一样扑上来。可是,她还没有挨近周铁汉,就被一个鬼子抬腿踢倒了。她马上又爬起来,仍朝这里扑,又第二次被踢倒了。她还要往起爬,鬼子赶上去没头没脑给了她几枪把。于是,她倒在那里大声叫着:

"铁汉!铁汉!你不能走哇!"

周铁汉翻回头去说:"干娘,放心吧,我不要紧的,我还能回来。"

老大娘猛然又站起来说:"铁汉,我的好儿子,我不是你干娘,我是你亲娘呀!"她又第三次被踢倒了。

红鼻子又上来催说:"周队长,早晚是一趟,快不如急,看这个更难受,不如干脆点。"

周铁汉说:"好!你们什么都知道了,走吧!要哆嗦一下,不算共产党!"

周铁汉被架上了大车。随后,三生也被押出来,架在另一辆车上。

大车出村以后,周铁汉看见,在村西北角上升起了一团黑烟,一直冲上天去,老大娘的房子被点着了。

二十

　　一九四二年的大秋是个歉收年景,苇子似的高粱,贴着地皮的谷子,都收割起来了。饥荒年头的大秋也容易过,只几天,便地净场光,平原上又是一望千里,除去村庄和树木以外,净是光秃秃寂寥寥的一片。老乡们都摇头叹气,愤怒地骂着:"老天爷也当了汉奸!"

　　周铁汉被捕的消息传到了二小队,刘一萍不禁暗暗吃一大惊,他悄然坐在副政委薛强的一旁,察看着他脸上的颜色。薛强的脸上确实很沉痛,绷得很紧,眼也瞪圆了。他看看钱万里的信,想一想,然后又看,有时看得出他在暗自咬牙,有时低下头去深深地沉思。半晌,他伸出拳头在桌上擂了一下,用沉重的调子说:

　　"损失是损失了,但是要叫战士们记下这笔账,记下这个仇,同时,也记下他的教训。不过,周铁汉是个共产党员,他会永远记得党给他的教育,他会给我们争来光荣的。"

　　刘一萍见他不说了,就贴近了小心地问道:"副政委,咱们是不是再分散开好些?"

　　薛强看他一眼说:"为什么?"

　　刘一萍一字一板地说:"根据当前整个形势估计,敌人的

'清剿'还未过去,为了保存力量,减少目标,避免无谓损失,以分散活动为最恰当。而在这种环境之中,越分散得零星,就越能避免损失。"

薛强顺着他的声调答道:"根据当前形势估计,不仅敌人的'清剿'还未过去,而且还会更频繁,更残酷,花样也更翻新,手段也更毒辣。可是,难道现在我们不叫分散吗?难道我们的目标还不够小吗?从大'扫荡'到现在两三个月了,我们还没有动敌人一根毫毛,连个特务都不曾捉。怕只怕我们的目标倒太缩小了。"

刘一萍不禁一阵脸红。薛强又看他一眼,发现自己的话不免尖刻了些。可是,他认为这不是妥协的时候,还必须把前些日子的话再重复一遍。他缓一口气接下去说:

"现在摆在我们面前的是两种危险,两种危险都在我们自己内部,而不在敌人方面。一种是麻痹大意,一种是害怕逃避。前一种是不看条件,盲目乐观;后一种是过高地估计了敌人,却小看了自己。而在目前,后一种是最主要的。如果我们能避开这两种错误,主动地干起来,我们便会立在不败之地。但是,在我们的队伍里,却有些同志过分宝贵自己的生命,整天为如何保住自己的命想得昏头昏脑,却没有把自己的命和广大战士的命合在一块儿。因此,他就看不见自己的力量和前途,结果不但不能保住自己的命,他还会把同志们断送了的。——刘一萍同志,周铁汉的受伤和被捕,对我们有一定的教育作用。但是,不能因为这一教训,就认为我们还应该分得更零星些。过去我们分成仨一群,五个一伙儿,主要是便利挖地道,建设基点村。今天,地道已有了好几个,就不应再分散了。"

刘一萍红着脸想了一阵说:"并不是我右倾,我的主要意图是以防万一,分散了,人熟地熟,又轻便又灵活,即便一个组损失了,还有好几个组,不至于叫敌人一网打尽……"

刘一萍的话还没有说完,薛强就打断他,用慢慢的但显然是不大耐烦的声调说:"同志,我们是军队,是共产党领导的抗日军队,我们的任务是打鬼子保家乡,不是为了藏,你最好是少想些损失,多想些怎样打敌人,争取胜利吧!"刘一萍闭着嘴不说话了。

薛强看看天晚了,把怒气消了消,从衣袋里掏出一份油印的文件,用指甲在上面弹了两下,递给刘一萍说:

"这是分区来的战斗通报,不少县开始打胜仗了,人家都在创造胜利和经验了。——你看看,然后给战士们传达一下,附带把周铁汉的事也给大家解释解释。"

刘一萍闷着头嗯了一声,把文件接了去。

薛强把身上东西检查了一下,抖了两抖,又用手巾把脸擦了擦,突然伸手在刘一萍肩上轻轻一拍,用十分轻松的调子说:"注意,解释的时候不要哭丧着脸,总哭丧着脸多泄气呀!我们应该学会乐观,让大伙儿都乐观,因为我们到底还是有前途的。好,天不早了,我马上去大队长那里看一看,大约明天就回来。这里的事你可多留心啊!"

薛强明亮的眼睛闪了几闪,嘴角上微笑着,满脸浮着愉快。他的愉快,常常能鼓起战士们的勇气和精神。最后,他又加几句道:

"把情况掌握好,有便宜就捡。要记住一条道理,只要是主动,打糟了也受不了什么太大损失。"

天擦黑,副政委把罗锅子留下,带着玉柱、孙二冬和新养好伤回来的侦察员曹得亮及排长李茂林走了。

刘一萍独自坐在炕上,窝了一肚子委屈情绪,在灯下把那份战斗通报看了看,就生气地向炕上一扔,那通报飘了一下,借一阵风儿落到地下去了。刘一萍背靠着墙乱想起来。他明白副政委那段"宝贵生命"的话,就是针对自己说的,于是在心里为自己辩解道:

"天底下就没有真正不怕死的人,只是表现不同罢了。在这种环境中,硬叫人家乐观,也不想想叫人怎么个乐观法儿!不错,党有前途,抗日有前途,警备旅呢,也有前途,而我们,一碗饭吃不完就可能有子弹打透脑袋……"

正辩解得上劲,战士赵福来进来了,见刘一萍靠着墙出神,玩笑地问道:

"想什么好事哪?"

刘一萍转过脸来,不在意地说:"多啦,净好事。"

赵福来正色道:"怎么说周队长叫人家弄了去啦?"

刘一萍仍是待答不理地说:"那也是好事嘛!"

赵福来愣一下:"唔?"

刘一萍冷冷地说："唔,咱这一代算走上红运了,怎么都好。"又轻轻叹了一声,自言自语似的格外惨淡地说:

"胜利了——也好,残废了——也好,被捕了——也好,死了——更好。"

赵福来越听越灰气,脊梁骨往外冒冷风,就岔开话头说:"副政委走了,咱今天往哪儿转移呀?"

刘一萍当时没言语,把脑袋歪在肩膀上,用嘴咬着指甲,许久,才说:"左右是这几个村,照咱以前划分的小组,一村一个。"

赵福来说:"不是副政委不让分散了吗?"

刘一萍瞪起眼发狠似的说:"他在由他,他不在由我!"

赵福来愣了一阵,觉得要顶就会顶僵,便缓和一下道:"你大概又是贾家口?暖炕热被,老婆一睡。"

刘一萍把身子晃了两晃,嘴角上笑了一下说:"这年头乐一天赚一天。"

赵福来又问:"那个新战士跟谁呢?"

一提新战士,刘一萍又是三分火。他认为:像这样的环境,只原来这些人,都快转不开了,还要的什么新战士?除了暴露目标,再不会有一点儿用。可是,薛强却讲了一套什么发展的大道理,硬叫收下了。刘一萍想到这儿,丧声丧气地说:

"跟我!"

赵福来实在再找不出什么话说,问清明天晚上在神堂集合,就出屋召集自己小组的人去了。

二十一

第二天晚上,赵福来带着三个人首先回了神堂。爬过墙,进了一家老房东的门,等了一会儿,线儿牵着一样,其他两个四人小组也先后到了。总是这样,哪怕只分散一天,大家见了面以后,都像是亲人见了亲人,一个个欢天喜地,热乎乎拉起话来。

锁柱子问赵福来说:"副政委什么时候回来?"

"今天。"战士们一齐说,"我们一见副政委精神就来了,跟着他,就觉着心里有底,腰里也硬,没个发愁的时候。"

锁柱子挤挤眼站在大家当中说:"大伙参谋参谋,要是今天副政委来不了,咱们又得怎么办?"

一个战士说:"怎么办,还不是'照咱以前划分的小组,一村一个'!"

大家一齐点头。赵福来发愁说:"总是这么'啃骨头'①,日子长了,地道非暴露不可。鬼子又这么三天两头到村里转,不小心就得叫敌人掏了窝。"

另一个愣头愣脑的战士说:"反正人家不要紧,守着家门

---

① 在一个村反复地住。不向敌占区开辟发展,战士们叫"啃骨头"。

口,家里又有钱,有个好爹,在村里明里暗里都挺主事,人杰地灵,敌人堵了也不怕。"

一个战士问道:"你说的是谁?"

那战士把脖子一挺:"咱们小队长!咱这抗日的就没人家值钱!"

赵福来道:"不要讲怪话,有意见当面给他提嘛!"

那战士又道:"提,人家还不是爱听听两句,不爱听尿也不尿你。胳膊拧不过大腿,人家两片嘴又会说,——你们去看看在他村里挖的那'蛤蟆蹲'①,钻进三个人去就转不开身了,那人家给副政委汇报,还说是'战斗地道'哪!"

赵福来说:"这是听谁说的?"

那战士急起来说:"和刘队长在一块儿的大合说的,我还会造他的谣!"

锁柱子问道:"副政委三番五次叫挖战斗地道,为什么光挖个'蛤蟆蹲'就算了?"

那战士又说:"大合说,刘队长成天在家里搂着媳妇睡,甭说一块儿挖,连个累不累也不问一声,弄得大伙儿全没有劲,就挖成那么个玩意儿算了。哼,谁跟他在一块儿,算倒了血霉了!"

赵福来说:"算了算了,不愿给他提就直接向副政委提嘛,背后乱说就不对。"

---

① 太小的不能进行活动和作战的地洞,战士们叫它"蛤蟆蹲"。

正说着,刘一萍的小组也到了,大家都煞住口不说话。刘一萍随便问了问两个组的情形,就躺上了炕。战士们有的又唧唧唧说起来,有的也七扭八歪地睡了。

等了好大一会儿,刘一萍醒来问道:"副政委还没来?"人们说:"没有哩。"他咂咂嘴又歪倒了。

院里有车子响,赵福来赶紧迎出去,却只见罗锅子,不见副政委。还未等问,罗锅子兴冲冲地说:

"大队长他们叫敌人包围了,他妈的,倒弄了两棵枪冲出来了。"

赵福来把他拉进屋来,让他仔细说给人们听,他说:

"更详细的也不知道,只听二区小队取情报的说:咱们和三十一区队二大队住在米家庄,早起敌人把他们包围了,他们没有动,等敌人蒙头转向地刚进街口,一阵排子枪就冲出去啦,咱们一个人没伤,倒捡了点小便宜。这会儿他们过了县界沟,转到赵县地里去了。副政委今天不准回得来了,听说要和三十一区队开两三天会哩。"

战士们高兴得乱哄哄说笑起来。刘一萍猛然吹唬道:"嚷嚷什么!才缴两棵枪就连秘密也忘了,还想要脑袋不?"随后向罗锅子问了问情况,罗锅子说别的据点没有大变化,只是大营上从城里来了三十个鬼子,说要出动,可不知道往五区还是四区。战士们听了,全静下来。

赵福来问刘一萍道:"副政委不能回来,咱的行动怎么办?"

战士们也用眼望着他，心里早等着"分散呗"那一句。可是刘一萍没有马上说话，他正考虑副政委回来以后如何应付的问题。最后他说：

"这样吧，副政委恐怕还得几天回来，我们既不集中，也不分散，两个组合一个组，一个组在四区，一个组在三区，三天碰一下头，到那时再说。"

结果，锁柱子那组合到刘一萍一块儿，剩下的合成第二组，由赵福来带领。贾家口属四区，刘一萍自然分了四区，赵福来就在当夜开到三区去。

临分手，锁柱子暗里拉住赵福来的袖子，亲热又带几分心酸地说：

"伙计，别离我们太远了啊！大营上又增加了鬼子，听见这边枪响，可想法接应着点。——唉，说真的，跟着他还不如跟着你觉着保险。"

两支小队，一东一西，在黑夜里各自走上了自己的路。

二十二

天破明,刘一萍从家里翻过一道墙,回到小队上来。

这邻家,是刘一萍的近当家子,三间北屋,两间东屋,"蛤蟆蹲"就挖在东屋里,洞口留在外间的囤脚下,上面用一只糠箩子盖着。小队住在北屋东间,西间是房东。大门口照着副政委留下的传统,放着一个顶门岗。

刘一萍进东间看了看,战士们白菜帮似的躺满一炕,没个空地方,靠柜橱坐了一会儿,没有意思,把枪拉开看了看,见上面生着点点红锈,心想:"干吗就用着它了。"也懒得擦。放下枪,叼着棵烟卷遛出院来,到了门口,见前天副政委招来的战士满囤正在那里站岗。刘一萍走近前去,立在对面不住上下打量他,却只吸烟不说话。

新战士向他笑了笑,见刘一萍还不开口,就不自然起来,把棵套筒枪双手托着问道:"刘,刘队长,这玩意儿到时候怎么放呀?"

刘一萍悄悄指指门外,又摆摆手,意思说:"不要说话,被外面听见了!"

新战士托着枪不知怎么好,一段木头似的站在那里。

刘一萍见他这呆样子,心里好笑,却又埋怨起副政委来:

"人正多哩,还添这么个傻蛋,顶不了用,光暴露目标。"

他忽然发现满囤扣子上拴着一根小线绳,另一头装进衣袋里,就伸手从他衣袋一掏,掏出一个化学夹子来,是张"良民证",边上一溜黑字,中间两个大黑手印。刘一萍拿在手里翻来倒去不住地看,好像小孩新买了个镜子一般,很有几分不愿放手。

满囤以为挑出了什么毛病,支吾着说:"出来的时候忘了撂在家里啦,以后捎回去吧。"

刘一萍把"良民证"给他放回衣袋里,悄声说:"不要紧,带着吧!"用手指了指刚出太阳的天,又指了一下门外:"注点儿意。"就回到北屋来了。

锁柱子刚醒来,坐在炕上眯着半睡不醒的一双眼,呆呆出神。

刘一萍突然问他:"你说咱们要起个'良民证',能不能起?"

锁柱子醒醒神说:"托联络员到据点里多花个钱,也许行。——哎,咱们起'良民证'干什么?"

刘一萍把自己的衣襟抖了抖:"有了'良民证',敌人来了,把枪一插就是老百姓;敌人走了,把枪一背又是八路军。这个年头是有力用力,无力用智。"

院子里突然黄鼬拉鸡似的两声怪叫,把刘一萍吓得汗毛儿都一根根奓起来,红嘴唇立刻变作干树皮。锁柱子第一个持枪跳出来,只见两扇大门敞着,满囤臂里搂着枪,满脸青灰地张着大嘴在门口愣着,像刚才见着了什么骇人的魔怪。

锁柱子问:"你怎么回事,叫唤什么?"

满囤好像才还过魂来,指着说:"'皇协','皇协'进来啦!"

战士们乱急急在门口聚了一堆,乱问:"'皇协'上哪儿去了?"

满囤说:"见我在这拿着枪——跑啦!"

刘一萍说:"坏了坏了!"

锁柱子说:"准是敌人包围了,咱们冲吧!"又指着满囤说:"哎呀,多亏'皇协'也没经验,换个别人,一枪不撂在你这儿!"

战士们都乱了营,乱哄哄地说:"别埋怨啦,快说怎么办吧!"

锁柱子说:"冲!"挺着刺刀就要往外闯。

刘一萍一把拽住他道:"站住,你暴露目标去呀!"

锁柱子说:"目标早已暴露了!"

刘一萍搓着手在院里转了两圈:"不准冲,出去就是送死!'皇协'只看见咱一个人,还不要紧,趁早快点儿下洞,快,下洞下洞!"伸手把两个战士就往东屋推。

糠箩子挪开了,拨开一层浮土,揭开两块木板,黑洞洞一个窟窿张着嘴。刘一萍一个一个把战士推下去。正推着,忽然想起一件事来,拉住满囤的肩膀说:

"快爬墙跳到西院去,告诉我家里,把我那两件紫花衣服藏进炕洞里。"

满囤懵懵懂懂背上枪,跳上草垛翻过西墙。最后只剩下他和锁柱子两个人了。锁柱子把房东老大伯叫了来,刘一萍催他说:

"你快下吧!"

锁柱子说:"你先下吧,我在洞口上。"

刘一萍慌急嘱咐那老大伯说:"三叔,把洞口盖上就上我家里去躲躲吧。"说完也扑通跳下去。

西院房上两声枪响,一个手榴弹咣的炸在北屋顶上,老大伯用手一推,锁柱子也跌下洞去。接着听得见木板响,土刷啦刷啦落下洞来。洞口盖死了,洞里漆黑,什么也看不见,只给人感到有半人高一个圆筒子,人一个一个蹲在这筒子里。

"皇协"和鬼子房串房接近了这座院子。又投下两颗手榴弹,不见动静,几个伪军先跳下院来。在北屋里,老大伯被抓到了,一阵雨点似的枪托子落在他的头上,喝问道:

"八路哪儿去了?"

老大伯说:"刚才在西院跑了一个来,待了一会儿又跳到东院去了。"

"皇协"们上东院去了几个,一会儿回来说:"没有。"

一个鬼子从北屋乱草里搜出一条米袋,里头盛着半袋谷面,就叽里呱啦嚷起来。一堆鬼子继续拷打着老大伯,剩下的就院里屋里乱戳乱挑起来。

糠篓子被一脚踢倒了,浮土下的木板咚咚响了两声,随着一声怪叫,一群鬼子围上来,木板被揭开了,黑洞洞的窟窿张开嘴。鬼子们还未顾得欢喜,一颗手榴弹飞上来,咣的一响,三个鬼子的血流在洞口了。

处在绝地的人是挽救不了的。鬼子投下去两颗手榴弹。刘一萍正抖着全身,躲在锁柱子背后手足无措,猛然眼前爆了两个大火花,轰隆,轰隆!碎土从顶上纷纷落下来,刘一萍被震得眼迷耳叫,模模糊糊觉得头上被划开一道口子。他向前爬了两步,一下子摸到了锁柱子的尸体,弄了黏黏的两手血,又使他缩住了。他现在糊糊涂涂觉得:完了,大概是完了……

鬼子在外面大声地喊,让里头的人上来。可是,他们的声音传不进去,里头的人都被炸弹震聋了。于是,他们投进了两颗瓶子似的毒瓦斯,一霎时,狼烟弥漫,地洞成了个灶火坑。

满囤在西院里被鬼子用刺刀逼住了。可是,不知什么时候,他已经把大枪藏进草里,只把"良民证"吊在胸前。鬼子翻翻他,什么都没有,又看看那"良民证",用枪戳了他个屁股蹲儿,就再没有理他。

鬼子们正等着烟消了好下洞取枪的时候,村外枪响了,一排子紧接又一排子,鬼子们不摸情况,叽里咕噜几声,一哄全走了。——赵福来带了七个人从曹庄赶来接应。可是,他们太晚了,从洞里把人拖上来时,他们已经一个个鼻青眼肿,紫舌头吐出在唇外,身体早僵硬了。

二十三

钱万里和薛强与三十一区队在赵县开了一天会,把斗争方式和怎样配合的事作了讨论,第二天,又拉回霍家庄来了。就在这天半夜,罗锅子领了赵福来几个人回来了。赵福来呜呜哭着,把刘一萍小队的不幸事件作了详细报告。

钱万里叫金山把赵福来几个找房子安置好以后,就坐在炕角,靠着墙,双手托住下巴沉思起来。薛强在地下走来走去,大口大口地吸着烟,有时也禁不住深深抽一口气。金山、玉柱都坐在炕沿上,四只眼碰在一块儿又忙躲开了。他们谁也不哼不动,大气不出,像是怕惊醒才睡着的孩子一样。桌上一盏黑油灯,壁上四张人影儿,听不见鸡鸣狗叫,听不见风刮树响,窗外黑漆漆的,不知道是不是阴天了。薛强几次用眼睛看看钱万里,钱万里总是那一个姿势,双手支住下巴,两肘支在双膝上,沉思着,一动不动,像一个穷苦的老乡,正愁明早揭不开锅一样。他几次想跟他说话却又哽住了,他觉得不应打扰他,应该让他想下去。可是,到底忍不住了,他望见钱万里眼里滚着泪,莹莹地滚来滚去,只是不掉下来。他说道:

"老钱,算了,现在重要的不是难过,是该想法儿记住这个教训,以后不再重犯,失败是成功之母,以后,我们或许学会怎样打胜仗了。"

钱万里用袖子把眼角印了一下,又恢复了原来的姿势,沉思着。又好半天,他欠欠身,对金山说:

"给我打盆凉水来。"

凉水打来了。钱万里下了炕,挽挽袖子,掖起领子,把手伸进水里,大捧大捧地往头上浇着,一面浇,一面狠狠地擦,擦罢,又把脖子、耳朵、鼻孔都洗净,掏过,把眼睛也揉了又揉,然后才用手巾擦干,挨炕桌坐下。他好像要干点什么,却又伏在桌子上没有动。

薛强凑上来坐在他的对面,钱万里抬头看他一眼,叹一声说:"人往往在流了血以后,才知道教训的可贵。"

薛强不开口,等着听他下面的话。

钱万里停了一阵,接下去说:"从这次事件里,我开始觉悟到自己的两大错误:第一,在坚持斗争方针上我偏了右,我只强调了隐蔽,强调了不刺激敌人,缩小目标,没有强调斗争,没有注意用打击去压低敌人的凶焰,用胜利来提高部队的士气。结果,我的右倾情绪助长了刘一萍的右倾情绪,把他送上了绝路,也使得部队直到现在还是萎靡不振,抬不起头来;使敌人倒更加疯狂,毫无忌惮了。说到这儿,使我想起周铁汉来,他虽然多少有些盲动,精神上却是积极的,他反对单纯隐蔽,他看到了不打仗光隐蔽就要自己消灭自己的真理。而我,当时却没有留心研究他的话,以致才有今天。第二个错误,是我迁就了刘一萍在和平环境下的某些长处,没有充分估计他小资产阶级的脆弱性,把大'扫荡'那天他的错误,当成是敌情过分严重时的偶然表现。以后,我虽然几次犹豫过他的地位,可是,没有决断地凑合下去了,结果把他们几个人一起葬送了。革命,流血牺牲本来是免不了的,但是,他们的牺牲太不值得,太没有价值,这简直是罪恶,是耻辱!"

薛强看着他激动的脸色,心里生出了一种惊异和赞佩。他自从和钱万里同事以来,只见过他的静肃沉默和深思熟虑,还没有看见过像今天这样激动。不错,他过去是有着逢事犹豫、自信力不足的缺点;在今天,他好像变了,连声调也变了,他透出一种新的力量,从心上又打开一扇新的窗户。于是说道:

"我听了你的话很高兴,咱们的谈话很有收获,在过去,在反对右倾情绪这个问题上,我也是不明确的,因此责任不只是你的,同时也是我的。不过,问题不是在弄清责任,而是我们把毛病的根源抓到了。以后去掉这个病根,采取主动,积极斗争,我们就会胜过敌人。——我们今天最宝贵的收获就在这里。"

钱万里想了想,咬起牙来点了点头,恨恨地说:"输了,输给敌人好几次了!"说完又咬起牙来点了点头。

薛强心里明白,这咬牙点头,要换个别人,就是摇桌子瞪眼。他明白,今天的事件,不光是引起了钱万里的反省,也刺痛了他的自尊心。这种自尊心,是带兵打仗的人通常有的,在八路军里是很普遍的,尤其是干部和共产党员,他们把不管什么样的失败都看成是自己的耻辱,他们十个就有十个是在这种时候暗暗在心里宣了誓,誓词大概很简单——报仇!雪耻!钱万里的咬牙和点头,正说明他的誓言已宣下在心里了。

钱万里从金山那里要来小黑布包袱,从里面拿出一个黑皮的活页本子,打开摊在桌子上。这时,他忽然升起一种生疏之感,他已经好多日子不动这本子了,多少日子呢?细想想,大约是从大"扫荡"开始以后,就再没有动过它。这本子上,记着敌情的变化,敌人的活动规律,以及工作计划和日程等等。钱万里把它从头看了看,翻开新的一页,写了些什么,又派金山把罗锅子、曹得亮,连瞪眼虎都叫了来;一面听他们报告今天各据点的情况,一面记。

副政委薛强重又把队伍调整了一下:把一小队拨四个人给二小队,警备旅排长胡在先代理小队长,孙二冬只好留下来代理二小队长。一区小队另派了刚养好伤的过去二中队一排长李茂林去当小队长。把党员也调剂了一下,有一些调到二小队来了。

这一夜,大队就确定暂不分散,看情况变化再说。战士们听了,心里都乐滋滋的,非常高兴。

二十四

周铁汉和三生被押到牙口寨据点,关进黑屋已经三天了。

牙口寨驻着一个鬼子中队。中队长叫野茨,长得熊一样的个子,滚圆肥胖,浑身蛮气,那双臂好像从来不能垂直,牛鞅子一样挂在肩上,胳膊肘朝外张着,就是平时在屋里,哪怕夏天,他总是穿着大皮靴,扎着武装带,挎着洋刀,好像随时都准备出发去打仗。一双黄溜溜的恶眼,两道卧眉,尖鼻子朝上翘着,一看便是个傲慢矜持、凶狠险辣的家伙。

因为第一天周铁汉的强硬态度把他激恼了,他决定拿一手厉害的,把周铁汉的"凶气"挫下去。在一座三间打通的大厅里,靠东头摆着一张宽大的办公桌。上面除笔墨之外,还放着半个桌面大的一块绿玻璃。屋子四围满靠着杠子、棒子、香火、皮鞭等各式刑具。地下泼些水,湿漉漉,阴森森,衬着两列黑衣军警和几个持刺刀的鬼子,亚赛一座阎罗殿。野茨首先提来两个从乡村里抓来的"嫌疑犯",不问青红皂白,扒去衣服,一顿棒子乱戳乱打,直把两个人打到遍身烂紫,瘫卧在地上动不得的时候,才命令把周铁汉倒剪双臂,押上来。

周铁汉一迈进这座大厅,就感到一股阴风的侵袭,汗毛不由得竖起来。他站在屋子正中,用眼看了看四周,看了看瘫在地上凄惨呻吟的两个人,又望了望桌子后面铁板着脸的熊鬼子,心里想道:原来人间真是有阎王殿!

野茨等周铁汉把屋里的东西一件一件都看完了,便开口问道:"你的,什么军队的有?"

周铁汉瞪着眼不说话,心想:他不知道我是八路军?

旁边一个黑衣服的家伙说:"愣什么,你不是八路吗?"

周铁汉道:"你知道了还问什么?"

野茨看他一眼,用笔在纸上画了些什么。随后又问铁汉叫什么名字,多大岁数,哪里人,周铁汉都一一照实说了。又问:

"是不是共产党?"

周铁汉挺一挺胸脯高声说:"当然是!"

野茨又看他一眼,用笔记下了。最后问宁晋大队现在还有多少人,常在哪一带活动。

周铁汉立在那里,两眼向上翻着,想了好久,觉得怎么说都不好,便笑了一下,摇摇头说:"不知道。"

再问,有多少枪支弹药,用什么方式活动。

周铁汉想了想,还是怎么说都不好,又摇摇头说:"不知道。"

再问主官是谁,宁晋县还有哪些队伍,警备旅现在哪里。

周铁汉仍是摇摇头说:"不知道。"

野茨从桌子后面跳起来,大皮靴点地,咔咔几声,跨到了周铁汉面前。可是,他一见周铁汉钢铁似的身躯,满脸坚硬的

线条,又倒回两步,右手按着刀柄,恶狠狠瞪圆黄眼吼道:

"什么的知道?"

周铁汉悠闲沉静地站在那里,像看戏法似的看着野茨,心说:看你这蠢家伙,能把我怎么样!

野茨挥一挥手,四个军警每人提一根棒子,围着周铁汉站了个四角,周铁汉屁股上首先挨了一下,他转过身去看时,第二棒子又落在屁股上,他侧过身想躲第三棒子时,背后已经挨了第三棒子。他明白了,他没有办法躲过这有着长久训练的四根棒子,他干脆站在那里,一动不动,只咬着牙挨。一会儿,他觉得屁股上湿黏黏的,两腿一酸,摔倒在地上。

野茨一摆手把棒子停了,走上来告诉他,这是各种刑罚里头最轻的,顺手把靠墙的东西指了指,意思是说:"你吃得住吗?"

周铁汉从地上站起来,点点头,好像说:"我知道这是最轻的,我已经准备都尝一尝了!"

再问,仍然是几个"不知道"。随着野茨的手一挥,军警们又拥上来四五个,扠住肩头只一磕,周铁汉跪在地下了,一根杠子压在两腿弯上,每头踏上去一个人。周铁汉的汗泼水一样淋下来。

野茨喝道:"说不说?"

周铁汉说:"不能说!"一头又上去一个人。

周铁汉觉得腿就要折了,疼痛从腿上传到肚子里,传到心口,传到头顶上,他觉得额角上的筋咚咚地跳着,就要把肉皮崩开了。

　　这时,周铁汉忽然看见瘫在地上的两个老乡,就像拉进屠场的羊一样,浑身哆嗦成一团,他们的眼鬼火儿似的望着他,好像在说:"你扛得住吗?"周铁汉一转眼躲开了他俩,突然把目光落在野茨身上,野茨劈开腿站在他的面前,脸上乐悠悠的眯着眼儿看着自己,那眼色,那神气,是周铁汉不知从哪里看见过的,是自己的父亲对长工们吗?还是什么大商店的老板对贫穷的顾客?还是煤矿的工头对工人呢?

　　他想着,肚子里就装满了气,心里说:"怎么能在这种人眼皮下低声下气?怎么能向这种人哀叫求饶?那真是太下贱,太无心肝了!"

　　他坚决地闭紧嘴摇了摇头。在杠子上增加到六个人的时候,一阵昏迷,他死过去了。

　　就这样,周铁汉又被过了三堂,也就又死过去三次。有一次,他的两个大拇指被细麻绳拴紧,把整个人吊上了房梁。当他醒来之后,觉得右膀子沉重闷胀,火燎似的发烧,他的伤口又发了。

二十五

野茨在周铁汉身上掏不出一点东西,就在一个夜晚,把三生提了去。

三生,只是这样幼稚的一个十八岁的孩子:长这么大,还不曾出过门,从小就跟着母亲一块儿下地,一块儿受苦,没有惹过人,没有骂过人,从母亲那里他承受了善良的性格,也承受了火热的心肠。以至到现在,他还不明白世界上为什么会有那么多不平事,为什么日本鬼子竟要跑到中国来杀人放火抢东西,为什么把周铁汉治得这样苦。他是这样的纯洁,以至还不懂得仇恨。可是,现在他开始懂得了。每一次周铁汉被提走,他就把心提到嗓子上,等他,盼他,希望他快点回来,每一次都等得把心放在烙铁上一样的焦急。被架回来的周铁汉,每一次都是皮开肉烂,半生半死的。三生虽是每一次都竭力忍耐着,到底仍禁不住痛哭失声,热泪滚滚流下。

有一次,他一面给周铁汉撕着粘在肉上的衣服,擦着身上的鲜血,一面问道:"干哥,他们也是个人,为什么心就这么狠啊?"

周铁汉答道:"因为咱们是好人!"

也正因为这样,周铁汉对这孩子不大放心。他觉得三生太善良了,因此,他曾在一定程度上不大喜欢他,尤其是不喜欢他的软。譬如,听占维讲起紧张的战斗故事,他就龇牙咧嘴;见医生给自己从伤口里取骨头,他也觉得疼;见自己被敌人治得太苦,就痛哭;这都是太软的表现。而软人是没有出息的。所以,自从他俩一块儿被捕以来,周铁汉一直在担心三生是不是挺得住,会不会说出泄漏机密的话。为此,他和三生谈得很多,教给他要怎样回答敌人,要怎样咬住牙根;一个人应该怎样活着,怎样去死。他说:"有些人,本来还没有死,大伙儿就当他早已死了;有些人,本来死了,可是大伙儿还当他活着。我们,就是要学那些永远活着的人!"周铁汉把在大"扫荡"中与鬼子同归于尽的张子勤,一次再次地讲给三生听,要他永远记住这个永远活着的人。

三生是个真正听话的孩子。

三生在半夜里被抬回了黑屋,浑身血迹,昏迷不醒。周铁汉轻轻地抱着他,慢慢地给他舒胸、撅腿,过了好久,才见他哼哼几声,清醒过来。三生醒来以后,就睁大眼,凝住神朝周铁汉望着。

周铁汉也望着他,许久才问道:"你说了没有?"

三生说:"说了。"

"怎么说的?"

"按照你教的说的。"

"别的呢?"

"别的什么也没有说。"

周铁汉松口气,把他抱得更紧些,轻轻晃着,好半晌才说:"好,好!……"

三生的眼里忽又涌出热泪来,一面呜咽着说:"干哥,这样的罪,你都受了四次了啊!……"

案子就这样拖着。

案子拖得太长了,城里的桥本大队长给野茨来了信,让他把周铁汉两个人送进城去。野茨看完信,心里好一阵嘀咕,他想:就这么糊里糊涂把人送去,不能甘心。他素来有一个雄心:凡是经过他手的"罪犯",都应该弄得"水落石出"。不然,就是在长官面前丢了脸。而周铁汉尤其不能轻轻放过,不能放过这功名,这晋升的机会。这天黑夜,他决心最后把周铁汉折磨一次。

半夜里,周铁汉又被押进了那座大厅。蜡烛的闪闪跳光,透过桌上的玻璃,把野茨的脸映上一层绿色。大厅两厢,干巴巴站着一色鬼子,都是全副武装,上着刺刀,瞪着眼看他,显得分外森严。

野茨嗒嗒嗒敲着桌子,好像全不耐烦了似的说:"给你三分钟!好好地想一想!"于是又说了一套在周铁汉面前只有两条路:一是实话招承,大皇军胸怀宽大,不咎既往,分派给上等差事干;一是就在今夜——死!

野茨以为这样一说,至少要把周铁汉吓掉魂的。可是,奇怪得很,周铁汉脸上连颜色也没有变,却泰然地笑了笑,清楚地说道:

"你自己怕死,别把共产党也想成怕死!呸!你说得晚了!我从叫你们抓住的那一会儿就想好了,我还好好地想什么?要枪崩,要刀砍,早就由了你,走!"

野茨没有料到今天的戏法会失败得这样惨。但是,什么东西还给他留着一线希望,他无力地挥一下手,鬼子们把周铁汉押出荒郊。

天上没有月亮,一片漆黑,只能模糊地看见有人在往前走。转过一座破庙,在一个泥坑沿前停下。野茨故意用电筒在周铁汉脚下照了照。周铁汉看见在自己眼前是一个污烂的泥坑,阴湿湿黑糊糊的,没有清明的水,也没有翠绿的草,却满撒着锅灰和煤渣。在半截蒜辫子旁边,还躺着一只死猫,皮毛儿脱得秃子似的,嘴扎进泥里去了。

一个穿黑制服的"中国人",装着同情怜悯的声音说:"你看看这块地方好吗?"

周铁汉说:"很好。"

"不觉得冤枉委屈吗?"

周铁汉回过头去,横着眼骂道:"放你妈的屁!我活着也好,死了也好,不和你们这伙汉奸崽子在一块儿,就干净痛快!"

那小子无皮赖脸地说:"哎,朋友!共产党不是你亲娘,你死了,共产党也不哭你,倒是你娘才哭哩!何苦为他们卖命?你今天死在这里,连个人知道也没有,连个人心疼也没有。你只要活动一下心眼儿,我一只手就能把你从鬼门关拉回来,以后荣华富贵,享用不尽……"

周铁汉肺也要气炸了,恶狠狠地朝那声音抢上去一步,可是立时被鬼子拉回去了,他跺着脚骂道:"死皮不要脸的狗汉奸!人们有一天要嚼你的骨头!"

那声音却嘻嘻嘻笑着说:"好了好了,你赚着吧!"

哗啦一声,身后几棵枪同时拉开栓,推上了子弹,一齐瞄准了周铁汉的后脑。天又黑又静,没有一丝儿声音,沉重得就要塌下来。

周铁汉挺挺地站着,昂着头,闭着嘴,两眼炯炯,望着前面。沉了约半分钟,一个声音突然说:

"你说,知道不知道?"

周铁汉头也不回,高声说道:"死了心吧!我什么都知道,就是不说!"

啪!几支枪一块儿响了,周铁汉眼前金花一迸,不由得栽下坑去。

可是,他又被架起来了,鬼子的枪并没有对准他的脑袋放。他又被关进了黑屋。

二十六

一辆汽车停在黑屋的门口,周铁汉和三生被装了进去,又坐上几个鬼子,呜的一声,开着走了。

汽车卷着烟尘,沿着平坦的汽车路飞跑着。一个一个的岗楼闪过去了,一个一个的村庄闪过去了。秋末冬初的天气,风有些凉,人们起先都纠成一堆,汽车走到大陆村附近时,三生和周铁汉却都探出头去,向西北方向望着。透过遍地的水车,透过碉堡似的看园子小楼,在块块相连的麦地那头,在绿色栽绒毯似的大地边沿上,一片黄绿的树丛中,隐约现出一片土平的房顶来,那就是马庄了。

三生望着自己的家乡,第一个想起了自己的老娘,眼里泪花儿滴溜溜转着。这时候他是多么想见一见她的面啊!他想老娘不定怎样地惦记我们呢?不定怎样想得发疯呢?要是她看见了我们,该有多么喜欢呀!他觉得:太需要安慰,也太想安慰一下老娘了。周铁汉望着自己的家乡,第一个想起了那些亲热的同志们:沉默严谨的大队长、开朗尖锐的副政委、高大勇猛的丁虎子、细弱年轻的张小三……他们就在这一个连一个的村庄里头,就在这一块无边无沿的平原上,鱼儿一样地游来游去,他们多么自由自在,多么幸福啊!他们整天都高兴,整天都愉快!……当然,有时也伤心,有时也发愁,那就是想起我周铁汉来的时候。可是,他们伤着心,发着愁,就会想法儿给我报仇的。哼!鬼子用枪毙来吓唬我,叫我说出他们住在什么地方,怎样活动,……简直是想掏了我的心!"

汽车闪进了宁晋城的东门,咪的一声停在宪兵队的门口。周铁汉和三生两个人被架下来,揉进了一座监狱。

这座监狱是鬼子宪兵队特设的,由原来一座民房改成,和宪兵队一宅二院,三间西屋打通,门窗都是一掐粗的木桩子,南头隔壁是茅房,北头一排上房,驻着一个警备中队,是专管"看差"的。周铁汉从木桩门里挤进去,在黑影里,见地下还睡着许多人,一个个长头发,塌眼睛,三根筋挑着脖,瘦得像一把干柴。三生也被揉进来以后,门外一阵铁链子响,木桩门上了锁。

周铁汉呆呆地站在地下东瞧西看,像要认识一下这新的环境。

靠墙角的一个犯人坐起来递给他一块被角,拍拍身旁的地下说:"坐下歇歇吧。"

周铁汉点点头坐在地下,便也拍拍地下,让三生坐在那块被角上。周铁汉悄悄地和那人拉起话,了解着这狱里的大体情形:狱里一共连自己十八个人,大多是抗日的区村干部,也有四五个部队上的。其中靠东墙根门口躺着的,是警备旅的两个伤号:一个伤在大腿上,叫黑仓,一个伤在小肚子上,叫铁锤儿。他俩不时翻转着身子,哎哟着。

第二天上午,周铁汉被四五个宪兵拥着,穿过一层院,到了一间大客厅。客厅,周铁汉看着非常熟悉,因为很像自己父亲的上房,只是八仙桌子不是靠在条几前头,而是摆在正中间,周围是四把太师椅,不是两把,别的差不多都相同。

周铁汉一踏进门,便有个约四十岁年纪,黑胖油光,身体魁梧的人笑脸迎住,很客气地推过一把太师椅。在桌后,还有个矮胖的小老头儿,鼻下留一撮小黑胡,戴一副黑边眼镜,穿一身黄绿色呢子制服,脚下是洋袜青布鞋。周铁汉知道这是个日本鬼子,可是乍一看,倒很有几分中国气派。

周铁汉在就近一把椅子上咕咚坐了,一语不发。那个黑胖子先挥挥手让宪兵们退下去,就欠起身来作介绍道:

"这位,是大日本太君桥本大队长,鄙人就是本县的警备联队副郭云峰。嘻嘻!周队长,今天请你来没有别的,请先不要多心,听说你在牙口寨受了些委屈,吃了些惊吓,我两人备了桌酒席,给周队长压压惊。"

说完,看看桥本。桥本温却又威严地点点头。

周铁汉心里一动,不由得掂量了一下对手:一个是本县闻名的铁杆汉奸,一个是狠毒狡诈的鬼子大队长,他们又在网什么圈套儿了。周铁汉暗暗捏一把劲,更加了三分小心。

酒宴摆上来了。碟碟盏盏,铺满一桌,有鸡有鱼,有肉有酒,浮漂着一层黄油,冒着打鼻子的香味。周铁汉也叫不上净是什么名堂,只从排场看,便知道是上好的酒席。郭胖子拿起杯盏满上酒,双手放在周铁汉面前,随后递过一双筷子,开口道：

"一切都请放心，今天别的事一字不提，只为周队长压惊。周队长放宽心，请！"说完把酒杯一侧，脖子一直，咕嗒一声下了喉。

周铁汉心说：怕什么？吃就吃！便端起酒杯，一饮而尽，抓起筷子大吃大嚼起来。他吃得非常坦然，眼也不看，嘴也不停，满桌子上乱夹乱挑，拣可口的一箸接一箸往嘴里填，好像身旁根本就没有别人一样。

郭胖子又满上了第二杯，放在他面前。周铁汉瞥他一眼，没有动。一会儿，满桌的菜，空空落落，下去一大半。周铁汉觉得胃饱肚圆，把筷子拍在桌上，又叉起腰坐在椅子上。临收席了，桥本才开了口，他只翻来覆去说了一件事，就是叫周铁汉现在先养伤，此外，把心放得宽宽的，什么也不要想。最后说：

"我的，虽是大日本长官，却喜欢交中国的朋友。你的，一切都请放开，脑子的不要想。"

就这样，周铁汉享受了一番优厚的招待，又被带回了监狱。从这以后，每天有一个医生来给周铁汉治膀子，给他上药，扎绷带，治得很细心。天气冷了，还给他拿来一床被子，一件长袍，一身小棉衣。看狱的警备队"皇协"，也另眼看他，别人上茅房每天只能两次，他却不受限制，还开口闭口地称他为"周队长"。

二十七

两个月来,大队上有了不少新变化:扩充了七个新战士,各小队又增到十五六个人。侦察员也添了两个,连瞪眼虎就五个了。副政委给每小队组织了一个文化组,把分区来的油印小报《火线》发给他们。文化组接着以后,马上给战士们念起来。那上面有不少好消息:在国际上,苏联红军正进行大反攻,德国鬼子正撅起屁股向西逃跑。在国内,各抗日根据地都积极出动,日本鬼子顾东不顾西,他"扫荡"冀中,山里的八路军就揍他脊梁;他"扫荡"山地,平原上又拉他的腿。现在据点里的鬼子一天天少了,气焰正往下降。只是正面战场不争气,鬼子进一步,国民党退两步,稀里哗啦地丢地方;鬼子不进了,他就瞪起眼来看,喝着蒙山茶享福,给咱们助不上一点劲。战士们听着,又乐又气,情绪慢慢在好转。

胡在先到底是正规军来的,对训练抓得紧,他见战士们整天闷在屋里,除了说笑话,就是睡觉,把人都窝憋得一天比一天黄,行起军来,道儿也走得慢了。他便想了个办法,在屋里不能作科目,不能叫口令,就专练瞄准。练了几天,觉得光瞄准也干巴得慌,就发动人们作托枪瞄准比赛,看谁托得最久。起先人们只能托四五分钟,后来就能托十来分钟,一天比一天托得久，丁虎子竟能托到一炷香的工夫。胳膊上的劲一天比一天大，胳膊腕也粗了。丁虎子关上栓，把个大铜板放在枪口上，抠火以后，铜板不能落下地来。

钱万里觉得这个训练方法，又能提高技术，又解闷，就让二小队也学着做，给区小队写信也让学。一时小队上都动起来，各屋里都有几个人成一排托着枪在瞄准，脸憋红了，汗珠往下滚也不放下。后来，又有人发明了举枪运动，把枪拿在手里或一举一落，或一前一后，每举一下算一次，看谁举的次数最多。大家觉得更有意思了。不只运动了胳膊，也运动了全身。人们也练上瘾来了，身体又慢慢壮起来。

这天，发棉衣了。棉衣都是县里按区分派的数，在各村募集来的。全是庄户人家的棉裤小袄，有青的，有灰的，有蓝的，有紫花的，形形色色，啥样都有。另外，每人还发了二尺青洋布，当冬帽包头用。

钱万里走到二小队去查看棉衣合不合身。在炕头上，见满囤正把一个化学夹片由单衣上解下来，拴在棉衣兜上，走上去拿过来一看，却是个"良民证"，再看别人，还有许多人身上拴根线绳儿，掏出来一看，除了钢笔以外，有一半是"良民证"。

钱万里不由得吃了一惊，向满囤问道："哪儿来的？"

满囤倒有几分满意地说："从家里带来的。"

"谁让你带这个？"

满囤忽觉不对头，忙说："以前刘小队长就知道。"

钱万里再问别人,除了新战士以外,三个老战士说是见了满囤以后从家里要来的。钱万里把一个老战士的"良民证"拿在手里,翻来覆去地看了又看,看到上面把四十六岁改成十九岁的时候,嘴上笑了一下,随后就坐在炕沿上沉思起来。好久,抬起头来问道:"哎,我给你出个问题答一答:咱们是什么人?"

满囤一下愣住了,不知怎么答好,旁边一个战士说:

"八路军呗!"

"八路军是干什么的?"

"打日本的呗。"

"用什么打日本?"

"用枪呀。"

"敌人打咱们呢?"

"也用枪呀。"

钱万里加重说:"是了,用枪打就不比别的,打上了就要死人,就要流血,所以人人都愿意打胜仗,对不对?——嗯,你们说,怎么就打了胜仗了?"

人们闷了一阵,一个战士说:"靠你当大队长的指挥得好。"

钱万里说:"我指挥得好也是一条,可是主要还是大家拧成一股劲,坚决地干。要是三心二意的,又想用枪打敌人,又想把枪藏了给敌人去磕头,我这大队长也指挥不好。"

战士们瞪起眼来问道:"谁要去给敌人磕头?"

钱万里把"良民证"伸给大家,弹了一下说:"就是这玩意儿。"

几个拿"良民证"的战士呼的一齐红了脸。一个激昂的声音说:"得,烧了它!"别人也一齐叫着:"烧了它!"几张"良民证"纷纷摔在地上。

钱万里看见满囤不说话,问他道:"你有什么意见?"

满囤支支吾吾地说:"我没有什么意见,就是觉着眼下咱人手太少,还敌不住人家。"

钱万里听了,心里又翻了一下,低着头想了起来。

战士们已经把一堆"良民证"点着了,化学片发着嘶嘶的声音,喷发出一片绿光。满囤看看别人,把自己的也投在里头,一会儿便烧尽了。

钱万里抬起头来笑着说:"我再给你们说个笑话吧。"

一个战士拍着手说:"欢迎欢迎。"

钱万里说:"在古时候,中国有一位将军,带着兵去和敌人打仗,他的兵比敌人少好几倍,可是他胆壮气宏,敌人就在一条河的那面,河水又宽又深,这位将军思谋了思谋,趁着黑夜,就把自己的人用船载了过去。一登岸,敌人的大兵发觉了,漫山遍野杀呀杀的冲上来,好像山上倒下洪水,情势万分危急!这位将军一看,马上下个命令:把船全凿沉了!把锅全砸烂了!然后,带着兵一个冲锋就杀上去了。他的兵因为没有回路可走,心里都明白:要想活,就要打败敌人,三心二意就害了自己。吼一声全冲上去和敌人拼命!他们越杀越勇,越拼越强,一个顶十个,十个顶百个,把敌人杀得落花流水,打了很大一个大胜仗。从这一回起,他的队伍就出了名,敌人听见说了就害怕,以后打一仗胜一仗,成了常胜军!"

钱万里话音一落,一个机灵的战士问道:"你们说说,这位将军为什么打了胜仗?"不等人答话,他却对着满囤说:"就是因为没有'良民证'。"

人们轰的笑起来,满囤也咧着嘴苦笑了一下。

钱万里见了副政委,就把"良民证"的事给他说了一遍。薛强也吃了一惊,立刻提起笔写了一个通令,发到各区小队,让把"良民证"统统烧掉。然后,又亲自到一小队去检查。

晚上,侦察员曹得亮回来报告说:唐邱据点的"皇协"又出来了,在裴家庄抢走了三车粮食,打伤了一位老大娘。村里人们乱说:"县大队再不过来镇唬镇唬,等不到过年,人们就全饿死了。"——好几天以来,唐邱"皇协"甚是疯狂,每天都有一两股出来,到各村捆人抓点①,要肉要面,把老百姓糟害得叫苦连天。

钱万里和薛强商量了一下,决定明天驻东丁村。

---

① "皇协"们有目标的到村里抓人,叫作"抓点"。

二十八

已经过了吃早饭的时候,太阳升了老高,挨近据点的西丁村,街里街外都静悄悄的,只有西口上两棵半秃的大杨树,叫风一刮,哗啦哗啦,响得格外刺耳。

就在两棵大杨树的根下,一个十二三的孩子正玩得上劲。他穿个撅尾巴小袄儿,腰里扎条褡包,满地转着,把那些小团扇似的大杨树叶儿,捡了一大把,又把它们一个一个穿起来,接成狐狸尾巴似的长长一串。

猛然,一小队"皇协"来了,前头的挑着个青天白日旗,一直奔向街里。小孩儿稍稍吃了一惊,可是,马上就泰然起来,把那串杨树叶往脖子里一套,右手拿一张大叶子扇着,凸起胸脯,一步三摇地迈上来,嘴里念着:

"锵令锵令锵锵锵……"好像戏台上的大将军一样。

"皇协"们毫不在意地过去了,只有走在最后的一个大麻子,把小孩上下打量了一眼。小孩儿好像认得他似的,眯起眼睛向他笑了笑,就跟在"皇协"后头去看热闹。

小孩儿眼盯着"皇协"们一个两个三个……一齐进了局子,门口只留下那个大麻子站岗,就凑上去又对大麻子笑。大麻子把枪靠在墙上,松了松子弹带,自自在在坐在板凳上晒着太阳,一面眯起眼看着这个孩子。这孩子倒也处处平常,只是两只眼睛特别,又圆又大,不是水汪汪的,而是圆鼓鼓的,骨碌骨碌转个不停。

大麻子掏出一棵烟,在指甲上顿了几下,大咧咧对那小孩儿说:"拿个火来!"

小孩儿把大眼睛眨了几眨,扬着脖儿说:"还用拿,早给你预备下了。"

说着,去大麻子屁股底下的板凳上,划着一根洋火,两只小手捧着送过去。大麻子脖颈一伸刚要吸,小手一闪,火又躲回来了。大麻子刚要瞪眼,火又送过去了。两只大眼睛一眯,嘻嘻嘻笑了起来。

"你叫什么名字?"大麻子吸着烟问了一声。

小孩儿却又眯起大眼睛,歪着脖儿说:"我不告诉你。"

大麻子两手向他一伸,打算抱抱他似的说:"来,来——来嘛!"

看样子,大麻子是喜欢上这个小家伙了。

小孩儿兜了半个圆圈,绕到大麻子背后,就爬上板凳去,并排儿坐在大麻子的胳肢窝底下,挺亲热地问道:

"你们从哪儿来?"

"唐邱。"

"你是个什么官儿?"

大麻子开个玩笑说:"门插关(官)儿。"

小家伙歪起脖笑一笑又问道:"你们到这村里干什

么呀?"

大麻子说:"催给养。"

"什么给养?"

"大米白面,香油鸡蛋。"

小家伙听了,咂咂嘴,十分羡慕地揪住大麻子的子弹带,一面摸,一面扬起脸儿说:"我也跟你们当兵去吧。"

大麻子撇撇嘴,皱起鼻子说:"长得没个毯毛高,当兵?嘻,给我当个干儿子还差不多。"

说着,把一只大手扣在小孩儿头顶上乱抚摸起来。小家伙却故意恼起脸来,抽手拔开大麻子一个手榴弹盖。

大麻子吃了一惊,紧攥住他的手说:"你干什么?"

小家伙噗的笑了:"我想要一个呗!"

大麻子把他的手甩开,浓浓地吸了一口烟,一下子全喷在小孩的脸上。小家伙不及提防,喀喀的咳了好几声,他像生了真气,从板凳上一蹦跳下来:

"你敢欺负我,看我叫八路军来,全逮了你们活的!"

大麻子却嘻嘻嘻毫不在意地说:"你叫九路军来也不怕。"

"不怕,哼!就凭你们这十几个屌人,一人三排子弹,两颗手榴弹,你们,你们能敌住八路军……"

不等他说完,大麻子把脚一跺:"你再说,看我崩了你!"随手抓起枪来,哗啦推上个空枪,对着两只大眼睛瞄过来。

小孩却早举起右手,比成个手枪模样,瞄着大麻子的脸放

137

道："叭,叭!"

大麻子刚要伸手去抓他,小家伙一个鹞子翻身,猴一样向东跑掉了。眼见他拐进一个胡同,只听他喊道:

"娘!饭熟了吗?"

隔了约半个钟点,办公的给"皇协"们送来午饭:一盆面条,一笸烙饼。大麻子从院里拿着烙饼边咬边走出来。刚到门口,就见那个大眼睛小孩儿又从胡同口闪出来,朝这里望了一眼,回身去指着道:

"就是这儿!"

一把刺刀一闪,丁虎子从胡同里探出头,把枪一顺,啪就打过来。大麻子把身子一拧,子弹落在门框上,土花一溅,尺多长一条子木头飞上半天空。大麻子一头撞进院里去了。

跟在丁虎子身后,一连又闪出十来个人。一阵枪响,丁虎子第一个跨进院去。只见院里一盆面扣在地下,烙饼七零八落摔了满地。

这时,从东房上飞下个手榴弹,丁虎子一闪身背在墙角,等炸响以后,才知道是胡在先带的一路压了顶。丁虎子心说:他们也够快的!

"皇协"们被这突如其来的打击吓掉了魂,一齐抢进了北屋,胡乱朝窗外打着枪,有几个手榴弹没有拉弦就甩出来了。

丁虎子向东房上打个招呼,胡在先托起三八式,连朝北窗盖了两枪,丁虎子趁势一个箭步蹿到北屋窗根下,从腰里掏出手榴弹,就在手里拉了弦,顺窗眼塞了进去,随后又塞进两个,屋里咣咣咣几声炸响以后,一阵浓烟顺着破烂的窗户直冒出来。

烟散之后,屋里的喊声才听见了:"我们缴啦,我们不打啦!八路饶命!……"一支盒子枪抢先从窗眼里打着斤斗蹦出来,紧接着劈里啪啦,一支支大枪扔了一地。

丁虎子没顾得看枪,一步跨到屋里,挺着枪喝道:"举起手来,往外走!"

战士们拥了一院子,沿屋门口排成一个夹道,看着那浑身灰土、破衣歪帽的俘虏们,一个个高举着双手走出来。

钱万里命令俘虏们蹲在东房根下,一面派一小队几个人去各屋搜索。

这时,瞪眼虎见一个光着头提着一只血手的俘虏最后走出来,正是大麻子,他走上去说:"谁给谁当干儿子?"

大麻子点头哈腰忙赔笑脸说:"小哥哥,饶了我吧。"

瞪眼虎却不让,紧追着说:"怕不怕?看递了你活的没有!"

大麻子又连忙求情赔礼地说:"怕,怕,我真服了你了!"院里的战士和大队长都哈哈大笑起来。

队伍赶忙都整理好了,除了打死的五个,押着十三个俘虏,长长的一列队伍拉出了村。

从大"扫荡"以来,这还是第一次在打了胜仗之后,高高兴兴地在白天走路。

钱万里正和薛强讨论什么,猛听耳后响了两枪,急回头看,见丁虎子和另几个战士夸口赞道:"不错,能顶个四几十粒子弹。"原来他们正试验新得的大枪哩。

钱万里怕他们浪费子弹,正想制止,薛强止住他道:"豁着两粒,让他们打去吧。"

可是,战士们没有再打,他们也觉得子弹太可贵了。

钱万里猛一眼看见了满囤,正拿着一条新缴的子弹带,边走边数着,便故意问道:

"满囤,咱们人少,敌过敌不过人家?"

满囤黑火红红的脸笑着说:"照这么干是敌过了。"

薛强接上去说:"以后咱就照这么干!"

丁虎子忽然又嘻嘻哈哈地大嚷起来:"看啊!看啊!"

大家一望,见干巴把从"皇协"腰里搜来的一件粉红袄套在身上,嘴里叼着一方花手绢儿,蹿蹿蹦蹦,一路扭着秧歌。在他后头,张小三戴一顶大檐"皇协"帽,也随着一歪一跳地扭起来,嘴里还念着:"呛,呛,喊呛喊……"逗得人们前仰后合,笑得喘不上气来。一个战士指指张小三说:"这小家伙今天还了阳了。"

薛强扭过头来对钱万里说:"军队这玩意儿就是干这个的,不打仗就没有精神,一打仗劲头也大了,精神也高了。"钱万里微笑着点点头。

为了怕叫增援敌人追上来包围住,他们一直转到了太阳落,才在一个村里休息下来。

二十九

　　大队的积极活跃,把敌人的气焰揍下去了。小股的"皇协"再不敢明目张胆地出来,只作贼一样,冷不防包围个村子,捆走几个人,抢些东西,又连忙跑回据点。各根据地和别的县里也同时打了不少小胜仗。鬼子兵力不够用,拆东墙,补西壁,哪里河决了口子就忙调人去堵。宁晋县几个据点里的鬼子抽走了不少,像唐邱、大营上、百尺口等据点,鬼子干脆走光了,全由"皇协"们把守。这一下,"皇协"们更出不得门了。不过,敌人整个力量还大得多,还常常联合几个据点的鬼子、"皇协",对一个区或几个村合击"清剿"一下,大队的活动就还只能是隐蔽着,又要躲过"清剿",又要打击敌人。

　　大队的小胜仗,给区小队们助了劲。二区蔡大树首先眼馋起来。一天黑夜,他把小队带到秀才营隐蔽了,等到天明,吃完早饭以后,给战士们嘱咐了几句话,就披着紫花棉袍,光着头顶——他是一年四季从不戴帽子的,腰里别上盒子枪,溜出门来,一直奔了"局子"。找到村里"联络员"说:

　　"魏大叔,你领我岗楼上去一下。"

　　那"联络员"见是蔡大树,早都认得,连声答应"行行",就领他去了。

岗楼在村北县界沟上,离村子大约半里地,上面住着"皇协"半个班七个人。班长姓吴,就是本地人。蔡大树两个到了楼下,那"联络员"问道:

"怎么通禀?"

蔡大树说:"就说有吴班长个盟兄,姓蔡的,在楼底下等着见他。"

"联络员"去了,一会儿,吴班长空着手,服装整齐地迎下来,先给蔡大树敬个礼,叫声"大哥",就拉住手一块儿过了吊桥。

往日蔡大树来,都是在岗楼底下说话,这次蔡大树说:

"兄弟,今个咱哥们儿好好痛快一下吧,最好找个高处坐坐,看得远点,心里也高兴。"

吴班长心里从来对他怯着三分,话只要说出口,没有不从的。连忙恭敬地点头说:"好,好。"便领他上了岗楼,一面吩咐小"皇协"炒碟鸡蛋暖壶酒。

到了岗楼的最上一层,中间并排着两张学堂里搬来的长方小桌。两个人对面坐下。

吴班长把瞭望哨支下去,先开口道:"大哥四五个月不上楼上来了,想是队上公事很忙吧?"

蔡大树说:"不忙,无非是东串串,西串串,会会盟兄把弟,敲敲铁杆汉奸呗!"

酒菜摆上来,两个人带喝带说着。蔡大树把近来八路军气壮的事说了一大阵。看看过了中午,蔡大树一肚子酒烧在

脸上,热烘烘的,就趁着酒劲儿,突然问吴班长道:

"兄弟,你猜猜我今天干什么来了?"

吴班长一听,摸不着头脑,只好笑笑说:"无非咱弟兄们亲热亲热。"

蔡大树说:"不是。打年上咱们磕头时候,不是就说下了吗?不管谁有个一灾二难的,弟兄们结记着搭把手。今天我特为救你来了。"

吴班长惊慌地说:"有什么事啦?怎么你不早说?"

蔡大树说:"大队和三十一区队都在这一块儿呢,鬼子的气越来越弱,县界沟上的这一溜岗楼,早晚平了完事。兄弟你和我有关系,这个别人全不知道,将来怕有个误伤,就显着我不够交情啦,你们不如跟了我去的好。"

吴班长面孔煞白,扒着桌沿的手,也抖抖地打起颤来,哀声央求道:"大哥!我一家子还在唐邱哪,叫中队长魏开基知道了,还有他们的命吗!"

蔡大树撩起衣襟,把盒子枪掏出来,当的一声拍在桌面上,叉起腰说:"不要紧,有这个给你保险!"

吴班长搓着两手,在地下转着圈说:"还有这六个弟兄啦,他们不听话,我还是没有办法。"

蔡大树笑一笑,指指盒子枪说:"六个人也得听它的话,你把他们叫上一个来。"

吴班长在楼口喊了一声,一个"皇协"持着枪跑上来,立正问道:

"吴班长,什么事?"

蔡大树抓起手枪,顺着枪眼向外一指道:"你们看电线杆上那两个白瓷瓶。"啪啪两声,两个瓷瓶应声粉碎,纷纷落下地去。

蔡大树伸手拍吴班长一把说:"不要怕,你看救你的人全来了。"

吴班长顺着他的手指望去,只见秀才营村里蜂拥着跑出十几个人,小袄包头,持着大枪,取战斗队形,直扑上来。

蔡大树指一下那个"皇协"道:"把枪放下,下去对弟兄们说,把枪架起来等着,谁要动一动,我的盒子跟他说话。"

那"皇协"木头一样,把枪扔在地上,战战兢兢下楼去了。

吴班长转了个身,一跺脚道:"好了大哥,我现在不求别的,第一,请你让我往沟里打两个手榴弹;第二,请大哥以后把我家里人想法从据点里接出来。"

蔡大树点头说:"家里的事靠给我吧!手榴弹我来替你打。"

说着,抄起两个摆在枪眼旁边的手榴弹,朝围沟里投下去。咣咣两声,绕岗楼冒起两股烟来。

小队的人赶到了,吴班长放下吊桥,人们拥进来收了枪,把人押出沟外。蔡大树等人们走净,卷起炕上两领席子,顶住楼顶一戳,在下头放起一把火来。不一会儿,从枪眼里喷着浓烟,一层一层往上卷,看看卷到顶上了,火苗儿从顶上喷出来,顺垛口向四下吐着火舌,岗楼上好像开了一朵大红花。

蔡大树在沟外把小队分成四个小组,命令一组奔米家庄,二组奔双井,三组奔马庄,四组奔丁村,每组各带一二个俘虏,就此走散。于是,零零落落的人影,走向四面八方,转眼之间,大地上又是一片空旷,只有岗楼的火越着越旺,直直的黑烟柱向天上伸去。等唐邱和大夫庄的"皇协"大队赶到增援的时候,岗楼早剩个黑筒子了。

再过几天,钱万里接连收到三四五各区小队的报告,有的卡了"皇协"三支枪,有的捉了一个特务,有的把地道挖进据点去了。

敌人急急想捕捉这些"可厌"的游击队,大批的便衣探子和冒充警察的特务,被派了出来。

三十

周铁汉在狱中得到的优厚待遇,开初两天,引起了一般"犯人"的猜疑,没有人敢接近他,没有人敢和他说话,连坐也不挨他坐了。周铁汉对这种情形很放心,从大家对他的沉默中,他感到了亲人的气息,从他们的眼色中看,他知道这是一伙不屈不挠的人,一伙红心不变的人。他心里倒有了指望,苦难中的战友不止他一个啊!他又回到自己的队伍里来了!慢慢的,"犯人"们也认清了周铁汉,也明白了他还是个革命的好同志。

汉奸们拿给周铁汉的衣裳,他并没有全穿,棉袍给了警备旅的伤号铁锤儿,小袄给了另一个伤号黑仓,棉袄也原想送给一个名叫刘振生的区委,刘振生因见他胳膊上的伤很重,屁股上的棍伤也烂着,坚决没有要。铁锤儿得了棉袍,脱给刘振生一件单军衣,大家就这样凑合着。

铁锤儿的伤是子弹打透了小肚子,只能侧歪着身子躺着,立不起来,动一动就得爬。全狱的人说他不久就完了。他自己也明白没了什么活头,成天瞪着干枯的两只眼,有说不尽的苦楚。看狱的"皇协"看他不中用,反加劲地折磨他。那天,铁锤儿爬出去解手,回来的时候,伤口骤然疼痛得厉害起来,就斜倚着墙根想休息一下。不想"皇协"上来,没头没脑照身上就是几枪托子,铁锤儿挨这几下,咬着牙捂住肚子,半天才哎哟了一声。"皇协"却又踢他一脚喝道:"还不动!"又举起枪来。

这时候,周铁汉从木桩门里跳出来了,用身子影住铁锤儿说:"都是中国人,抬抬手吧。"

那"皇协"顺手一个嘴巴,说:"什么都是中国人!滚!"

周铁汉把眼眨了两眨,突然抡圆左胳膊,回他一个嘴巴,恶狠狠道:"我打你个鬼子操的!"

那小子想不到挨这一掌,晕头火爆地哗啦顶上颗子弹嚷起来说,"来人哪!这小子要反!"

"皇协"们拥来一群,里头一个小队长似的看了看道:"石信子,惹他干什么,脑袋全不要的人了,由着他折腾去吧。"

周铁汉气昂昂扭过身去,把铁锤儿抱进屋来。把他放在地上时,才见他满眼的泪水。

周铁汉以为他疼得挺不住,就扶他歪在自己怀里,把裤子扒下些看那伤口。在肚脐下,靠左大腿根附近,有一个带脓带血的黑窟窿。周铁汉用指头在伤口周遭轻轻按一按,噗噗的往外冒黑血泡儿。周铁汉望着,鼻子里酸了一下,就赶快低下头去,把裤腿儿扯开,从里面掏出一大块棉花,轻轻地给他擦起来,挤一挤,擦一擦,半天,才不冒黑血了。随后又在伤口上敷了一块棉花,三生自告奋勇把自己的腰带撕下一半,舒展好,就捆扎起来。扎好,把裤子提上扎起,衣服整理好了,又摸摸他的头,试试烧不烧,就拉了铁锤儿的手攥一攥,坐在他身旁守着。

铁锤儿睁开半眯的眼,哼了两声,说:"老周啊,你休息吧,我左右是不中用了,操心也白费。"

周铁汉柔声安慰他说:"不要紧,你不用结记我了,在这个时候,我们比弟兄还亲,照顾一下是应该应分,还说什么操心!有大伙儿看着就不能叫你抱屈受罪,你好好养吧,慢慢就好了。"

铁锤儿叹一声,两眼盯住他,攥住周铁汉的手说:"老周,以前我挺悲观,我心里明白我不行了,回不了咱们队伍了。这会儿,我想开了,我看见了你,我也就看见了同志们,我死也合上眼了。"

周铁汉鼻子又酸了一下,没有说出话来。呆在一边的三生,却又涌上两包眼泪,鼻子尖儿发红。

以后,周铁汉一直守着这两个伤号,他们想大便了,就把他们背在背上,走到茅房;铁锤儿的伤重,还要替他把裤子解了,等着大便完,再给擦了屁股,扎好裤子背回来。"皇协"们见他凶里凶气,都不敢管,反而有两个稍有良心的悄悄说:

"人家这才是一家子哩,真是好样的!"

不管周铁汉怎样细心照顾,铁锤儿的伤没有药,天又冷,一天重似一天,眼见他皮里抽肉,瘦成个骨头架子,脸上,手上,脚上,都蜡一样白煞煞的没一点血色,只暴着几条细弱的青筋。慢慢的东西也不吃了,身体也爬不动了,青紫的嘴唇整日价张着,艰难地喘着气。周铁汉成天守在他的身边,尿尿,周铁汉就用手巾接住,尿罢再去拧在门外;大便就拉在屋里,拉完周铁汉再给他一把把抓出去。

一天,铁锤儿到底昏迷了过去,周铁汉把他撅巴了好一阵才活过来。铁锤儿把身子靠在周铁汉的胸前,灰白的眼睛盯住他,看了好一阵,吃力地发出一丝细弱的声音:

"周同志,我不冤了,在警备旅我亲手打死三个鬼子,在这儿我又碰见了你……"

他竭力喘着气,还想说下去,全屋的"犯人"都围上来听。

他喘了好一阵,又挺足劲吃吃地说:

"我不希望别的,希望你发挥党员的作用,能回到队伍去……"眼睛又望了周铁汉一下,头歪在他肩上,灰白的眼珠定在中间,眼慢慢合起来。屋子一阵沉寂之后,浮起一片轻声的叹息。

周铁汉双手抱住头,坐在地上,一句话不说,只是闷着头想,想,想。起初,他的脸是怒冲冲的,后来却变得安静了。三生坐在他的对面,含着泪珠儿,看着他的脸色,看着他的变化,看了许久,不知心里怎么一转,突然升起一个念头,他想知道一下周铁汉心里正想什么。可是,见周铁汉那个出了神的样子,想问又不敢开口,便在自己肚里乱猜起来。

他想,周铁汉一定又是在想:铁锤儿死了。为什么死了?因为铁锤儿是好人!——以后,就一定想起很多好人来:那个永远活着的张子勤,那死在西丁村街上的李成一伙;再以后就想到我的老娘,想到小菊,想到这些人死的死,受罪的受罪,他生了气了——看脸上那股火!——再后来,又想起他们大队上的人,什么钱大队长啦,丁虎子啦,干巴啦,听说还有什么副政委啦,二小队啦……一想起这些人来,他心眼里才又踏实了。不,也许急着要看见他们,大伙儿见见面,亲热亲热,可是,却见不上,那么他准是伤起心来,快要哭了。……不,我干哥是个不哭的人。……是了是了!铁锤儿不是告诉他说,党员……要回队伍上去吗?……

三生这样想着,心里不觉喜欢起来,好像有了什么把握似的,眼泪也干了。

三十一

　　这天天黑的时候,周铁汉凑近刘振生,把嘴贴住耳朵,轻轻问道:"这狱里有多少个共产党员,你知不知道?"

　　刘振生抚着头想了想说:"我只知道裴家庄的村副双来是,部队上只觉得警备旅那个黑仓像,不过,都没有谈过。"

　　周铁汉又问了问过去这两个人的表现,是不是给敌人说了实话?是不是叫过苦?埋怨过人没有?流过眼泪没有?

　　刘振生说:"都还扛得挺结实。"

　　周铁汉又爬过去,和黑仓嘀咕了好一阵……

　　人们都睡熟了,木桩门外只有满天星星和踢踏踢踏的岗哨的脚步响。周铁汉把双来、黑仓捅一捅,一齐凑在刘振生坐的墙角,四个人头顶着头躺在地上,两个人脚冲东,两个人脚冲西,只把脸离近点,就开起会来。

　　周铁汉把嗓子掐细,吹气儿似的说:"铁锤儿临死的时候,嘱咐说要发挥共产党员的作用,这话虽是对着我的脸说的,我觉得咱们每个党员都有一份。"顿了一下,又说,"我也不知道在这种环境下支部怎样组织,可是,不论怎样,不应叫铁锤儿的话白说了。我们共产党员,不论到哪儿,也不应把自己忘了,而且越到危险时候,越应拿出骨气来。我想,咱四个就成立个小组,选个组长领导,同敌人进行斗争,这样才对得起铁锤儿,对得起党,对大伙儿也有好处。"三个头迸出三个字:"对,对,对!"

刘振生接下去说:"我看就选老周当组长最好,勇敢坚定,又有办法。"

双来和黑仓说:"我也这么想。"

周铁汉说:"我当就我当,我先说好,咱们可不能和部队上一样,有个事就讨论讨论;以后,小事由我下命令,大伙儿服从,太大的事再秘密商量。"

大家都小声说:"好,就这么办吧。"

周铁汉又说:"眼下没别的,咱们只有两个任务:第一,不屈服,不投降,不暴露党的秘密,永不叛党。第二,团结全狱的人,互相鼓励,互相监督,谁也不给敌人说实话。"

最后,他翻过身来,在黑暗中拢住三个人的手,紧紧一攥说:

"我们是最光荣的共产党,谁也不能给党丢人。在这个时候,谁不怕死,谁就勇敢,谁就胆子壮;活也活得自在,死也死得痛快。同志们,共产党员身上没有软骨头,我们只有刚强志气。"

在狱里,党的组织成立了。第一次小组会就这样开完了。

三十二

周铁汉的伤渐渐好起来。别的伤号在他照顾之下,也渐渐好了。

游击队一个接一个的小胜仗,打得鬼子十分着恼,恨不得马上剖开周铁汉的肚子,掏出他们想知道的全部材料。不过,桥本是个慎重细心的人,他懂得太急了是不中用的,因此,他很有几分耐心地等着周铁汉的变化。他和郭胖子曾几次把周铁汉叫了去,和颜悦色地问候几句,又把他放回狱去。先前,只告诉他什么也不要想,后来,就告诉他一些八路军打败仗的消息,而且总是说得有声有色,确确实实真有那么回事儿一样。并且在他的声调里面,听不出对八路军的一点儿恶意和仇恨,他们好像从来都是可怜和同情八路军的。周铁汉没有和他们顶过嘴,也没有开过口,以后知道总是那一套子,他也就不再听,任他苍蝇一样嗡嗡去。他觉得他有个责任担在肩上卸不下来,他要争取时间,还要领导着一屋子人进行斗争。

现在是年底了。周铁汉的伤已封口结疤,鬼子看看时机已经成熟,就决定施展出自己的手段。于是,周铁汉又一次迈进跟他父亲家里一样的客厅。

又是一桌酒席,比起第一次的更丰盛,更排场。入座以后,周铁汉还是照第一次只喝一杯酒,然后就大吃大嚼起来。不过,这一次没有立刻放他走。残席撤去以后,郭胖子叼着支烟卷,在地下来回摆了几趟,鸭子似的开了口。他好像从什么秦始皇时代的徐福取药谈起,一直慢慢讲到汪精卫,后来也讲到蒋介石,一步一步讲到宁晋县来,他说他向来钦佩宁晋大队的英雄能干,对周队长尤其敬仰已久……后来,又转到人情义气等等上来。

周铁汉看着他走来走去的架势,心里着实纳闷儿,他今天哪来的这么大耐心呢?好像从来没有发愁过时间的长短一样,莫非时间对他们全是不值钱的东西?周铁汉心里也觉得好笑,这个家伙又蠢得要死,却又在尽力作假,他的演讲词明明是费尽心机编出来的,他却装着一面悠悠在想,一面悠悠在讲,真个是顺嘴流出来的一样,特别可笑的是:他几乎每转够一个圈才看周铁汉一眼,其余时间总是背书似的叨叨叨讲他的,并不管你是听还是没有听。

一个钟头过去了,又一个钟头过去了……

周铁汉心里突然恼起来,他看透了眼前这两个家伙的心思:他们想在今天侮辱他!要掏走他的良心!他们的心好狠!他一恼,牙关不由咬死了,心说:费你的唾沫去吧!

郭胖子的佛经念到头了,叉开腿停在周铁汉的对面,唇嬉眼笑地说:"周队长,刚才我的意思打量还能明白?"

周铁汉鼻孔里笑一声说:"明白。"

郭胖子望一眼桥本,桥本和他同时点点头。又开口道:

"明白就好,今天把周队长请来也没有别的,就是打算给周队长找一件事干,我们这里宪兵队上还有个小队长的位置,另外,联队部缺一个参谋,第五中队缺一个中队长。周队长,你看你……"

周铁汉猛然抬起头来,鼻孔里"唔"了一声。

郭胖子突然看见他闪闪的尖利目光,暗里一惊,脚下不由自主地退了一步。随着脸上又堆下笑来道:"周队长,你把你的意思,也亮亮堂堂摆出来,叫我们也听听你的主意,你看好不好?"

周铁汉兀地立起来,指着郭胖子的脸道:"我要你不当汉奸!不给日本鬼舔屁股!别忘了你是中国人!别把你爹你妈的心肝都割着卖了!"

郭胖子脸色一霎变成紫茄子,眉毛立了两立,右手掐着左手的腕子,一腔火看看要发作起来。但他看了看旁边的桥本,眉头一皱,把一口气又压下去了。沉了一下,仍然笑着脸上来,欠一欠身说:

"周队长,不要太意气用事,'太柔则废,太刚则折',顾住面子也就该知足啦。不错,你才来,在牙口寨很受了些委屈,伤口也犯啦,这,我们已经表示很对不住。(他作了个赔情的姿势。)过去咱们是生死对头,今天,我们不记前仇,放你官做,总算是仁至义尽。(他作了个胸怀大度的姿势。)周队长,你大约也有个耳闻,我也是条汉子,喜欢英雄,爱交朋友,所以说,我特别愿意把你拉巴一下,就为的你也是条汉子。(他作了个爱才若渴,礼贤下士的姿势。)可是,我并不是孬包,宁晋县在我手心里,我要说句话,是杀是砍,大约没有人敢挡!(他作了个大英雄的姿势。)周队长,你是吃了八路的迷魂药了,蒋介石、中央军不都跑得远远的了吗?你们凭什么?警备旅钻了山,共产党入了地,钱万里不过是个穷学生,白天你们连哼也不敢,你们……"

哗啷一声,八仙桌子翻了个四脚朝天,周铁汉双手攥着拳头,两眼火爆,煞神一样站在那里:

"姓郭的,闭上你的鼻嘴吧!这人们不贪财爱小,不是松包软蛋,别把你的脏心烂肺跟我比。你们,呸!瞎了你的狗眼,跑在我面前卖这一套!"

桥本陡地站起来,咔咔两步,迈到周铁汉面前,翻着眼珠子说:"你的,大大狂妄!……"

周铁汉调过头来,一口啐去:"呸!滚你妈的蛋!"

桥本没料到这一下,一面用袖子抹着脸,一边呜呀呜呀叫着,跳到椅子后面。郭胖子喊上三个宪兵来,宪兵搬来一个留声机似的方匣子,上面两道铁丝,一个摇把。扶起八仙桌,放在上面。

郭胖子把方匣子当地一拍,一副横眉恶眼的狰狞相凸现出来:"姓周的,我给你最后一条道,两分钟之内,开口报告宁晋大队的活动情况,否则,看!过你的电!"他又当地一拍那方匣子。

周铁汉觉得被当头当面侮辱自己,骂自己的党和部队,比动刑挨打还难忍得多,他挺挺身子说:"来吧!不用两分钟。"

宪兵们上来拢住他的双手,把方匣子上两根铁丝,一根箍在头上,一根拧住双脚。方匣的摇把吱吱一摇,周铁汉立时双眼前一阵金花乱爆,肚里心里,骨头肉里,不知几万支针锥一齐在那里翻搅,疼痛从四面八方里里外外一齐混串混搅起来。他张着嘴干叫了两声,眼一黑摔倒在地上。

郭胖子冷笑嘻嘻地弯下腰对着他说:"说了吧!钢铁汉子也扛不过去的。"

可是,他从周铁汉的眼里看见了那不屈的神色。他的头只一甩,木匣子的摇手又吱吱了几声,周铁汉颤了几颤就昏死过去了。

一阵草纸烟又把周铁汉熏过来。宪兵们架起他转了两圈,又立在桌前了。

郭胖子等他缓过气色来问道:"怎么样?"

周铁汉怒容满面,咬牙切齿地说:"你这狗娘养的汉奸崽子,人们一辈子都忘不了你!"

郭胖子乍乍肩膀,又慢慢踱上来。他的耐性一点也没有了,积下在心头的火一齐涌到脸上,眉目间凶恶地狠笑着,他决定报一报仇,彻底把周铁汉玩弄一下,折磨一下:

"你骨头硬,也不是钢铸的,钢铸的我也要火化它!你扛住一次了,你扛得住十次二十次吗?——来!"他点点手,宪兵们又搬来那方匣子。

郭胖子威逼地站在周铁汉眼前,把嘴贴上脸来问道:"你是听我的话呢？还是听电的话？"

周铁汉暗道："伸头缩头都是一刀，大丈夫死要死得值，为什么白白挨你的！"他运足气力，猛地抡圆左臂，铁扇子一样扇了去，啪的一响，落在郭胖子右脸上；又是啪的一声，右掌也落在胖脸上。周铁汉再抡起左臂时，宪兵们已经拥上来，七手八脚捺在当地，头上脚上立时缠紧铁丝；这回是郭胖子亲手动手，吱吱吱吱一阵急响，周铁汉动也不曾动便死过去了。

周铁汉再醒过来的时候，已经躺在狱里了。天早大黑了，只觉得浑身酥麻酸疼，好像伤了哪里，但哪里也没有伤。他累极了，马上又睡过去了。

三十三

  周铁汉蹲在茅房解手,偶然手指划在地上,碰着了一个圆棍似的铁东西,再拨一下,他的眼睛一亮,一个二寸长的铁钉子拨出来来。周铁汉心里一翻,不由得看了看狱房的后墙,一线希望升上了他的脑子。他溜眼看看"皇协",并未注意他,就偷偷把钉子插在鞋里,带回屋子来。

  他比往日更心急地盼到了天黑。于是,他靠着西墙坐好,把钉子的一头用衣角包住,只露出尖儿,轻轻顺着墙缝儿划起来。他轻轻地划着,那细细的噌噌的声音,只有他自己才听得到。半夜里人都睡了,呼噜呼噜打着鼾,只有门口的"皇协",不时伸着头,用电筒往屋里照一照。每照一次,周铁汉把头一低,装着靠墙睡了,电筒一灭,轻轻的噌噌声音又响起来。

  这一夜是周铁汉入狱以来过得最快最幸福的一夜。鸡叫二遍了,周铁汉把那块砖摇了摇,居然摇动了。又划了一阵,这块砖便轻轻地被抽下来。周铁汉伸进手去,在那窑窑里摸了摸,心里喜欢得又乱又跳,清凉甜蜜,简直要使他流下眼泪。他轻轻地又把砖塞进去,按原来一样放好。他爬着,捅醒了刘振生,把这个动人的消息告诉了他。

  两人心火缭乱地唧唧了好一阵,天就要亮了。周铁汉最后说：

"事情虽然有希望了，可是还不能莽撞，太高兴了，把事情弄漏，可就毁到底了。"

刘振生说："可是，这事又不能慢腾腾的，多待一天，就不知道会出什么事，咱们还是紧着干。"

周铁汉点点头，把另外两个党员也捅醒，共同讨论着怎么办。马上作出一个决议：狱里一共十七个人，把十七个人分成四组，每组由一个党员去聚头动员，把大家都组织起来，统一听周铁汉指挥，在白天也赶着掏。

天上星星一个个落下来，屋子里半明半暗。"犯人"们一个一个被捅醒了，头碰头分了四组聚在一块。好消息传遍了全屋子。人们都觉得有救了，人人都看着周铁汉，听着周铁汉，四个党员就当了四个组的组长。

周铁汉把组排成一二三四，就决定第一组去掏墙，第二组轮流在门口和窗口监视，见院里有人来，咳嗽为记。这样，白天就大胆地掏起来了。三四两组先休息，准备替换。

人们的精神都来了，哪里还有睡觉的；噌噌的声音总在悄悄继续着。不过，每当门口或窗前嗯的咳了一声的时候，声音马上就断了，掏墙的人忙把钉子塞在屁股下面，扭背靠在墙上装着睡觉；或是立刻有一个人并排儿和他靠在一起，装着闲聊些什么。等门口的人摆摆手或是吐一下舌头，钉子又拿出来，噌噌的声音又响了。

砖缝儿一会儿比一会儿加深着。

一整天又掏下三块砖。窟窿越大,掏起来越得手,第二夜鸡叫二遍的时候,墙被掏透了,只要再弄下四五块砖,就可钻出人去了。人们的心全扣上了弦,紧得怦怦乱跳。

一个说:"推开吧,推开赶快往外钻。"

又两个应和道:"对!天快明了,推开钻吧。"

周铁汉忙拦住说:"慢着点,跑不了又捉回来怎么办?"

一个说:"管那些个呢,跑出一个是一个呀!明天说不定出什么事呢!"

周铁汉想了想,坚决地说:"不能跑,咱们一乱,非受损失不可。"

刘振生也说:"对,咱们先别慌,沉住气研究研究,能多跑一个咱就不让少跑一个。要这么乱七八糟拥出去,叫敌人发觉就不好办了。再说,天快亮了,正是岗哨紧的时候,城里地形又不熟悉,出去往哪儿跑呀?怎么出城墙呀?"

周铁汉说:"是呀,这些问题不解决,就跑不成,咱大伙儿一块患难这么多天了,到这节骨眼儿上,不能各管各的。要走,咱大伙儿想好办法一块走,要死也一块死,不能光顾屁股不顾脑袋。"

党员双来和黑仓也说:"对,咱大伙儿谁也别三心二意,都听老周的指挥,他叫咱们怎么就怎么。"

周铁汉掐住嗓子斩钉截铁地说:

"我是队长,大家都听我的命令,这会儿谁一乱,出了岔就是大伙儿的命!——一会儿天就明了,出了狱也跑不出城。

我决定窟窿先不要掏通,照原样插死,咱们白天再计划一下,天黑了再跑。好,就这样啦!"

那几个性急的都不响了,找原来位置躺了下去。

天明以前,刘振生把砖又一块块插起来,命令一个人坐在那儿挡住。他见周铁汉一天一夜没合眼了,就劝他躺下睡一会儿,他自己去人群里调查一下,看谁对城里的街道地形最熟悉。

天亮了,周铁汉哪里还睡得着,心里前思后想,不住调个儿。往前想想,心里火辣辣地充满了兴奋;往后想想,心里又冷乍乍地叫人害怕。特别刚才的事使他越想越怕,真危险得不得了!真的一拥跑出去,你东我西,七零八散,一定要叫敌人捉回来,顶多道熟的碰巧跑掉一两个。可是,得这么个机会,是多么不容易啊!一次不成,再想有这一回,是万万没有的了。那一来,多少个革命同志便永远葬送在郭胖子手里,永远葬送在自己的草率和错误里。想到这儿,周铁汉觉得必须定出几条纪律来,没有纪律,就难保团结得好,难保不犯错误。

一阵风从窗口刮进来,打透每个人的身子,周铁汉不禁打起一连串冷战,几个人同时扯紧了被子。被子太小,又都想多盖一点,你也拉,我也拉,哧啦一声,从中间裂开尺半长一道口子,破套子灰塌塌地露出来。周铁汉抬身看了看,猛然想了一件事:下城墙的绳子还没有啊,被子不正可以变成绳子吗?

三十四

不知是太累了,还是心里踏实了些,周铁汉到底睡着了,差不多在傍黑吃最后一顿饭时,才猛一激灵醒过来。

吃过饭,天就黑了。屋里虽然没有说话的,只听那窸窸窣窣的声音,便知人们是多么焦急和激动,连轻轻的咳嗽都充满了紧张。周铁汉望了望门外的岗哨,就派人在门口监视好,让大家靠墙团团坐在一起,被子盖在脚上;郑重严肃地宣布了三条纪律:

"第一,绝对听指挥。我们现在就是军队,队员听组长的命令,组长听队长的命令,一级递一级,坚决服从;第二,不管出狱不出狱,出城不出城,不许单独跑散,不准自由行动;第三,严格保守秘密。这三条,谁要违反,队长、组长和每个组员都有权勒死他!"屋子登时静下来,好像散铁在暗暗熔铸成钢块。

刘振生已经把向导调查着了。双来组里有一个原来是咱们内线关系的人,名叫连珠,在城里住了二三年,对城里街道、城墙工事、岗哨情形都很熟悉。周铁汉欢喜极了。趁着夜色,一面叫人们轻轻把四床被子撕成布条,拧成绳子;一面把连珠叫在跟前,和他细细规划越狱出城的路线:怎样避开敌人的岗哨,从哪儿上城墙,怎样逃出警戒线。两个人一直商量了好半天。

半夜的时候,越狱计划定出来了,一把粗三丈长的大绳也拧成了。周铁汉把小组又调整了一下:自己带四个人为第一组,连珠就拨在自己这组;黑仓带三个人为第二组,后面跟着;双来带三个人为第三组,跟二组前进;刘振生带三个为第四组,算作后卫。周铁汉再一次宣布:从出狱到出城,连出城以后,都要按这个次序,谁乱了,就拿纪律制裁谁。

一切都准备好了。墙根下的窟窿慢慢掏开,周铁汉等岗哨又换了一拨新的,就下了命令往外爬。周铁汉第一个钻过墙去,正是一家的外间,里屋还点着一盏灯。周铁汉借着灯光,第一眼看见了锅台上一把菜刀,忙抄起来,紧握在手里。随即告诉第二个钻出来的连珠,让他传给后头的人:一律不准往外跑,先在院里赶快找家伙武装起来。说完,一步闯进屋里,一条炕上睡着一个老头和两个女人。

周铁汉上去把老头的脑袋一拨,把菜刀去那眼前晃了两晃说:"不许嚷!"

老头刚从梦里惊醒,睁着眼不知是醒是梦。周铁汉告诉他说:

"不用怕,我们是八路军,今天来劫牢救人,也不杀你也不抢你,只是要请你委屈一下。"

说着,就叫进黑仓等三四个人来,找了些索子麻绳,把炕上三个人一齐捆起,嘴里堵上手巾棉花,又把他们一顺儿放在炕上,上面又压上些桌子、箱子、机墩等一堆家具。然后对着老头的耳朵说:"委屈一下对你也好。明天鬼子来了,不连累你。"

人们一组一组都钻出来了,各自找到了一把武器,有拿扁担的,有拿铁锹的,有拿擀面杖的,有拿火铲的……周铁汉开了大门,连珠带着路,贴着墙根,钻了一条小胡同。弯弯曲曲,东拐西拐,也不知钻了多少胡同串了多少房檐,最后拐进了一个大庙后头的水坑。连珠停下,指着眼前的城墙对周铁汉说:

"这就是西北角,你看,从那条小道绕过去就是跑道,跑道口上有个小岗楼,是'自卫团'把着,两边的大岗楼上都是'皇协';咱这一溜人一块儿去,准叫楼上发觉了,要嚷叫起来可就糟糕了。"

周铁汉凝住神想了想说:"咱充充宪兵队行不行?"

连珠想了一下,欢喜起来,说:"行是行,可得胆大能吓人的。"

周铁汉说:"走,咱俩去,我在头里!"扭过身去对刘振生说:"你先掌握队伍,听着城上拍三下巴掌,你们就不言不声摸过去;听着城上响了枪或是打起来,你们就一个猛劲冲上去。反正是最后一关了,怎么也得过去。"

说完,推了连珠一把,菜刀贴住腕子,一直上了跑道。

天黑漆漆的,人只能影影绰绰瞧见个黑影儿。快上城墙了,小岗楼上叫了一声:

"干什么的?"

连珠才要答言,周铁汉拉他一把,止住他,一直走上去。

岗楼上一阵脚步响,一个人迎上来,叫道:"谁?口令!"

周铁汉粗声横气地说:

"咋呼什么,宪兵队!"

那人迟疑了一下,柔声说道:"怎么半夜里还出来?"

周铁汉道:"出差!"

说着,抢近那人跟前,一把夺了他的大枪,举着菜刀横在他脖子上叫道:"嚷就砍了你,我们是八路军!"

那人咚地跪下,轻轻哀求道:"八爷饶命吧,我们是'自卫团'逼着来的……"

周铁汉问他岗楼上还有人不?他说还有他个邻居,刚睡着了。

周铁汉叫不要惊动他,抓住脖领子提他起来问:"下城往哪儿好下?"

"自卫团"说:"哪儿都一样,一般高。"

这时连珠已朝跑道下面,拍了三下巴掌,一溜人影一个接一个摸上来。周铁汉让连珠看住"自卫团",亲自选了个垛口,把大绳撒下去,攥紧绳头,按小组次序,把人一个一个系下了城墙。

最后,把连珠也系下去,城墙上只剩下周铁汉一个。他把菜刀插在腰后,叫过那"自卫团"说:

"来,攥住绳子,把我系下去!"

周铁汉扒住垛口,两脚蹬住城墙,双手抓住绳子,哧的一声滑下来;刚刚滑半腰,上头松了手,咕咚一声,周铁汉仰天摔了下来。幸好黑仓和连珠正等在那里,用手托了一把劲,没有摔得太重。周铁汉早忘了疼,大家跳下护城河,你推我拉,一齐越了过去。

天上的星星灿灿放光,虽是黑夜,人们放心地迈在平坦的大平原上,呼吸着自由的空气,心胸是多么激动,多么畅阔啊!周铁汉带着人们,一步不停地朝东北方向跑着,他没有腿酸,也没有气喘,一股劲地跑着。他不是怕敌人追来,他是在着急,他恨不能一步就迈回自己的家——那有着亲爱的同志们的宁晋大队。他真是蛟龙归了海啊!

后面,人们紧紧跟着他,一步不落。

三十五

近黎明时分,周铁汉的一队人赶到了马庄。周铁汉搭膀梯,把三生托上墙,跳进院子来。三生借星光定神一看,院子空落落一片荒凉。上前走两步,见原来的两间北屋,哪还成什么北屋,只剩黑糊糊几道残墙断壁,早没有顶子了。只有小西屋门框上吊块麻袋片子,好像还住着人。三生疑心道:

"这还是我的家吗?"愣了好久,才走上去敲敲西屋的窗棂,轻轻问道:"里头有人吗?"

里头忽然传出一个安静又十分衰弱的声音道:"谁呀?等等我给你开门去。"

三生听了有几分熟,叫也有几分生,更疑惑起来,问道:"这还是小菊的家吗?"

里面愣了一下,惊异地说:"小菊的家?——是啊。"

周铁汉忽然从天井里转过来,一面走一面自言自语地说:"怎么成这个样子了,墙头上就能迈进人来啦。"

门开了,麻袋片子一挑,钻出个白发苍苍的人头,叫冷风一吹,又缩回去一半。只听她说道:

"你不是老马呀?"

周铁汉和三生双双扑上去,仔细盯住她看起来。老大娘不知怎么回事,也愣愣地看着他们。

三生忽然向前一栽,抓住她的双手叫一声"娘!"就扑跪在她的身上。

周铁汉也挤上去说:"干娘,是你呀?"

老大娘忽然浑身一抖,缩起身子,往后躲了两步,一时说不出话来。

周铁汉道:"干娘,别怕,我是铁汉,这不就是三生。"

老大娘慢慢又探过身来,用力睁着昏花的眼,朝周铁汉望着。

周铁汉继续说:"我们是从城里跑回来的,外头还有一块儿来的好些人哩!"

老大娘抖抖地把双手伸过来,重重地说:"我不怕,你们就是鬼,我也得睁大眼珠子好好看看你们!"

她揪住周铁汉的胳膊,拼命地往怀里拉,脸也凑上来。

周铁汉连忙说:"干娘,我们不是鬼,你看这不天快明了。"

老大娘凑近周铁汉的下颔,狠狠地看了一阵,突然往前一扑,周铁汉忙一把搀住,只听她嗓子里咯咯的一阵响,却哽住哭不出声来。在黑暗里,一股滚热的泪水,洒在周铁汉的手上。

周铁汉强压住心酸,让三生把他娘搀进屋去,自己把小栅栏门开了,把十五个人领进院来。老大娘擦着泪,打着火石点上了灯。周铁汉把人领进屋展眼一看:西南角盘条小土炕,东墙根垒个锅台,北头地上放满着水缸、瓦罐,还有一堆棒子核,破破烂烂,真个像一间光棍屋子。就皱了皱眉,从院里抱来两抱干草,铺在地上。对人们说:

"大伙先坐在这暖一暖,沉沉再想睡觉的地方吧!"

人们都坐下来,炕上地下挤了个严严实实。老大娘和三生坐在炕沿上,正匆匆讲着怎么逃出城来的事。周铁汉想了想,就抱来把柴火,想蹲在灶下烧水。

这时,他忽然想起了小菊,回过头问道:"干娘,小菊呢?"

老大娘望着他,叹了一声,眼泪又流下来,呜咽着说:"抓走你们那天,鬼子把房子点着了,小菊帮我从北屋往外抢东西,叫一个鬼子拎起来扔到火里去了。"

三生说:"怎么,扔到火里去了?"

老大娘说:"是啊,我在一边眼见她在火里仰着,还直伸着手喊叫呢,像是叫人,我也没听清叫的什么!"

三生一头栽在娘怀里,又呜呜地哭起来。

周铁汉眼圈一红,低低头叹一口气说:"干娘,甭想这些了,我们将来一定要给她报仇!"

老大娘突然怒气冲冲起来,腾地往起一站:"铁汉,你叫我什么?"

周铁汉惊慌道:"怎么,这还叫差了?"

老大娘站着前一栽后一摆,久久说不出话来,半天才摇摇头,咬咬牙,撩起衣襟把眼印了一把,拉住周铁汉的手说:"孩子!一年三百六十天哪,我一肚子话憋了二十五年,我早就想跟你说,老是不敢,今儿个,我不怕了!孩子,你也是娘身上掉下来的一块肉哇!……"

她抽把鼻涕,抹抹眼泪,把铁汉又往怀里紧拉一把:"孩子,你坐在炕上,听我从头把这个仇根儿说一说:为娘我怀你三个月的时候,周岩松快四十岁了,还没儿子,那大个家业眼看没人承受,把他急坏了。那时候,你爹因为还不起他三斗麦子,正给他家扛长活。周岩松悄悄对你爹说:要是生下个男孩来,就给他抱过去,算是他的儿子。许给咱:麦子不要了,另外给七块现洋。孩啦,一穷二怕,把你爹逼得应了人家,说定的,以后不管海枯石烂,不准对人说。从那天起,周岩松小婆就填起个大肚子来,逢人就说是怀上孩子了。那年八月十三你落的草,孩儿啦,一块现洋一斤肉,人家就把你抱了去了。街上人们问,咱家还得说,生下来就死了,送了乱葬岗子。"

周铁汉昏昏蒙蒙听她说着,三生也抬起汪汪的泪眼,都入了神。

老大娘继续说:"不承想,生你第二年,周岩松小婆子真坐了月子,养下那个玉亭来。从那以后,孩儿啦,你在他家眼里,简直狗也不如。十来岁上,你就拔草打菜,下地干活,跟长工短工一块儿出,一块儿进,一块儿吃,一块儿睡,没一丝儿疼过你。你爹回来一跟我说,我心里就像刀子一剜一剜似的难受。三天两头趁拔野菜到地里去找你,家里做了好吃的,就给你捎上一块,见你哭了,就劝几句,衣裳破了替你连一连,见你野菜打不满筐怕回去没法交代,我把自己的倒给你。孩儿啦,为你我把心都使碎了,可是心里话,一句也不敢透;你爹跟人家说好的,透了半点风,一块现洋要还十块不算,还送咱衙门里打官司。甭说县官是人家亲娘舅,就是别人,也没咱母子的活头。可是,倒也没有白服侍你一阵子,背着人,你认了我个干娘,就那么着我心里也欢喜得不行。"

屋子里静悄极了,全屋人们屏住气,支起耳朵听。

"后来,不知怎么周岩松知道咱家待你好了,狠心贼呀,他就能那么手黑!他诬赖你爹偷了他家衣裳,打了他两个死,送到区上,不到五天,就死在送县的道上了。那时候,要不是看着你,要不是还有三生和小菊,娘也就不活着了。"

老大娘仇恨交加,尽管擦了又擦,眼泪还是流个不干:

"从那以后,你也大了,看你那个血性样子,他们不放心,十六上,把你赶出了关外,上了煤窑。那一段日子吃的什么苦,受的什么罪,挨的鬼子什么欺负,你都是跟为娘我说过的,听着你说,我心里都打颤颤,谅你自己也不会忘了。"

周铁汉沉重地点点头。

"二十一上,你打了日本工头,闯下大祸从煤窑上跑回来。周岩松损你,骂你,逼着你走,你一赌气才参加的八路军。"

老大娘越说越气,连头上白发,也震震抖着,像是要夺起来一样。屋子里还是那么静。周铁汉闪着大眼闪着泪,不时地挽挽袖子。老大娘紧接着说:

"这几年,周岩松装着跟八路军来回晃着,脸上老实多了,可是心里更狠更辣了。孩啦,你给他当过儿子,叫过他爹,他末了不该对你下这样的毒手! 你知道,鬼子为什么来抓你? 怎么知道得那么清楚? 就是周岩松个老贼羔子让钱串子报告的!"

周铁汉猛地跳起来:"他这会儿呢?"

老大娘又拉他在炕沿上:"孩儿啦,钱串子叫区里押起来了;周岩松道行大,跑到牙口寨当了汉奸。可是,孩儿啦,连我都放心,有咱共产党,有咱八路军,他总有一天要叫咱抓住,总有一天报了这个仇。"

周铁汉咚地坐在炕上,两臂抱着两膝,十指紧紧交叉在一块,眼珠子就要瞪出来,嘴里牙错得咯吱咯吱响,半天,才转过脸说:

"娘,我这会儿才什么都明白了。"

三十六

这一天,老大娘给十七个人做了四顿饭,烧水,熬粥,一次一次,整天没有闲。人们劝她少做一顿吧,她却说:"那可不行,你们挨饿挨了这么多日子,可不能一下子吃得太饱,那要撑坏了,只能每顿吃一点儿,多吃几顿。唉,咱们这挨惯了饿的,也有个挨饿的经验。"在今天,她又变成了一个新人,自己也觉得年轻了。

天黑了,老大娘上村里去找村副,回来的时候,路过窗根底下,忽听周铁汉和三生在屋里争些什么,里头总是"咱娘咱娘"的,便停住脚侧着耳朵听。

三生的声音说:"……我也知道咱娘老了,过日子有难处,可是,咱娘报仇的心并不比咱俩弱,不一定就不高兴。她以前还不是自己过了好几个月,那时候,她也没有指着咱俩过。"

铁汉的声音说:"我并不是不叫你去,我是说咱娘这会儿太弱太衰老,住的吃的都还成着问题哩,你在家待上两三个月,把老人家安置一下,再去也不迟。"

三生焦急地说:"哎呀,你就不替我想想,光顾你拿着枪去报仇,就不说我这恨怎么消法,在家待两三个月,那非把我的肚子急爆了不可。倘或再叫鬼子抓了去呢？要待,你待！我不待！"

铁汉说:"报仇解恨是咱一家子的事嘛,怎么还分你的我的……"

三生抢过去说:"是呀,一家子的事为什么光许你去,不许我去？"

老大娘听到这里,已有几分明白,就掀起麻袋片子走进屋来。三生见她来了,皱着眉扭过身去。周铁汉迎住问道:"知道大队在哪儿吗？"

老大娘一边坐一边说:"还不知道,一会儿村副就来——你俩刚才说什么呢？"

周铁汉心里一惊,忙遮盖说:"没有说什么,正说队伍上的事儿。"

老大娘看他一眼,回头看着三生静静地说:"三生,你要上哪儿去呀？"

三生低着头,半天才嗡嗡地说:"我想跟二哥一块儿抗日去。"

老大娘仍是静静地说:"怎么不跟娘商量？"

三生说:"怕你难受,不叫去。"

老大娘低下头,没有言语,屋子里也没有别的声音。

半天,三生问道:"娘,你叫我去不？"

老大娘又停了半天,抽一口气又松一口气才说:"去吧,我不糊涂,我不拦你。这会儿我一个人也过惯了,只管去,甭结记我。"

全屋的人都凝起神来看着她,却见她还是那么静,只是出气入气急了些,白头发一动一动地摆着。

三生忽然走在她面前说:"娘,你舍得开我呀?你怎么过日子呀?"

老大娘看他一眼,拉住他的手说:"要说舍得,我一个也舍不得,可是,舍不得也得舍。想想你爹,想想小菊,看看这北屋,看看你们俩这样子,我什么都舍得了。现在我什么心也没有了,把命也交给八路军了。我长这么大,没有好过一天,往后,我就盼你们记住咱家的仇,把鬼子打远点,把周岩松杀干净,把咱这一块儿也变成根据地,我就心满意足了,这比你俩都守在我跟前受罪强得多。"

最后,她睁大昏花的老眼,尽力注视着三生的脸:"去吧,甭结记我,有村里和老马他们照看着,我一个人的日子,怎么也遭不了难。"

不知是太高兴了,还是反而有点心酸,三生把脖子朝墙一扭,两行泪又流下来。

屋里宁静极了。好一刻之后,嗡嗡嗡,人声悄悄沸腾起来。

村副领了马捷英推门进来。马捷英看见周铁汉这个瘦样子,先吓了一跳,赶上来握住手紧紧抖了几抖,两包泪只顾在眼里转,却一句话也说不出。半天才咽下口气说:

"真又看见你了!"

周铁汉也说:"真又看见你了!"

站了好久,大家才坐下。

马捷英说大队现在四区曹庄,离着三十多里。

周铁汉双手一拍,跳着脚道:"老天爷,快着去吧!"

他立即把刘振生叫到跟前,一块儿和马捷英商量这十七个人怎么办。

马捷英想了想说:"原来是区干部的,最好一同到县委去,由县委再决定怎样分配。至于别人,可以征求一个意见。"

黑仓挤上来说:"我自然是上大队,队伍就是咱的家嘛!"

双来也跳过来说:"我情愿跟老周一块儿去大队。"没等别人说话,他忽然扭过头去,举着拳头对大伙儿说:"伙计们!咱们能逃了活命,可是全凭的老周领导,大伙都看见了,撇下家里老娘,哥儿俩争着上大队,为的谁?还不是为的大伙,为报仇!咱们也有仇,咱们就不兴也去报报!"

几个人立时说:"对!一块儿逃出来,再一块儿报仇,永远作一伙生死朋友,患难弟兄。"

又一个说:"刚才大娘说得对,我们的命就是八路军给的,没有八路军,你有天高的打算也白说!我们每人家里都可能有点牵挂,可是,细想想大娘的话,我们就什么都舍得了。"

周铁汉立起来兴奋地说:"大家愿意上大队,我当然特别欢迎,咱们受鬼子的欺负,也着实不少了,就这么咽下去,也真不是男子汉忍得下的。可是,如果有人家里确实离不开,回家安置安置,也不是不应当。"

黑仓说:"谁的家里能比老周家里更困难,我就同意他去;不然,就不要张这个嘴。"

天也黑了,人们也没顾忌了,都一哄说:"说得是,是汉子一块儿走!"

马捷英从人丛里举起手说:"大家只管去吧,家里的事都交给我,我给你们托付村里格外看待。"

老大娘也乐乐呵呵地对大伙说:"我这人你们一眼就能看透,一辈子也不会把人向歪道上支。在这样的年头,家里谁还待得下去?多少人叫鬼子抓的抓走,挑的挑了,别说你们满身仇还没有报,就是个平常人,是有血性的,就受不下鬼子这份气去。说到家里,可不用结记,马庄不光我一家抗日,老马和村副他们,明里暗里没一刻不给经心,真是像爹像娘一样伺候。我把俩儿都送走了,可比我有儿也差不大离。"

半夜,老大娘又给做了一顿粥,大伙儿吃了。马捷英领了刘振生等三个区干部先上了县。周铁汉带领其余十三个人,收拾好了,也就启程。

在黑暗里,老大娘又给周铁汉披上一件袄,紧跟在他和三生的旁边,慌里慌张跑前跑后,一直送到出了村老远。

周铁汉说:"娘,回去睡吧。"她嗯了一声,却还是朝前走。

三生也说:"娘,回去吧。"她站了一下,仍是朝前走。

周铁汉说:"娘,还有什么话嘱咐我吗?"

老大娘想一想说:"没有了。"

周铁汉就安慰她说:"甭结记我们,队伍上什么都好。"

老大娘说:"不结记。"可是,却又在撩起衣襟来印着眼角。

三生说:"娘,你这是怎么啦,有话只管说嘛。"

老大娘说:"你们走吧,我自己也说不上是怎么啦,哭哭觉着痛快。"

周铁汉说:"别哭了,和'送路'①一样,大伙儿看着怪难受。"

她这才把眼擦了两把站住,好一会儿,自言自语似的说:

"不用管我,你们走吧,我这就放心了。我现在不指望别的,只盼着多活几年,能亲眼看见这伙鬼子和周岩松王八蛋,一个一个死干净。"

周铁汉猛地扭转身,朝星光照耀的大路上走去;小风一吹,他觉得脸上凉津津的,才知自己也流了泪,赶紧提起袖子,急急擦了两把。

---

① 农村里把出葬时亲属送殡叫做"送路"。

三十七

八九个月的隐蔽生活,使人们过惯了黑夜。白天,大队住在村里,村里像往常一样静,除了房东,外人不会知道在邻家就住着武装的子弟兵。可是,一到了夜晚,人们就活跃起来了,每当太阳一落山,通讯员玉柱的口琴第一响起来,"东渡黄河"的曲子磕磕绊绊地奏着。屋里灯下的谈笑声也随着开始了。村干部常常在这时候被请进来领柴领米,他们也老朋友一样参加着战士们的打闹。屋里屋外都显得热闹哄哄的。

侦察员曹得亮推着一辆车子进来了。车子是一码新的日本货,推起来嗒嗒嗒嗒一阵响。老曹在院里摘下手套披在褡包上,把宽腿裤抹下来,一路嚷着,把车子推进屋来:

"大队长,今天我可想出好法儿来啦,又发洋财,又治特务。"

钱万里和薛强正对着桌子研究政治攻势,见他这样子,不知怎么回事。

薛强道:"又从哪儿犯纪律来啦?"

老曹摘下头巾,在脸上横抹了一下说:"你们看这车子怎么样?"

钱万里说:"先别问怎么样,这是哪儿来的?"

老曹把头巾啪的抖了一下说:"卡来的呗!你不是让我们开展捕捉战吗?特务们总是捉不净,他们反正是知道你捉住了宽大,顶多教育几句又放了;还是每天出来,跟老百姓要这个要那个,一点儿也不怕。我今儿个就想了这么个法儿:捉住你也不教育了,把车子扣下,叫他光杆人回去,下回还这么干。他赔几回本,以后就不出来了,特务也没有了,我们侦察员也有车子骑了。这叫什么?一箭射两个老鸹!"

薛强问:"今儿个卡的谁的?"

老曹说:"他说是牙口寨警察所的,上城里看亲戚去,——嚄!大远我就看见他顺着汽车道嗖嗖地来了,小车子一明一明直放光,赶走到跟前,我照座子上一脚,把他连车子踢了个斤斗。我用橹子顶住他的脑门说:'我就是八路军!'"

薛强笑了笑道:"只要是警察所的,这样做倒也可以。可是,一句不教育放走,就不对了,我们不是为的发洋财啊!主要的还是政治攻势啊!"

老曹两手一拍道:"操蛋,又忘了一手,捕捉战还要跟政治攻势结合哩!——看下回的。"

忽然金山在院子里叫了一声,接着是一群人欢腾乱叫的声音:

"哎呀!你怎么回来的?"

"周队长,周队长来啦!……"

"跑出来的吗?……"

"还有这些个人!……"

"瘦成这个样子了!……"

钱万里趴到窗玻璃去看,可是院里黑糊糊的,只觉很多人,看不清是谁。

薛强听着喊,心里猛觉急乎乎的,正想出去,金山已挑开门帘,抱着一个人的胳膊往里拖,一面大声嚷着:

"大队长,快看这是谁!"

周铁汉雄伟的身影站进屋里来,黑黑的瘦脸上,两只大虎眼睁圆,呆呆地看着钱万里和薛强惊讶的脸。半晌,钱万里刚走上去要说话,周铁汉已上来一步说:

"大队长,我回来了!……"

还想往下说,不由得鼻子一酸,没有说出来。钱万里紧攥着他的手,忙扶上了炕。

"周铁汉回来了!"

这消息风一样刮遍了整个大队,屋里登时拥满了人。

丁虎子第一个跑进来,闯上去抓住周铁汉的手说:"周队长,你还活着哪?你没有忘了我吧?"

周铁汉也攥紧他的腕子说:"我怎么会忘了你!你还是这样壮实啊!"

干巴一蹦一蹦地蹿进来,还未进屋就嚷:"看看我那活神仙!哎呀!周队长!你真是孙大圣蹬倒了老君炉,能耐得钻了天了。我只当你早上'阎老五'那儿给我号房去啦!"

胡在先离大远就向他笑着说:"你可回来了,我一打仗就想起你来。"

赵福来挤上来挨周铁汉坐下,刚坐下又起来,见周铁汉只顾接应人,插不上说话,就把炕沿的老曹的车子推出屋外去。

随后张小三也跑来了,上去抱住周铁汉另一只胳膊,湿润的眼睛望着他的脸,半天才说:"听说把你弄走,可把我吓坏了……"

不一会儿,占维也来了,眼里噙着泪,连哭带笑,一句半句地讲起他那天怎样翻过墙,又钻进柴火垛,终于得救的事。

人们正乱哄哄的分不开摊儿,侦察员老曹突然跳上一条凳子,摆着手高叫起来:"别嚷了,别嚷了,听我发表意见:老周这次回来,就是蛟龙归了大海,咱大队又添了一员虎将,无论如何,今天得庆贺庆贺!"

一面说着,把手伸进怀去,掏出两张"老头票"①说:"大队长,今儿个晚上怎么也得叫我们喝一壶!——金山,这是两块钱,打酒去。"

丁虎子也拿出五块边币递给金山说:"一块儿打来。"

别人又乱哄哄凑了八九块,金山拿了个大碗就跑出去了。大家又把周铁汉推到炕里靠桌子边坐下,玉柱把灯朝他跟前推了推。

周铁汉虽在竭力压制,竭力镇静,心上脸上仍是热烧火燎,又是甜又是辣,又兴奋又酸楚,半天才说:

---

① 日本鬼发行的伪"联合准备银行"纸币,当时在游击区和边币一起流通,因票面印有孔子像,人们称之为"老头票"。

"我可算回到家来了。"

人们还只管问着他怎样被抓去的,受的什么刑罚,郭胖子什么长相,又怎样跑出来,胳膊残成什么样子了。周铁汉就一时点头,一时摇头,漫无头绪地紧忙回答着。副政委薛强说了几句安慰话,便出去安置另外十三个人去了。

一会儿,金山端来了一大碗酒,头巾里兜着一堆花生豆和瓜子糖块儿,乱七八糟摊满一桌子。大家七手八脚把周铁汉拥上正面盘腿坐了。钱万里靠他左肩坐下。干巴又去把三生和黑仓、双来拉了来,围炕桌坐好。丁虎子他们就在地下站着。玉柱又找一个大碗来把酒倒开,说个"喝",两只碗就在炕上地下轮转起来。屋子里一时嘻嘻哈哈,一时齐声赞叹,红红火火,快鸡叫了,才一个一个走散。

薛强把十三个人安置好,谈过了话,就回来和钱万里一块儿商量周铁汉的处理问题。他俩都认为,周铁汉右臂只能抬平,不能举高,尤其是背不得枪,扛不得东西,不能继续在部队上工作,最好到后方交通站去,负责通讯联络。

周铁汉不听便罢,一听就着了急,粗筋涨脸地说:"大队长,副政委,我不能离开队伍,我死也不上后方去!"

薛强说:"光凭火气,光凭一股劲是不能解决问题的,你的身体必须照顾,而且,你的胳膊又背不得枪了。"

钱万里也说:"并非战斗部队不需要你这样的干部,是你的身体实际上干不了了。"

周铁汉从炕上直立起来说:"我不要这样的照顾,我右胳膊背不了枪,还有左胳膊呀!右胳膊坏了,并不妨碍打枪,也不妨碍拼刺刀,不信,拉出丁虎子来我俩对刺一下,输了,不用你说我就下去。"

三生在一旁鼓了鼓勇气也央求说:"大队长,可不能让我二哥到后方去,他受了鬼子那么多罪,有那么大仇,横竖得让他报一报呀!天底下的好人,就光许叫人欺负,不许翻一翻手腕儿?"

钱、薛二人完全为他俩的坚决意志说服了,最后仍决定他去担任一小队长。为了照顾他,允许给他一支盒子枪。可是,周铁汉坚决不要,他一定还要背那支大套筒,因为套筒上的刺刀是又宽又长的。

从此,周铁汉的雄伟身影,又出现在每夜行军的行列前头。大套筒枪夹在胳肢窝下,睁着虎眼,昂着头,像长年奔走在山林里的猎人。

三十八

几阵春风一场雨,青青的麦子从地上抬起头来,一九四三年的春天给各地形势带来了新的变化。

每隔五六天,县大队就收到一份分区司令部来的战斗通报:今日东冀大队用化装袭击拿了两个岗楼,明日深南大队在石德路上消灭了七个鬼子,后天四十四区队在白天截住了一中队"皇协",消灭了大半,缴获了一挺轻机重打的"大花眼"①。在七分区,安平、定县、深泽等各县大队,打岗楼,拿据点,也一天比一天闹得凶。原来是根据地的许多村子,地下支部组织起抗日政权,跟敌人作着合法斗争,群众情绪都在渐渐抬头了。"皇协"们看着风头不对,不少在背地里托"联络员"往外捎信,想法找八路军拉关系。吃了秤砣的铁杆汉奸,不知不觉都逐渐孤立起来。

宁晋大队由于周铁汉等的回来,人员一下子增加了十四个,便又扩编成三个小队,每小队两个班,每班十来个人。周铁汉担任第一小队长,胡在先和孙二冬当了第二第三小队长。分区司令部又给派来了个刘医生。部队像个年轻的孩子一

---

① 机关枪的一种,因为枪筒上有很多的洞眼,战士们叫它"大花眼"。

样,一天天发起个儿来。钱万里和薛强好像孩子的母亲,眼见一口一口把孩子喂大了,心上的爽快更是不用提。

随着形势的发展,分区的领导也跟上了劲,一个"开展捕捉战"的指示,紧跟一个"政治攻势"的指示,随后又来了大批的宣传品。白色和粉红色的粉连纸上,油印着整篇的文字:"告伪军同胞书"啦,"宽大政策"啦,写满"身在曹营心在汉"、"留后手"一类的话。战士们拿起来看看,笑着说:"敌人有钢铁炮弹,咱们有政治炮弹!"

在春夏之交的时候,大队又作了第二次分散。在这次分散之前,分区机关曾转到宁晋来一次,钱万里和薛强都被叫了去,分区王司令员亲自和他们谈了两三个小时。他只使他们懂了一件事:政治攻势在形势有着新变化的今天,和打仗是有同样重要的意义的。它不仅可以消灭敌人,更可以开辟地区,不仅今天需要,对将来也有极大好处。这是一种攻心战,是要"让敌人在心眼里自己消灭自己"的。就在当面,大队的分散计划就定出来了:钱万里带着三小队上二、五区,薛强带二小队在沟外一区,把周铁汉的一小队留在三、四区。王司令员亲手批准了这个计划。

老实说,周铁汉心眼里本不大赞成政治攻势的,他觉得这玩意儿不干脆,不快当,特别是不解恨。又要费唇舌,又要耐心等,弄半天还不定有没有成绩,哪有刀枪见面,一下子就见死活来得痛快!尤其从城里逃出来以后,憋了满肚子火还没处发泄,哪有心绪搞这套肉头活儿。可是,最后他被副政委说服了。

薛强问他:"在宁晋城里,郭胖子给你讲道理的时候,你动心来没有?"

周铁汉立起眼来说:"他说的狗屁一样,我怎么会动心?"

薛强说:"可是,比方说,要换上尹增禄呢?"

周铁汉越发带着三分气道:"咱们队伍哪儿来的那么些尹增禄?"

薛强哧地一笑,眨着一双嘎气的眼睛说:"可是,'皇协'队伍里尹增禄就不少啊!"

周铁汉闷下头去。薛强继续说:"我们还有一点跟郭胖子不同,他说的净是鬼话,而我们,完全是光明正大的道理,讲出去自然比郭胖子动人得多,只要是稍有良心的中国人,他就不能不受点影响。"

周铁汉忽又抬起头说:"郭胖子来那一套,是在大堂上,有明光光的刺刀逼着你哩!"

薛强说:"对呀!这就是为什么分区指示我们,要把攻心战和'单打一'①结合起来的道理。我们手里也有刺刀哇,为什么不逼一逼敌人?"

周铁汉恍恍惚惚悟过点滋味来:"噢,原来还拐着这么个弯儿哩。"

---

① 把个别最坏的敌伪分子捕捉处决,不牵涉更多命案,叫作"单打一",是"首恶者必办"的具体运用。

在周铁汉心目中,要算罗口到牙口寨封锁沟上的岗楼最可恶,黑天白日站在那里,占人不多,为害挺大,凡是部队和工作人员往来过沟,都受着它的威胁,大"扫荡"的时候,就因为要冲过它,牺牲了好几个同志。不把它制服,不只部队和工作人员不能痛痛快快过来过去,就是沟里沟外的老百姓,也不知要多遭多少灾殃。因此,周铁汉决定先在这里开刀。

第一个晚上,月亮将落不落,星星渐明起来,周铁汉打主意给岗楼上去"喊话"。就带上小队,顺着麦垄,悄悄地摸到大仁村东。战士们拉成月牙形,把立在沟沿上的岗楼围了起来。等大家伏好,向两边派出警戒以后,周铁汉敞开嗓门,向岗楼上喊道:

"喂!伪军同胞们!……"

喊声未落,火光一闪,嘎嘎两声,子弹从头上掠过来。

周铁汉预先早在心里把自己劝好了:无论如何要耐住性子,千万不可生气。所以,就不理他,又喊了两声,不想子弹飞得更密了,有几颗哧哧的就从麦垄里穿过。

丁虎子一旁忍不住,粗声大喊道:"你们打枪干吗使?有种的下楼来咱们操典操典①!缩在王八窝里打草鸡枪算哪路英雄!"

丁虎子还要讲下去,周铁汉小声止住了他。可是,却已惹起了岗楼上的话,一个粗暴的声音回道:

---

① 干一干,拼一拼的意思。

"有骨头的不要走,是英雄咱们等到天明再干!怕哪个兔子要跑!……"随后就骂起街来。

周铁汉道:"伪军弟兄们,不要骂街,听我给你们说说道理。"

岗楼上道:"说话的先报名,你叫什么?"

周铁汉道:"我是宁晋大队的,叫周铁汉。"

岗楼上骂道:"周铁汉,我操你八辈祖宗!"

丁虎子哗啦推上枪,立起身子说:"周队长,咱冲他个狗日的们!"

周铁汉也气呼呼地说:"按我以前的脾气,就是该冲他狗日的!"停一阵,他把气压一压说:"可是,咱是给他们上课来了,冲一阵子伤俩人倒是小事,完不成任务怎么交代呀?"

他俩在这里嘀嘀咕咕,被岗楼上的找准了目标,猛然啪啦啦一个排子枪打过来,子弹噗噗地落在两人周围。

丁虎子觉得袖子动了一下,伸手一摸,两三寸长一个口子,刚刚没穿着肉。这一下更惹起他的火来,把大鼻子捷克式一顺,照准岗楼顶上,当的就是一枪。岗楼上又马上回了一个排子枪。

周铁汉越想越不像话,心说:这还叫什么政治攻势?忙忍着气命令丁虎子不准再打。等枪声稍稀的时候,就传下口令,把队伍带了下来。

往回走的时候,大家都气呼呼噘着嘴。

第二天黑夜,周铁汉又把邸良庄村东的岗楼包围了。

这一次,周铁汉一喊:"伪军同胞们!"

岗楼上就答了话:"别叫唤啦,有什么话说吧!"

周铁汉说:"伪军同胞们,日本鬼子的气势,一天比一天弱了……"

岗楼上说:"不用扯日本鬼子的事,先谈眼前咱两家的。"

周铁汉说:"咱们都是中国人,在一块地面上长大的,中国人不应打中国人哪!……"

岗楼上说:"是啊!今天是你找我们来了,我们可没有找你去!"

丁虎子大声喝道:"不要捣乱,好好听着!"

周铁汉一面摆手不叫他响,一面继续说:"可是,你们欺负老百姓就不对嘛!"

岗楼上反问道:"我们什么时候欺负过老百姓?你有什么凭据?"

周铁汉说:"你们抢老百姓东西,烧老百姓房子,强奸妇女,拉走牲口,哪样没有干过?"

岗楼上说:"你扳着手指头说说,我们在哪儿抢过东西,在哪儿烧过房子,谁强奸过妇女,拉过谁的牲口?"

周铁汉被问瞪了眼,一口气憋住回答不上来了。

一个战士说:"正月初九,在邸良庄烧了二十多间房子,不是你们干的吗?你还撒赖!"

岗楼上却理直气壮地道:"哎,你这人可别乱给人扣屎盆子,那回烧房子是七中队干的,我们是九中队,你可打听清楚！"

　　过了一刻,岗楼上又说道:"八路弟兄们,你们也别说啦,我们不找你们,你们也别找我们,各自一方土,你干你的,我干我的,井水不犯河水,以后少上这找麻烦!"

　　丁虎子站起来大声说:"你们当汉奸就不行！你们给鬼子守一方土,你们听日本人指挥,我们是中国人,就有权力来管你！……"

　　周铁汉还要继续给他们讲,可是,岗楼上说了声:"你们走吧,再说我们也不听了,对不起,少陪啦!"就咿咿呀呀,张狂地唱起妖调来:

　　　　皓月当空,月明如画,
　　　　三姑娘自叹在青楼,
　　　　身倚栏杆皱着眉头,
　　　　哎哎哟——
　　　　一阵好悲秋。
　　　　…………

　　周铁汉看看没有办法,只好带着战士们又垂头丧气地拉回来。

三十九

　　周铁汉的两次政治攻势都碰了钉子,心里老大一口气窝着没有法儿出,就带着队伍天天围在这一块儿转。

　　这天,住在蒋家里,吃过清早饭,周铁汉安排战士们睡下以后,自己躺了一阵,怎么也睡不着,就溜下炕来,想给三生写个信。三生是按着自己的意见编到二小队去了。因为他觉得:弟兄俩编进一个小队,总是在……也说不大清在什么地方,反正是有些不大得劲。可是,离别这六七天以来,周铁汉又确实很想念他。自从三生自动要求参军,周铁汉看着他也许不是个软孩子,对他的喜爱,自然多增了好几分。不过,仍是担心他对部队生活过不过得惯,还那么爱哭不?

　　周铁汉把一张纸铺好,在头上写了个"三生同志:"另起一行接着写道:"自从分别以后,我……"

　　他写不下去了,他想谈谈政治攻势,可是,政治攻势碰了两鼻子灰,眼下还没有一点成绩,怎么给三生写呢?当然,三生一定在那里盼得心焦,就马马虎虎写个平安信,也一定很高兴。唉,一个孩子家,得这么点高兴,可又有什么意思?……

　　周铁汉正意意思思,猛听得后院邻家,汉子娘们儿哭闹成一堆,唧唧喳喳,房顶子也要抬起来。

周铁汉听着奇怪,便问房东大嫂:"这是为的什么?"

大嫂唉了一声说:"这不是倒霉倒的。"随即说,"那家是我个婶子,日子穷得揭不开锅,她当家的借了几斗粮食,贩了点布头来去大仁集上卖。唉,人穷了喝水也塞牙,恰好赶上'糟不死'聘妹子,正搜寻嫁妆料子哩,准是看上了他的布头鲜亮,一下子连包袱背上了岗楼。她当家的哭回家来,两口子一见面就先闹了一场。今儿个她当家的叫账追得没了法,要去当了她的几件嫁妆,她准是舍不得,两口子又对着骂开了。唉,这就是'糟不死'办的那事,他妹子要嫁妆,逼得人家卖嫁妆。"

周铁汉问:"'糟不死'是谁?"

大嫂说:"我个妇道家不打听那些事,光知道是岗楼上坏得冒脓的个'皇协'。"

周铁汉想了想说:"你去把那个卖布头的叫来行不行?"

大嫂说:"叫来干什么?"

周铁汉说:"我有事问问他。"

大嫂笑笑说:"你们八路军就是管得宽。"

一会儿,大嫂领个四十上下的汉们来了,那人还一直抹着泪抽搭。一进屋,见了周铁汉,又见炕上紧挤着躺满小伙子,个个抱着大枪,一下吓愣了神。

大嫂笑笑说:"这是咱大队上的,听见你两口子闹哩,叫我请过你来问点儿事。"

那汉们说:"嘿,是大队呀,要知你们在这儿,我早过来了,我这肚子气就是没个地方出去!"

周铁汉让他坐下,先劝了几句,随后慢慢问起大仁岗楼和"糟不死"的情形。战士们听着有人来,一个个都醒了,也支起耳朵听。那汉们把情形说完,可把人们气坏了。丁虎子坐直身子砸着炕席说:

"怪不得那天上课他不听,这种人就听你说理啦?"

原来大仁岗楼上住着两班"皇协",由一个叫潘亚权的小队长带着。这个潘亚权从前当土匪,后来被鬼子收买,活埋过我们两个区干部。前些日子被县里的武工队捉住,就在处死刑的时候,又被他逃走了。鬼子派他在这个岗楼上当小队长,整天糟害老百姓,跟八路军作对,常常冷不防窜进附近的村去,把办公的抓走,先打个半死,然后要钱要粮。还学着鬼子要"花姑娘",送年轻媳妇都不行,一定要大闺女。有一回,一家娶媳妇的抬着花轿打岗楼底下过,被他抢进去,好几天才放出来。每逢大仁集,他必定上街,看中的就拿,不顺心就打,邻近老百姓恨透了他,管他叫"糟不死"。就连他手下的伪军也背后说:"比鬼子还横三倍,那回八路军为什么叫他跑了!"

周铁汉听完,把脸也气青了,瞪起虎眼说:"你看我们把他除了好不好?"

那汉们咬牙说:"全把他们杀光我才乐意哩!不然,这一块儿的老百姓,还不知背他多大灾呢!"迟一下却又说:"可是,也得小心弄他,这小子太扎手!"

丁虎子问:"怎么扎手?"

那汉们说:"他是个土匪底儿,眼快手黑,使盒子百步穿杨,差不多没有人敢近他。"

周铁汉攥着拳想了好一会儿,气哼哼地又问了些哪天逢集,大仁净什么街道,卖什么东西的多,"糟不死"什么时候出来,带不带人……那汉们一一细说了。问完,周铁汉又安慰几句,就让他走了。

丁虎子看看屋里没有别人了,就凑到周铁汉脸上说:"周队长,就凭老百姓受的这气,就不能轻饶过他。"

周铁汉粗壮的身子立在地上,闭着嘴不吭,像是在想什么。干巴忽然跳下炕来,嗯嗯地咳了两声,把袖子挽起来,把衣裳紧了紧,两腿一绷,啪啪飞了两个旋风脚,然后叉腰一站,好像在等着出门打架似的。

丁虎子看着奇怪,问道:"你想干什去?"

干巴把眼眨了眨,嘴巴朝周铁汉一努:"赶集去呗!"

丁虎子不明白他的意思:"赶集对你又有什么落头?"

干巴哼一声说:"天天赶集,没有碰不上卖馃子的①。"

周铁汉猛地抬起头来,瞧着干巴的俏皮脸儿道:"莫非你想出招儿来了?"

干巴说:"我想试试,看跟你想的一样不一样。"

周铁汉说:"我还没有想成啊!先把你的拿出来讨论讨论吧!"

---

① 谚语,意思是:天天找事,总会把事找着。

丁虎子揪住干巴的胳膊往炕上一搡说:"看把你酸的,非请还不拿出来。"

干巴没防他用劲这样猛,咕咚跌在炕沿上,屋子里人们轰地笑起来。

干巴把他的计划头头尾尾对周铁汉说了一遍,屋里人全喊赞成。

干巴说:"就是没有手枪,得赶快上区里县上去借。"

周铁汉说:"明天就是集,时间哪来得及,谁知县上区上的在哪儿呢?"

丁虎子又想了想,右拳头把左手掌一砸说:"算啦,明天我去,就使刺刀吧!"

战士们说:"那可不是玩的,刺刀怎就办了事啦?"

周铁汉低低头,猛然道:"刺刀行是行,不过——还是我去吧!"

丁虎子一听,把袖子一甩道:"怎么啦,你看我好犯政策不是?我不犯还不行吗!"

周铁汉说:"不是,这不是闹着玩的,光胆大还不行,还得眼明手快,那小子不是好惹的,一错眼珠就许把命赔进去!"

丁虎子嚷起来道:"把我赔进去是个战士,要把你赔进去,咱这一队人谁还带呀?"

周铁汉道:"我还比你会用刺刀,我在煤窑上练过一手,是想攮日本人的,可惜没用上,这回该使使了。"

丁虎子说:"刺刀谁不会使,照要命地方扎就是了。"

干巴截在中间,拉架似的两面拦住说:"得啦得啦,谁也别争,我出的智谋由我挂印,全听我的调遣吧!反正去一个人也不行,周队长是赶集的,我和丁虎子挑担,到时候,周队长一个不行,咱们再见机行事啊!"

这一夜,把村副请了来,该预备的东西,一齐预备下了。

四十

　　第二天，天气晴朗朗的，人们从乱串在麦地里的各条道上，慢慢聚到大仁镇来。早来的小摊摆满了半道街，赶集的人来来往往东遛西逛，生意人的嗓子又尖又高，都怕人听不见，拼命地吆喝着。在人丛里，丁虎子的高大个儿出现了，穿着件短青裤褂，光着头，挑着一对花筐，里头盛着半抱小葱，半天喊一声，来回串着。干巴的瘦影子从另一头走出来，紫花裤，光着膀子，一块尺半见方的粗布手巾，倒着箍住头顶，疙瘩结在前额上，挑一对席篓，里头两把烂韭菜，一口接一口地尖叫着：

　　"包圆的韭菜！"

　　在十字街，周铁汉蒙一条齐眉手巾，左腋下夹一个"捎码子"①，截住干巴问道：

　　"韭菜多少钱一斤？"

　　干巴说："包圆啦？包圆算贱点。"

　　周铁汉摇摇头说："吃不了这些个。"

　　干巴说："一顿吃不清分两顿哪。捏饺子？兜包子？都费馅啦。"

---

① 褡裢。

周铁汉瞪他一眼道:"少说些废话,到底多少钱一斤哪?"

干巴向两旁斜了两眼,小声说:"你可不像个买东西的。"随即大声说,"一块钱二斤。"

周铁汉摇摇头,说声"要不起",两人便各自走开了。

周铁汉独自走了一阵,忽然在肚里笑起来:也就是,既然赶集来了,就要有个赶集的派头,买东西那有瞪眼的?——可是,又怎么不叫人着急呢?多少年来,仇恨积下了多少啊!简直用算盘也算不清!都还没有报,一次仗也没有打,一个敌人也没有杀,一个坏人的血也没有流。今天才有了这样个小机会,心里这股劲,好像是平了槽的河水,真想一下子全泄出来。

约摸吃早饭以后,嚷嚷的声音忽然小下来,人们一边朝街旁墙角上溜闪,一边不住地扭头朝东瞅,就见三个"皇协"从那边走过来。当头的一个穿条绿斜纹布裤子,上身一件漂白衬衣,衣襟飘在外面,隐约看见腰里坠出一条枪纲;顶上分头,嘴里金牙,两眼立楞立楞的不住东撒西看。瞧神气,恨不能爹起膀子来走。后面两个都是绿军装,平顶帽,高些的一个空着手,低些的一个扛着棵"湖北造"。

看看来到十字街,人多起来,挤挤碰碰,连三个"皇协"也放慢了脚步。

恰在这时候,在"皇协"们背后,有两个人打起架来,只听见打雷似的嗓子骂了一声:"他妈的,瞎了眼啦!"卖葱的丁虎子抡起右掌,朝卖韭菜的瘦脸上扇去。

干巴忙扔下挑子,撤下扁担来招架,一面尖着嗓子大骂:

"野杂种操的!"丁虎子也抽出扁担来迎上去,看看就打在一堆。引得人们呼隆围上来一群,把"皇协"们也圈在里头了。

走在后面的两个"皇协"扭回身子骂道:"一对混蛋,干什么!"

留分头的家伙也站住脚,歪过头去看。就在他整个身子还未扭过去的时候,挨他身旁的周铁汉猛地从"捎码子"里抽出一把刺刀,奋力向他心口戳去,只听哧的一声,那小子一声没响,扑翻在地。

徒手的"皇协"回头一看,惊讶道:"哎,怎么摔倒啦?"细一瞧,却见他们小队长的后心上,正露着一把血红的刀尖。

那"皇协"还没醒过神,脑后一扁担过来,劈了他个斤斗。丁虎子正抡起扁担,要砸碎他的脑袋,周铁汉连忙叫道:

"虎子,别再打啦,快搀他出西口奔雷庄去。"

那边,干巴正抱着扛枪的"皇协"在摔跤,干巴身单力薄,虽搂住了"皇协"的后腰,却摔不倒他。周铁汉忙抽下"糟不死"的盒子枪,抢过去只把腿一绊,"皇协"栽个嘴啃地,赶紧夺了枪,一块儿押着奔了村外。

集马上炸了,人向四面八方纷纷逃走,转眼之间,只剩了个空街筒子。等人们跑得不见影儿了,才听见岗楼上放了几声乱枪。

四十一

两个俘虏里面,被丁虎子劈了一扁担的是个班长,名叫李自兴。还没有等周铁汉问他,便自己说:

"队长,我坦白……我坦白吧,我跟潘亚权交厚,是因为他手黑心硬,又有势力,我害怕他。我的错是在集上打过两回人,抢过一匹花布,还,还抱过几回白菜,这都是潘亚权叫我干的。——我是束鹿土路口人,我知道坦白了八路军宽大。队长,我家里还有个七十多的老娘,你不信,天上打雷劈了我!"

丁虎子越听越忍不住,扬起脖子哈哈大笑起来,带得一屋子人全笑开了。

一个战士上来问道:"那天黑下,我们给你们去上课,为什么骂街?为什么打枪?这会儿你老实了!"

伪班长连忙辩解道:"那……那可不是我骂的,那是潘亚权骂的,枪也是他打的。"

另一个俘虏也插嘴说:"我是个当兵的,我可没有骂啊!"

干巴故意吓唬他们说:"哈,你们又不坦白,那天骂街的不止一个人嘛!"

伪班长慌了神说:"那一个不是我,那是四班长白云普骂的。"

周铁汉说:"以后再给你们上课还骂不骂了?"

伪班长说:"再也不敢了。"

"为什么?"

伪班长把一个手指戳在心口上说:"谁不怕刺刀扎啊!"

周铁汉暗笑着点了点头。又仔细问了问岗楼上的情况,连每个"皇协"的名字都问遍了,便叫给李自兴把伤包好,放他们到一边去休息。随后叫干巴代笔,给薛副政委写个信,除了请示对这两个俘虏怎么办以外,还写上一条经验说:

"不把敌人情况摸得底底细细,攻心战就要碰钉子。"

"'糟不死'在集上被八路军扎死了!"

这个消息一传开,老百姓都拍着巴掌念佛。有几个村立时杀了猪,打听着队伍的下落,想要来慰劳。可是,随着又传来另外一个消息:"皇协"们在大仁抓了好几个人,押在岗楼里头,说要向他们追究凶手。

第二天晚上,周铁汉让村副派个人去打听了一趟,回来说:

"人是抓了,可是'皇协'们都害怕得不行,吃过清早饭吊桥才敢放下来,日头还大高呢便又拉上去了。除了抓人那回,'皇协'们一次也没敢来过街上。"

第三天,转移到邸良庄来。周铁汉接到了薛强的回信,开头就说,周铁汉的那条经验"十分重要,以后要大大提倡调查研究"。对扎死"糟不死"的事,自然是鼓励了好几句。关于

203

俘虏问题，只提了四个字："教育释放"。

周铁汉把这封信翻过来掉过去琢磨了好一阵，忽然不声不响地两手拍了一下，就又把两个俘虏叫了来，一张嘴就告诉他们说："今天晚上放你们回去。"

两个俘虏开初还半信半疑，后来见周铁汉真的很郑重，便有了几分高兴。

周铁汉说："放是放，你们不能丧良心，也要想法儿办点中国人的事。"

"皇协"连忙点头："是是。"

周铁汉接着说："回去对岗楼上人们说：八路军和老百姓打成一片，力量一天比一天大。日本鬼子国小兵少，顾东顾不了西，八路军总有反攻的一天。你们里头机灵一点的应该小心，趁早想法儿找八路军接接头，暗里做点抗日的事，也好为自己留个后手。要是只图眼前享乐，一心当铁杆汉奸，将来老百姓翻了手，别说跟你们算账。你们不能一年到头老藏在岗楼里头，反正有个赶集上街的时候，谁要是再干坏事，就叫他睁开眼看看'糟不死'的下场。"

两个俘虏听一句"是"一句，听完了连说："一定照办。"

周铁汉又说："回去告诉你们四班长白云普，就说我们正给他记着账呢：正月里他截过蒋家一辆拜年的大车，扣过草厂姓王的一口猪，四月里跟雷庄要了一匹布，跟侯高要了一口袋麦子，这是拣大宗说的；平常打骂人，像挖大沟那时候，他把李庄的一个老头推下大沟摔拐了腿的事，还有不少。告诉他，我们是'单打一',他的账可上得不少了,这回在街上抓去的好几个人还没有说,叫他自己看着办吧!"

两个家伙听愣了,"是"也说不出来,只伸着脖子听。天不早了,周铁汉又塞给他们些宣传品,嘱咐说:

"以后我再捉住了,就问这宣传品送到没送到。"指指李自兴的鼻子说:"你是个班长,你的责任可更大!"

李自兴连忙点头说:"一定送到,一定送到。"

周铁汉派了两个战士,预备把他们送出村。临走,李自兴忽又停住向周铁汉要求道:

"周队长,你还是写个信吧,我记性挺坏,怕回去学不周全,以后你再怪罪下来。"

周铁汉盯着他那副松蛋脸,心里的高兴一股一股往上涌,便点头说:"也好。"吩咐干巴说:"你还编得顺当点,把我刚才说的话,给他们岗楼上写两封信。"

干巴掏出钢笔来,在灯下桌子上编编写写,约摸一点来钟,信写成了。

周铁汉让他念了一遍,又拿起信来看了一会儿,指着最后的款衔:"干巴,把'一小队长周铁汉'这几个字勾了,只写'八路军宁晋大队'就行了。"

干巴改过以后,又照样抄了一封。周铁汉一齐交给李自兴说:

"今天把你们送回邸良庄村东岗楼上,一来离得近,二来那是你们小队的第六班,这两封信,一封捎给他们,一封带回

205

你们楼上。"

两个"皇协"走了以后,周铁汉脑子里又闪出尹增禄来,只见他晃晃悠悠,混进"皇协"群里去了。

四十二

又过了两天。这两天中,周铁汉用心地作了几次调查,把邸良庄村东岗楼上的罪恶行为,一条一条调查清楚,叫干巴记在小本上。这天晚上,住在曹庄,周铁汉决定再去给岗楼上讲讲课,试试他们的态度。

这消息不知怎么叫房东知道了,临走,房东老头向周铁汉要求道:

"离岗楼不远,有我二亩麦子,正该割啦,总是不敢去,怕楼上下来人,找个斜碴咱就受不了。我听说你们要给岗楼上讲话去,老周,你们多讲一会儿,我父儿俩去把那块麦子抢回来成不成?也好趁个明光月亮地儿。"

周铁汉说:"要打起枪来你不怕?"

老头说:"不怕,这几年听枪响早听惯了。"

"成,你父儿俩不够,我们再帮你把手,这还不是我们应该干的?"

老头乐坏了,马上套了大车,跟在队伍后面,骨碌骨碌地一直奔了大仁岗楼。

一轮明月刚刚从东方升起,一低一仰的麦穗,叫那白光一照,恰像滚滚不尽的黄水,向辽远的天边上流去。不一会儿,离岗楼还有半里地,房东父儿俩停下车,奔了自己的麦子地。周铁汉一面拨了五六个战士去帮他拔麦子,一面带着其余的战士,就麦地里散开,朝着影影绰绰的岗楼影子圈上去。

看看只离六七十公尺了,就都伏下来,周铁汉伏在麦垄里提高嗓子喊道:

"喂!楼上的听着:我们是八路军,叫四班长白云普出来答话!"

沉默了片刻,无人响应。丁虎子道:

"这小子们怎么不打枪啦!"

周铁汉又喊道:"楼上的,你们听见了没有?叫四班长白云普出来,我们和他有几句话说。"

又沉了一会儿,楼上一个柔和的声音说:"八路同志们,我们班长病了,起不来,有什么话先对我说吧。"

周铁汉说:"你叫什么名字?"

声音说:"我叫张得功。"

周铁汉道:"楼上没有个叫张得功的,不要骗我!"

又沉了一会儿,换了另外一个人说:"八路同志,你也不用问啦,有什么话只管说好啦!"

周铁汉反而一下子不知说什么好了,想了想说:"你们为什么把大仁几个老乡抓起来呀?"

声音回答说:"那是上边的命令,我们没有办法,自从李班长……自从,自从今天下午就把他们放了。"

干巴笑一声说:"真有门儿!"

丁虎子插嘴喊道："八路军给你们的信见着了没有？"

回答连说："见着了，见着了。"

丁虎子又问："见着了怎么办？"

声音哀求似的说："哎，八路同志，我们干这个，是因为生活迫不得已，咱们都是中国人，谁跟谁也无仇无恨，以后我们不出门，不惹老百姓就行了。干别的也干不了，我们看的是大沟，你们要过，事先给我们个信儿更好，免得发生误会；不给，我们也不管，只希望你们记着我们点儿就行了。"

丁虎子说："白云普干了那些坏事，你们知道不知道？"

楼上声音说："知道知道，今天他病了，不能出来，一会儿我们说说他，叫他改了。"

干巴用命令的口气说："你们大伙儿可多批评着他点啊！要不然，挂连着你们也倒霉。"

最后，周铁汉把苏德战场的形势，抗日根据地的规模，八路军的力量，各地胜利消息……一气儿讲了半点多钟。这时，房东的麦子已经拔完装了车，往家赶了。周铁汉告诉岗楼上：

"我们走了，以后再见。"

岗楼上却要求说："八路同志们！这里离村太近，叫上边知道了受不了，我们打几枪，你们也打两枪吧，好遮遮耳目。"

周铁汉皱起眉来没有吭。丁虎子跳起来说：

"周队长，叫我打一枪吧，好些日子不打仗了，手指头痒得难受。"

干巴也凑上来说："周队长，再不叫我打一枪可不行了，昨天梦见我的枪诉起苦来,它说:'周队长堵着我的嘴不让说话,净这么压迫我,简直没法儿抗日了。'"

周铁汉说:"每人只四五粒子弹,又没来源,打一粒少一粒,以后遇见急事了,多一粒子弹就许顶了大用。"

丁虎子和干巴苦苦哀求,小孩子一样直跳脚,都说实在憋不住了。周铁汉见他们也怪稀罕的,就点了一下头。丁虎子向楼上招呼一声,咣的一枪打了过去。干巴把枪一顺也嘎地打了一枪。不想,隔干巴不远,嘎的又响了一枪。

周铁汉登时冒了火,瞪起眼来喝道:"那边谁打枪啦,过来!破坏纪律的家伙!"

一个人影子抖抖的直立着走过来,离着老远就立正站在那里,好像摆开架子单等挨吹了。周铁汉借月光细一看,原来是张小三。心想:他以前那个松样子,一听枪响脸发黄的人,怎么也敢对岗楼打起枪来了?心里一软,火全消了,缓下调子说:

"以后没有命令不许乱打枪了,你不知道咱子弹太困难吗?听见了没有?"

张小三说:"听见了。"

周铁汉又走上去拍着他的肩膀问道:"冲着岗楼打枪你不害怕?"

张小三抬起头来说:"你是不知道,西丁村战斗我打了两枪哩,好久不打了,老憋得慌。"

周铁汉好像想起一件什么事来,说道:"噢!原来不是以前的张小三了。"

这时,岗楼上的枪,一声不断一声早响起来,子弹在摩天云儿里四面八方乱飞着。

在月光底下往回走的时候,周铁汉越想越高兴,看了看北斗星,天气至多不过半夜,就停住脚和战士们商量道:

"咱再上邸良庄岗楼去看看好不好?"

今天大家都高兴,一齐说:"赞成。"

三四里地,绕了一个弯儿就到了。等把岗楼围好,把楼上叫应了,干巴就把小本子掏出来,半看半背的像报菜名一样,把岗楼上干过的坏事,一笔一笔都报出来。最后问楼上:

"这叫不叫欺负老百姓?是不是汉奸?"

这个岗楼更干脆,一股脑儿都认了,只要求说:"我们以后再不了,大沟你们什么时候过都行。就是记上的账……希望,希望以后给我们勾了。"

周铁汉说:"勾可不行,有功记功,有过记过,以后你们可以立功赎罪嘛!"

接着又把对大仁岗楼讲的一套,说了一遍。说完以后,岗楼上要求再给讲一段,周铁汉一来喊干了,二来肚里没了多少现成词儿,正在想,干巴接下茬来说:

"楼上的,天气不早了,我给你们唱个歌好不好?"

楼上马上劈里啪啦响起一阵掌声,乱喊着:"欢迎欢迎!"

干巴故意咳嗽了两声,清了清嗓子,就唱起来:

　　皓月当空,月明如画,

伪军们自叹在岗楼,
扒着垛口皱着眉头,
哎哎哟——
一阵好忧愁。

挨打受气,好不自由,
比不上一只东洋狗,
万古千秋骂名留,
哎哎哟——
趁早快回头。

唱罢,岗楼上倒没有响,丁虎子却拍起巴掌哈哈大笑起来,捣了干巴一拳头说:"心眼儿里来得真快!"

鸡叫起头遍,周铁汉才拉起队伍往回走。一路上,眼望着黑糊影儿里一座一座的村庄,自己心里说:这一带的老百姓可以睡几宿安生觉了,政治攻势这玩意儿倒也能顶打仗用。这样想着,心里凉飕飕的,不由得甩开大步,越走越快了。

四十三

大队上不断收着情报,各据点的"皇协"开小差成了风气。大营上白天就有半个班往出跑,班长一看说声"追",追出据点来也不回去了。差不多各村都有当"皇协"的逃回来,他们说:连那些铁杆汉奸,也整天摸着脖子发愁哩。日本鬼子的兵力本来不够用,这一来更着了慌,大嚷着:"'皇协'军都被八路掌握了!"连忙把百尺口、大营上通牙口寨两条汽车道上的岗楼撤了,邸良庄村东的也并在大仁一起。这一来,地面上宽松得多了,很多一面应敌的村子,都暗里建立了抗日政权。

周铁汉带着小队每天夜里不是给岗楼上课,教育"皇协"们"立功赎罪",就是到敌占区去给老乡们开会讲话,宣传抗日道理。那些游击区的老乡们,先是趁小队给岗楼上课的机会拔麦子,后来,周铁汉就把他们一村一村地组织起来,轮班掩护着到岗楼底下去收麦。这样,他们跳来跳去,把三、四区据点以外的村都住了一遍。群众的麦收,也安安生生过完了。

宁晋县委在六月开了一次常委会,根据新的情况,决定了武装斗争的新任务是:扩大活动面积,缩小敌占区;逐渐把队伍发展壮大,把人员充实起来。不几天,分区也来了同样的指示。钱万里和薛强在信上一商量,决定立刻把大队集中。

不巧得很,就在薛强和周铁汉带着队伍向二区靠拢的时候,敌情忽然变了。几个侦察员同时报告,宁东的牙口寨、大营上、罗口等据点,又都增加了鬼子。又过了两天,大陆村、唐邱、尧台和城里也都增加了。鬼子是从东边冀县、新河来的,从他们的部署看,似企图在宁东来一个较大规模的"清剿"。大队在集齐以后,钱万里为了避一避敌人的凶焰,决定靠西北转一下;一则跳出合击圈,二则站在机动地位,也好进退自如。

这一天,住在和赵县搭界的双井。晚上,侦察员曹得亮回来了。他说:三十一区队的石政委带着二大队驻在裴家庄。石政委让捎来信说:请钱大队长到他那里去一下,好研究宁晋形势和配合问题。钱万里和薛强交代了一下,便去了。

半夜以后,钱万里回来了。立时召集了一个干部会,把地区队上研究的问题和得到的情况作了传达:地区队今天接到了分区的通报,说华北的敌人,为了准备对北岳抗日根据地进行大"扫荡",正从冀中往外抽兵。在六分区,敌人正把东部县分的鬼子调往西部。不过,鬼子们在临走之前,还要"清剿"一下,一方面希图给我军些打击,好巩固它的统治;一方面想抓一批壮丁,扩充伪军,好弥补它的兵力不足。根据这个情况,石政委估计:敌人对宁晋的"清剿"就要开始了。不过,敌人是挣扎性的"清剿","清剿"是为了逃跑。因此,他决定地区队和宁晋大队集中活动,好寻找机会,粉碎敌人这个计划。

这一天,侦察员们全部被派了出去,连瞪眼虎也被放到近距离的据点侦察去了。第二天,侦察员们报告:鬼子和"皇协"三四百名合击了小刘村一带,县区干部和年轻人都钻了地道,敌人扑了空,只带走两个老头子。第三天,敌人又合击了二区马庄一带,抢走了一些衣服和粮食;本来还抓了六七个青年,可是走到大陆村附近,被埋伏在金家庄附近的二区小队,打了一阵兜屁股枪,把后卫的"皇协"打散了,青年们趁机逃走了大半。

第四天,罗锅子第一个报告说:

"鬼子们大部分撤光了,除了牙口寨留了一个小队以外,罗口、大营上和沟外的百尺口、司马等据点的鬼子,都撤到城里去了,只剩下'皇协'们守着。"

薛强双手一拍道:"毁了,敌人要走!"

钱万里没有言语,藏在山洞里似的两只眼睛,频频地望着窗外,不住地搓着手。

薛强问道:"今天没有合击吗?"

罗锅子说:"合击了,包围的蒋家里那一块儿,听说还叫三区小队打了一下呢,有一部分鬼子把小队追到大陆村那边去了,天黑了还没见说怎么着。"

薛强连连说:"唉,敌人真是学乖了!"

一会儿,瞪眼虎也进来报告说:"我亲眼看见唐邱的鬼子进了城。"

薛强越着了急,一迭连声叫:"真是糟糕!抓不住了,抓不住了！"

忽然老曹一头撞进来，忽闪忽闪眨着两只眼，风风火火地连叫："大队长，大队长！"脚也没有停，扑到钱万里跟前来说："大队长，你说怎么着哇？"

钱万里说："什么怎么着？"

老曹说："机会来了，打不打呀？"

钱万里看他毛头火性这个样，故意直起眼来不吱声，直等了两三句话的工夫，才拍一下炕沿说：

"你坐下，先报告情况。"

老曹这才恍然大悟，笑一声说："我真是个二百五脑袋！是这么回事：合击蒋家里的鬼子，临往城里走的时候，后尾巴上押大车的鬼子不知怎么掉了队，走到朱家庄附近，中了咱三区小队的埋伏，'王八'①了三四个，把鬼子气坏了，撇下大车就追，小队就跑，一边跑还一边逗它，鬼子越追越火，一气追了二十多里，直跑到大陆村这边来，日头快落了才回去。赶大车的人们全是抓来的，见鬼子光顾去追人，把牲口卸下来全跑光了。现在鬼子们正在大营上抓牲口哩，我看它今儿个黑下回不了城啦！大队长，这不正好把肉送到嘴里来啦！"

钱万里听完，把头朝薛强一翘说："看，还给咱放着一伙儿哩。"用手巾把头蒙好，扣好脖领扣，又问了几句鬼子的情况，就迈出屋门，找三十一区石政委去了。

---

① 即被打死之意。

玉柱在家里忙把薛副政委的文件包起来,煞在腰里,借的房东的被子,也卷好放在炕边上,再把地扫了,一切收拾干净,就抄起"小黑老虎"①,拉下大栓,抱在怀里擦起来。

不知怎么一下,小队上的人也全跟他学开了:都披挂上全副武装,屋子也都拾掇干净,借了房东的针线也全还了,然后就擦起枪来。张小三擦得最快,擦完,见周铁汉不在家,就把他那支老套筒卸了,又擦起来。其实,周铁汉的不论刺刀不论枪,常年都是光光的快快的。

薛强觉得应开个什么会,想一想,又觉得不到时候,就爬墙越房,这屋那屋转起来。转到二小队,忽见周铁汉也在这里,正和三生对坐在两块砖上,窃窃地说知心话,逗上了他的好奇心,就背在门后听起来。

只听三生说:"……我的计划一共是十个鬼子,十个'皇协',你已经扎死一个了,我还一个也没完成哩。"

又听周铁汉问道:"为什么还有数?"

三生说:"是呀!听我给你算算:鬼子把小菊烧死了,这得一个鬼子顶;抓你那天,把咱娘打了好几个爬虎,这也得一个鬼子顶;在牙口寨,把我打了一个死,这又得一个鬼子顶;你一共叫鬼子治了七个死,这得七个鬼子顶;这是十个鬼子。十个'皇协'是这么合的:要是我亲手捉住周岩松了,那就算了;要捉不住,就得十个'皇协'来顶!"

---

① 七九马枪的一种,又名"中正式",全身是黑色。

停了一阵,又听三生问:"莫非你没个数?"

周铁汉说:"我没有。"

"那什么时候算完呢?"

"赶到把鬼子'皇协'一古脑儿杀光!"

三生笑了一下说:"那你不成了人家的仇人了?"

周铁汉唉一声说:

"你这人真是死心眼儿,日本鬼子跑到中国来,杀过多少人?害过多少命?杀十个鬼子才报了咱一家的仇,天底下还不知道有多少家没有报哩!今天你报了这一宗,明天它又给你结下好几宗,什么时候不把鬼子杀光,咱这仇就永远报不清!……"

薛强捂着嘴笑了一阵,觉得不该去多嘴,就溜了出来。

薛强回来的时候,钱万里也赶回来了。薛强上去迎住他说:

"干脆点说,怎么办?"

钱万里笑着,破例地干干脆脆答道:"打伏击!"就拉了他的手坐在灯前,蘸着唾沫,在桌上画了两个小圆点,又画了几条线,最后画了两个弯着腰的大箭头……

四十四

和在一年前的这个时候一样,还是在这个地方——孟村村西的大寺里,在夜间偷偷住满了人。

高大的快要倾塌的大殿里,正面上一尊金面的如来佛,庄严慈善地坐着。围着它,在靠墙的四周坐着各式各样的十八罗汉,玻璃眼球被孩子们剜走了,眼睛倒显得更大,满嘴的牙齿早脱光了,嘴却咧得更宽,好像在大笑一样。大殿前二十公尺,一个砖台两道短墙,那是原来的山门。院子里半人深的乍蓬和臭蒿子丛密密的小松林似的挤在一起。在四野,一马平川,满眼碧绿,秋苗都长到尺来高了。钱万里、周铁汉和胡在先,都躲在大殿隔扇窗的后面,每人蹬着两块砖,不时伸头往外看看。"山门"前面,一道汽车路东西横铺着。顺着它往西看,远处黑黝黝高高的一块,就是宁晋城墙;城墙上滑秸垛似的一座一座的便是岗楼。往东看,约半里远的孟村还正睡着呢——天还不十分明,几颗残星仍在一眨一眨地闪。

胡在先向外望着,不禁喷着嘴说:"真是个好地方!当初你们怎么选来着!"

钱万里笑笑说:"当初完全是逼出来的,只是为的逃避敌人,没想到今天要在这里打埋伏了!"

周铁汉却说:"那时候要有三十一区队这么个二大队,两挺机枪一支,那几十鬼子骑兵,说什么也不能放它走了!"

胡在先只留心着殿外的地形,琢磨着开火以后,怎样去抢汽车道南里那块坟地,然后,怎样通过瓜地往东运动,如果敌人占了那块石碑,怎样驱逐它。

战士们分成两排,一小队在东,二小队在西,三小队留在殿后作预备队。大家抱着枪蹲在十八罗汉的脚下,交头接耳地小声说着话儿。张小三津津有味地讲着上回怎么在这儿熬过的一天,干巴怎么坐在高台上装着罗汉闭目养神,……逗得人们哧哧直笑。赵福来、黑仓一伙就琢磨着今天的仗怎么打法,怎么攻,怎么上,敌人怎么跑,我们怎么截,都当了参谋似的。三生坐在他们对面,一股劲儿呆着眼听,像是上了讲堂一般。

太阳升起来了,平着孟村房顶,射来一片金光。人们神情都渐渐紧张起来,说话的声音小到听不见了。钱万里的眼睛一动不动地从窗眼往外看着,他已经看见,在汽车道东头,慢慢爬来一溜小黑点,蚂蚁似的,尾巴上还拖着一股烟。他盯着,等那黑点渐爬渐大,还有一里半左右,才缩回头来,小声对人们说:"准备好,来了。"但马上伸出双手从空中往下一压,叫人们不要动,立即又把脸贴到窗棂上去。他像个有经验的猎人发现了野狼,炯炯的两眼,一时看看那溜黑点,一时又看看孟村村里的动静,一时又扭过头去望望宁晋城。

那溜黑影一步步逼近了,一列大车前面,有二十多个鬼子,成二路纵队走着,都是钢盔皮鞋,胸脯凸出老高,看那股骄横神气,好像全世界都在他们巴掌底下了。

钱万里看着他们那大模大样的劲儿,对胡在先道:"你看,他们够多么叫人喜欢!"

周铁汉却狠狠地说:"看他们这个大意样子,就该一个一个都挑了他们!妈的,真是可恶!"

鬼子擦着孟村过来了,已经听得见大车响。周铁汉和胡在先各扒着一扇门,瞪着眼等着。鬼子还离七十公尺,钱万里手一摆说:

"冲!"

周铁汉把门一甩,当的一声,第一个蹿了出去。嗖嗖嗖,丁虎子,干巴,张小三……像从机器里弹出来一样,一连串全蹿了出去。先打了一个排子枪,跨过短墙,一直扑向敌人。鬼子们呼地一转身,前爬后仰,纷纷伏倒在地。胡在先的二小队也早冲出"山门",越过汽车路,直把一块坟地占领了。这时,敌人的"歪把子"响了,嘎嘎嘎咕咕咕朝一小队扫过去,一小队一齐被压倒下来。

伏在地上的周铁汉,一转眼,恰看见二小队正向东边另一座坟地压过去。那个跑得最快,超在大家前头的就是三生。周铁汉心里连喊:"好,好!赶上去拿刺刀戳呀!"

坟地的鬼子被赶出来了,在跑过一块瓜地的时候,被打倒了一个,剩下的三个又占了立着块石碑的一座坟头,并翻回头去朝二小队打着枪。倒在瓜地的那个鬼子还没有死,看得见他一翻一扭的身子,很显然,那三个鬼子很想把他抢下去。可是,从西边有一个人爬了来了,周铁汉抬起身子看看,又是三生。他的处境是多么危险啊!三个鬼子拼命想阻止他,集中三棵枪一齐向着他开火,三生的身前身后,此起彼落的溅着土花。明明三生听不见,周铁汉却在替他使劲,咬着牙道:"不要怕,不要怕,快着爬呀!"

终于,三生爬近了那个鬼子。周铁汉又道:"等等,看他还动不动,动就先给他一枪!"

三生却没有停,一直爬到鬼子边上,安然拉下那棵三八式。鬼子倒也没有动,大约早叫他们自己人打死了。

周铁汉猛地看见三生又翻回头去,往回爬了两步。立时急得嚷起来:

"哎!你上哪儿去?上前冲呀!怎么往回走?"

三生好像真的听见了他的话,迟疑了一下,又转回身来,把三八式架在死鬼子身上,朝石碑开了枪。

西边坟地,胡在先刺刀一摆,第二个冲锋又发起了。

石碑后面的鬼子扭头又往东跑,三生马上纵起身抢占了那座石碑。

周铁汉见他又发了一枪,离他五六十公尺,又一个鬼子被打透了腿,跪在地下往前爬着。周铁汉又使劲叫着:

"三生,再去追!"

话音未落,轰的一个掷弹筒,炸在石碑前面,三生向旁一厌跌倒了。周铁汉心里一震,双肩耸了起来,那团白烟刚落下去,却见三生又坐起来,愣愣地前后看着。一忽儿,二小队的战士,都越过那座石碑,朝东追了下去。

整个鬼子小队一面抵抗着,一面在往孟村撤,显然企图抓住这个村子。周铁汉儿次要爬起来冲,钱万里都止住了他,说:

"只用火力杀伤就行了,让他们去退在钉子上吧!"

果然,鬼子们刚刚抓住村沿的时候,从房子后面,两挺机枪一齐大吼起来,夹着排子枪、手榴弹,把村沿下打得烟腾土冒,一片火海。片刻之间,鬼子的死尸横躺竖卧,遍地麦个子一般,老远便看得见尸上的血冒出一大摊。

十分钟以后,机枪一停,三十一区队的战士们决口的河水一般从村里涌出来。周铁汉和胡在先也带着战士们冲了上去。一时齐声呐喊,一片杀声。再十分钟过去,除去两个鬼子滚着爬着向北逃下去漏了网,别的都在枪弹之下送了命。战士们遍地嗷嗷叫,到处搜寻着战利品。

战斗刚一停,周铁汉跑到石碑那里去看三生,却见三生已由一个战士跟着走下来,腿略微有点拐。便问道:

"伤着哪儿啦?"

三生说:"哪儿也没有伤,只是叫炮弹炸飞的一块石头片,把大腿碰青了一块。"

周铁汉把他的裤腿挽起来一看,果然只有一块皮青了些。他的脸忽然不大愉快起来,沉了一阵,用手扳着三生的肩头,眼对眼地盯着他,七分是首长三分是哥哥的语气说:

"只是青了一点皮,可不应放那伤鬼子跑了呀,当时为什么不趁着那阵烟赶快追呢?"

三生望着他没有言语。背后那个战士却抱不平说:

"怎么叫把伤鬼子'放'跑了?他还不是到底叫咱们打死了。"

周铁汉却更沉下脸来,严肃地说:"唔,战场上可不能那么说,有机会亲手打死敌人,就不能指望别人!不管碰着多大困难,有多大危险都一样!"

四十五

不久,三十一区队二大队东调束冀去执行新的任务,便和宁晋大队分开了。

孟村战斗砸烂了一个鬼子小队以后,"清剿"再也没有大规模进行,由东增来的鬼子连忙撤跑了;桥本垂头丧气地带着两个中队上了赵县,宁晋只剩了野茨中队。野茨在牙口寨留下一个小队,带着其余的移进城去。其他的据点,都由"皇协"驻守着。这一下,大队可觉着宽松多了,好像身上又解下一道绳子,舒手伸脚都没了拦挡,便夜夜把政治攻势推到城下去。

人越精神气越壮,县大队打了胜仗,群众情绪也高涨。县上和区上每隔几天,就送上三五个参加抗日的青年来。就在大队,常常在夜间给村里开完会后,就有人找上门来要求入伍。两个多月过去,新战士增加了二十多名,每小队都补充了七八个。

可是,问题也逼上来了。一天,胡在先找到大队部和钱万里诉起苦来:

"有三个新战士没有枪,他们要求快点发。另有两个新战士嫌枪破,说连撞针也没有,打起仗来拿气吹人家呀?"

过两天,周铁汉也找薛强去,他说:"新兵添了这些个,老战士显得太少了,咱们不同古时候,养兵千日,用兵一时,咱们是现养现用。战斗任务天天有,没有骨干带领,怎么上阵呀?"

薛强觉得,大队还发展得很不够,还追不上形势的需要,还应大大地发展一下。他和钱万里研究了一下,决定除了加强教育,积极发展党员以外,又下了命令:调每区小队四个战士升到大队来,要两个老的,两个新的,都要带着武器。

各区小队都已发展到二十五到三十个人,行军路上一摆,都是满排场的一溜溜儿了。调人自不成问题,不出七天,都送齐了。可是,枪都没有带全,二区小队带来两支,蔡大树的信上说:

"我们小队还不够一人一条枪,正愁没法子解决哩。大队上人多势壮,打两个胜仗,好歹缴些就够使的了。"

别的区也一样,有的带三支,有的带两支;一区只带来一支,说他们最近才发展起来,还想和大队上要枪哩!钱万里噘着嘴说:"真是游击习气。"可是,也就放下了。

大队已是百多人的大队伍了。再重新编了一下,每小队扩编成三个班,全大队一共九个班。夜间按班纵队站起来,四四方方,黑糊糊一大片。薛强站在前边看看,九个班长并排儿立着,握着大枪,威威武武,很像个样儿。再遛到后边一看,却叫人泄气!有十几个人都空着手,有的只背条米袋,有的提一颗手榴弹,还有的只抱棵白菜,太不像个军队气派。提到战士们的子弹,更不要说了——每人三粒!薛强前走几步后走几步地来回遛着,暗暗着急这个事怎么解决。

一个晚上,蔡大树来了。一进门,先唧唧嘎嘎和周铁汉、丁虎子几个滚了一顿,恨不能把炕跳塌了。闹罢,就凑过钱万里去说:

"大队长,我们小队上缺枪怎么办?"

钱万里扭了扭脖子,慢慢说:"打两个胜仗,好歹缴些就够使的了。"

蔡大树咧起大嘴笑了一阵,辩驳说:"胜仗大队上好打呀,小队上也好打?大队满县转,哪儿都有机会,我们光围着唐邱推磨。他妈的,魏开基这小子坏得像脓包,滑得像泥鳅,又是个叛徒,对咱们摸得挺清,你怎么也抓不住他,他上午也出来,下午也出来,早晨也出来,黑下也出来,神不知鬼不觉,呼的一家伙把村一围,等你听见信啦,他早拾掇完东西回据点了。"

正说着,二区小队的通讯员一声"报告"进来了。

蔡大树说:"你跑来干什么?"

通讯员说:"陈副政委叫我告诉你,唐邱的敌人围了裴家庄,他带着队伍打去了。他说,枪要响厉害了,最好大队派人去岳家庄抄一下。"

钱万里一听,用眼在屋里扫了一下。刚扫到周铁汉脸上,周铁汉马上立起来说:

"我们去吧!"

没等钱万里答话,蔡大树又一把拽他坐下说:"坐着你的吧!等不得他到裴家庄,敌人早回唐邱了。陈副政委那是瞎闹,他是裴家庄人,无非想趁空回家看看。"

薛强从旁听了,装出一副非常悲观失望的脸,对蔡大树说:"你这位老总啦,凭你这个懒劲,你怎么就会打胜仗!你怎么会不缺枪!"

周铁汉的小队还是披挂好了。等了一阵,果然不见枪响;又等了约一点钟,一阵脚步响,二区小队陈副政委进来了。蔡大树抓住理,赶紧说:

"是不是,看是没有打上不!"

钱万里扭过去问道:"敌人怎么回事,这早晚上裴家庄干什么去了?"

陈副政委说:"怪透了,只抢走一辆新轿车和两个大骡子,别的什么也没动。一去就奔了贾家大院,赶起来就跑了!"

薛强问:"还有什么情况?"

陈副政委低头一想,猛然道:"我有个当家子,今儿个刚从唐邱回来,他亲戚对他说,唐邱的警察所长调到城里去了,说不定什么时候走。还说今天魏开基请客来。"

钱万里两眼一闪,紧追一句:"那亲戚怎么知道的?"

陈副政委说:"干伪事的,他小子给魏开基中队部做饭。"

钱万里藏在深洞里似的两只眼骨碌骨碌转着,想了好一阵,把头一扬说:"就在明天,就在明天!这位警察所长一定是明天走,我们赶快准备一下吧!"

薛强道:"这恐怕是不会错的:一来魏开基狡猾,事前决不肯露出马脚来,今夜抢轿车,明早一定送他走;二来,今天已经请了客,警察所长已没有理由待下去了;这确实是个打伏击的机会。"

蔡大树说:"我看要打也只能打个跑,要说伏击,唐邱到城里三条道,魏开基哪一条都走过,根本没有规律,你怎么伏法?"

钱万里问道:"怎么三条道?"

陈副政委说:"一条出西门,一条出南门。南门这条出来半里远又劈成两股。"

说着,就在桌面上画了个小方块儿算唐邱,小方块儿下面画了两条线,左面画了一条线。然后又比画着说:

"打伏击就是不好布置,三条道在中间都离三四里,在这条等他,怕他走那条,在那条等他,又怕走这条。"

钱万里双手托住下巴颏,两肘支在双膝上,对着桌上这个图又出起神来。过了好一刻,他忽然伸出一只手,合成瓢儿一样,在小方块下面一兜说:

"哎,你们看怎么样?"几个人头一齐挤上去。钱万里说:

"大队就在南门岔道口这儿一卡,一下便截住两条道,只要他出南门就没有打不上的。二区小队在西门外隐蔽,截住那一条,敌人走哪一条,也可以打;打上以后,大队再顺寨墙去支援,也完全可以够得着。这样三条道都卡住了,敌人只要出来,总漏不了的。"

薛强道:"这样好是好,就是离敌人太近了,就在人家眼皮底下。不隐蔽,容易暴露;太隐蔽了,又不能掌握情况,妨碍指挥。"

钱万里笑一下说:"这我已经想好了,看我明天演个戏吧……"

四十六

　　天渐渐亮了,日头悄悄爬上村东的树梢,一阵轻风吹过,挂着红灯的高粱,挑着狼尾巴的谷子,一摇一晃,发出哧啦哧啦的笑声,好像给什么捣鬼的事儿喝彩似的。唐邱村子被一带黄土寨墙围着,中间的五层大岗楼,孤零零立在青纱帐里。

　　正是秋收刚开始的时候,早熟的庄稼已经在收割了。

　　老乡们刚刚下地,三五成群地往地里走着。这时,钱万里却不知从哪里走出来,已蹚得湿漉漉两腿露水,顶着一头高粱花子,光着脊梁,紫花裖子胡乱缠在腰里,衣襟耷拉着遮住屁股上的盒子枪,手里拿着一张钝镰,遍地串着。

　　他显得非常困乏,不知是累的,还是饿得太久了,走着道,腰弯成弓一样,半天才迈一步,慢慢地绕进一块谷子地里,点一点头说道:"正忙啦大叔,我来帮把手吧?"

　　两个割谷子的老乡回头一看,见是个"赶饭担"①的,毫不留心地说:"甭啦,甭啦,哪村的?"

　　钱万里迟钝钝弯下腰去割了一镰,才抬起头指一下说:

---

① 乞丐的一种,在农忙时候满地转,趁做活人们吃饭时,去说几句好话,或多少帮点忙,吃点剩饭。

"东南上,裴家庄的。"

他把一绺儿谷子两下一劈,右手一翻,左手一拧,打成一道"要儿"①。又搭讪说:

"这谷子可看个七八成年景啦。"

"嗯,老天爷有眼,给下了两场透雨。老像去年,人还活得成?打的还不够岗楼上要的哩!"两个老乡随割随讲着。

钱万里直直腰,往北看了一眼:从唐邱南门伸出的两条道,剪子股似的在一块丛密的高粱地跟前分开岔,有一条就直伸到谷子地来。

钱万里又弯下腰去,接着岗楼的话茬往下搭讪:"听说唐邱的警察所长调派到城里去啦,说今天就要走,你们听说了没有?"

两个老乡略微一惊,看看他说:"没有,——你是听谁说的?"

钱万里一面割一面慢声慢气地说:"咱个穷人,能听谁说,无非听局子里这么念叨……"

一个妇道送了饭来:一罐子谷面粥,一篮子谷面窝窝。两个割谷子的一面吃,一面给钱万里递过半碗粥来。钱万里忙接了,先喝一口,觉得嘴里沙沙乱响,扎扎囊囊净是糠皮子。他大口大口一气喝完,用手背抹抹嘴,把碗交回老乡。又向唐邱望了一眼,劝说似的对老乡道:

---

① 临时用谷秸拧成的绳状物,用以捆谷个儿。

"我说,一会儿'皇协'要在这条道上过,你们割完割不完,还是躲躲好,免得让他们找寻毛病,咱是庄户主儿,出个岔儿就担当不起。"

饭刚吃完,岗楼那边响起了一片音乐,笛子管儿,锣锣鼓鼓,一齐吹打起来。接着,唐邱的寨门开了,从里面并排走出三排"皇协"来,都扛着大枪,上着刺刀,一个官儿在旁边叫着"一二一",虎里虎势的,很有几分威风。随后是一辆崭新的轿车,双套的骡子拉着,串铃哗啷哗啷直响过来。车后,一群挎指挥刀、背盒子炮的,拥着个一身黑的家伙。那家伙穿着制服,戴平顶大檐帽,手上白手套,脚上大皮靴,走着路,熊肚子凸出多远。再后就是一班吹鼓手和送行的人群。

割谷子的两个老乡,早把碗筷收拾好了,教那个妇道先走了。随后悄悄对钱万里小声道:

"你不躲躲,还只顾看什么?"

钱万里不慌不忙地说:"你们先走吧,我给你们看着点谷个子。"

两个老乡急道:"那还行,你不怕?"

钱万里回过头来笑一笑说:"我不怕,我从小有这么个脾气,爱在危险时候给人们保护着东西。"

这时候,两个老乡才看出这个"赶饭担"的不平常来:疲乏迟钝的样子一下变了,深嵌在眼窝里的一对黑眼睛,亮晶晶地放着光彩,瘦脸上两道眉毛也飞扬起来。他没有躲,倒向前面那块丛密密的高粱地走去了。两个老乡急急拐过另一块高梁地,弓下腰,直向远处跑开了。

音乐越来越近,看看来到岔道口。穿黑制服的家伙回过身去,连连向给他送行的人们道谢,请他们回去。挎指挥刀的人们就拥他快快上车,热诚地祝贺他:

"今天天气很好,一路平安,一路平安!"

就在他们谦谦让让,不可开交的时候,钱万里解下了腰里的布褂,向空中摇了两摇。立时,百十支枪口一齐从高粱林里抬起头来,黑黝黝地对准了那一排"皇协"和轿车前后的人们。

钱万里迅速地从腰里拔出了盒子枪,跟随他的第一声枪响,像平地爆起一声响雷,劈啦啦一排枪打了过去。那排"皇协"像猛然遇见拔林倒树的暴风,纷纷仰天栽倒。一霎时,高粱、棒子、谷子都活了起来,枪弹呼啸,遍地杀声。周铁汉、丁虎子,首先跳出了高粱地,亮闪闪的刺刀从四面八方拥上来,冲过去……

只有十五分钟左右,魏开基中队被消灭了大半;魏开基屁股上也挨了一枪。被架着逃回了唐邱。警察所长却死在轿车的轮下。

钱万里用布褂把头上的高粱花子打净,忙让人们打扫战场。可是,岗楼上敌人的枪打下来了,又估计大陆村敌人就要增援,离寨门太近的枪没有顾上捡,便赶紧会合了二区小队,撤下战场,一直朝小刘村方向转游下来。

天黑以后,经过清查报告,大队无一伤亡,缴大枪二十五支,子弹五百多粒。因为撤得仓促,抓住的十来个俘虏都当场释放了。

马上,徒手的人一律换上了满挂烧蓝的"石门造",打不响的破枪又都坚壁了;子弹,每人发到七八粒。

在分配枪支子弹的时候,蔡大树挤上来要求"分红"。钱万里笑着问他:

"伏击伏成了没有?"

蔡大树红起脸知错不认错地说:"要不你就当大队长啦,要不我们得跟你学!"

四十七

进了九月,秋收就过完了,冀中的大地,一眼望去,千里展平,格外宽敞。

游击队的活动,风吹着一般,飞快地发展着……

鬼子伪军不断遭受打击,次要交通线上的岗楼大半撤走了,甩得汽车路和封锁沟孤零零躺在漫地里没人去管。抗日的县区干部却不讲客气,在夜间动员了各村的游击小组,把它们扒开了很多缺口,看路的小屋,也都拆毁了,撤走了的岗楼也都烧空。这一来,沟里沟外就完全通行无阻,连成一片。一到夜间,整个儿是八路军的天下。

可是,冈村宁次妄图"迅速结束大陆上的战争",集结了四万多大兵,开始"毁灭扫荡"北岳区抗日根据地了。晋察冀的全体军民都动员起来粉碎这个残酷的进攻,冀中军民都焦心地惦记着聂司令员和边区政府,到处打听着他们的消息。

一个晚上,两个骑着自行车的分区侦察员从五十里外赶来了。金山领他们见了钱万里,立刻,钱万里手里接到了一份准备作战的命令。

命令上说:十月中旬,在宁晋、束冀地区,要开展一个一年来规模空前的战役,目标是打下牙口寨和其周围的岗楼;参加的部队,除这两个县大队之外,还有三十一区队。其他各县大队也奉命配合。在目前,宁晋大队的任务,主要是积极掌握情况,了解地形,做好一切攻击准备,并准备提出自己的作战计划。命令上说明了开展这一战役的目的:第一,配合北岳区反"扫荡",从背后打击敌人,坚决不让敌人再从我们的地区里抽走一个人,一条枪。第二,在束宁地区,打出这样一个局面:在纵横百里之内,肃清敌人的岗楼和据点,打垮敌人的统治,使我们部队在靠近一个据点,面对一面敌人的时候,不至于很快遭受合击。以便争取由隐蔽活动转入半公开或公开活动。

钱万里把命令看完,开了一张收条,在收条上方方正正地盖了自己的手戳,交给侦察员。侦察员跳上车子向晋县飞去了。

钱万里又从头细细把命令看了两遍,就交给薛强,然后靠在壁上,双手抱住膝盖,眼睛盯着屋顶子,开始凝神细想着。

薛强把命令看完,掀开自己的本子,把什么地方抄了下来,然后把命令压在钱万里的本子底下,抬起眼来望着钱万里。许久,钱万里发现薛强一直在望着自己等待,就把眼光放过来,两人对望了一阵。忽然薛强笑起来说:

"好了啊!总算盼到了个出头之日了。"

钱万里也满面笑容地说:"消息是好消息,事情是好事情,任务却是难任务。首先是新战士很多还没有打过仗;其次,战士们打鬼子的经验,不如打'皇协'丰富,现在我们的兵力,对付岗楼上的鬼子,靠硬攻是不行的。还有,了解情况也得下点功夫。"

薛强道:"困难是有的,不过,第一,还有几天的时间可以让我们训练一下;第二,打鬼子不能力取,我们可以琢磨智取,我们不是凭着多用脑子打过很多胜仗了吗!问题就剩了解情况了。至于战士们的劲头,我想完全可以发动起来。"

小队一级的干部叫了来了,会上,钱万里把命令一字一句作了详细传达。

周铁汉瞪着眼,听一句,嘴里啧一声,一直啧到说完。等钱万里把本子一放,他双臂一伸,一下把胡在先抱在怀里说:"阿弥陀佛!这就要见天了。"

胡在先在他怀里晃着身子说:"哈,这回可来个热闹的吧!"

孙二冬也激动得摸着嘴上的胡子说:"我以为这一辈子看不见日头了呢,这可是又见着边儿了。"

胡在先扭过头来对他说:"看见边儿了也没你的事,等公开活动起来,部队一正规,还要你这老棺材瓢子,趁早回家抱孙子去吧!"

孙二冬一阵高兴上来,顺手一推,把胡在先和周铁汉一齐掀翻在炕上,三个人就唧唧嘎嘎滚起蛋来。

薛强笑着等他们闹过了,叫大家平静下来,开始讨论执行的方法和怎样克服困难。大家你一言我一语争先说着,会上又紧张又严肃,情绪又是那样激动热烈。

会上最后决定由大队长单独去牙口寨附近进行侦察,了解那里的地形和情况,三天回来,再讨论作战计划。为了保守秘密,大队先不要靠近牙口寨,就在围城一带进行训练,除学习三大技术之外,特别着重过沟爬房的教育。各班的老战士和新战士都重新搭配好,一个老的带两个新的。

半夜了,钱万里带上金山朝牙口寨方向出发了,大队也朝城根方向开始转移。一路上,周铁汉带着队伍,不住地作着散开、前进、卧倒的动作。走在汽车路边上,一个口令,战士们一齐跳下圈着破岗楼的大沟,又登城似的呼呼呼爬过去,都抢先登上了岗楼的破墙。就这样,一路打着野外赶到了宿营地。

第二天,还不到中午,周铁汉就起来到各屋转了转,见战士们还都睡着,想了想,没有什么事可做,可是又觉得有些事没办好似的,心里总像有只小鹿在突突地跳,有点喜洋洋,也有点烦丝丝的;不由得又转回自己屋里,顺手拔出刺刀,用手试试刀刃,刺刺直响,却仍不满意,就上外间找了块磨石,噌噌的磨起来。

丁虎子不知啥时候也起来了,也拿了把刺刀噌噌地磨起来。一会儿,张小三也来了,紧接着干巴,占维,……来了一群,又找了几块磨石,对着劲儿磨起来。磨着磨着,干巴唱了起来:

> 磨呀磨呀磨刺刀,
> 磨得刺刀放光毫,
> 单等命令一声下,
> 呀——呀——上去了!

头一枪先杀日本鬼,

后宰"皇协"个秃脑羔!

周铁汉看着纳闷,问道:"怎么一个人磨刺刀,大伙儿全跟着磨起来了?"

干巴说:"反正你心眼儿里比我们明白。"

周铁汉问:"怎么我心眼儿里明白?"

干巴说:"谁知道,还跟人们装傻哩!"

周铁汉笑着说:"我怎么装傻?"

丁虎子一旁说:"得啦周队长,准备打哪儿,你趁早告诉我们吧,省得我们憋块病,怪熬得慌!"

干巴向他一撇嘴说:"等着你的吧!告诉你,这是军事秘密,不到揭锅那天,乱揭还行啊!"

周铁汉说:"仗是快打了,不过,怎么打,连我也不知道,又不能乱说。眼前咱们的任务是先练一套本事,到时候拿出来一干,一干一个呱呱叫,那才真乐哪!"

张小三看看天说:"过晌午啦,咱们快练吧!"

丁虎子挽挽袖子,在手心里啐了一口说:"来,练!"就带着一个班练起举枪动作来。干巴带一个班在屋里练瞄准,一直闹到了天黑。

四十八

第三天,点灯以后,战士们正在村西打野外,钱万里回来了。薛强在街上碰见了他,一同走回家来。他觉得今天钱万里走路好像快了些,姿势也有些改换,双手握在皮带上,小矬个儿一跃一跃,轻快地走着,好像是发出了"跑步"口令还未喊"走"时的姿势;他觉得,这两手如果不是握在皮带上,而是抱起肘来前后自然摆动的话,那就非常像自己的走路姿势。

钱万里已经把牙口寨的情况弄清了:除一小队鬼子之外,还有一百多"皇协",都驻在据点里。据点就安在村子的南头,原来是一所大院,四面叫大沟圈着,西、北、东三面挨着街,南面越过沟就是村外,大门朝西开。大院里面,上下两厢四排房子互相连着,围成个"口"字。正中一座三层圆岗楼,上面驻鬼子;西北角还有一个三层方岗楼,和圆岗楼相对,上面驻"皇协"。在房顶上,都接了五尺高的短墙,修着枪眼和工事。从远处看去,好像一座小土城,筑在村子南头的房顶上。

钱万里摘下枪,把皮带解开重新扎了一下,用手巾抹着前额说:

"敌人的工事和地形就是这样。凭我们的力量,要硬攻,根本没有进去的可能。"

薛强瞪着明溜溜的笑眼说:"可是,我猜你早有攻进去的办法了。"

钱万里没有说话,坐在炕沿上,慢慢解着自己的文件包。薛强从面色上看,知道钱万里已有成竹在胸了。可是,他也知道,钱万里有一种脾气,心里的事常常不爱对人说,直到你一问再问,或是到了他认为已经考虑成熟,准备周全的时候,才说出来。为此,钱万里常常使他着急,甚至还引起过不满。不过,薛强却一直没有给他提出过意见。他想:也许他这样做就对,因为他每说一句话,哪怕是不大要紧的一句,也能使人非常注意,感到特别的分量。作为一个指挥员来说,是应该有这样的气派的。

钱万里从小包袱里拿出他的活页本子,翻开看了看,才凑过来,低声的,好像从头讲起一个故事似的说:

"鬼子在昨天给各村下了一道命令,限五天以内,交去一定数目的棉花套子。你看,"他指着本子念道:"小寨上五百斤,邸良庄一千斤,蒋家里八百斤,雷庄一千五,砖河七百斤……"

他停住,把薛强看了一眼才说:"要说办法,我想应该从这上头去找。"

薛强说:"这对我们有什么用?"

钱万里继续讲故事似的说:"今天,雷庄送去了一车。我已经和区里商量好,叫他们布置下去:套子可以预备,但是不准送,听咱政府的命令再说。"说完,用眼盯着薛强,神秘地点了点头。

薛强已悟出点门道来了,把调皮的两眼眨了眨,问道:"莫非时刻一到,咱们把套子装了大车,一直轰进据点去?"

钱万里说:"哎,我正是这样打算!"

薛强又想了想,啪啪啪,一片声拍得桌子乱响,指着钱万里说:

"真好主意!轰进三辆大车,可以带进二十个人去!——可是,不管怎么说,咱们人还是少了些。我看,今晚上咱们把这事仔细讨论一下,明天你带上计划再去分区走一遭,看能不能拨些队伍配合咱们。"

这天晚上,一个化装袭击的作战方案订出来了。钱万里又连夜上了分区。第二天下午,薛强召集了一个支部小组联席会,把几天的训练情形和战士情绪了解了一下,附带布置了一套工作。晚上,钱万里从分区回来,作战方案被批准了。并允许配属三十一区队两个排带两挺机枪。整个战役就要在十四号晚上七点钟开始,时间、联络讯号,都已由分区统一规定好了。因大队的作战计划是化袭方法,允许提前到十四号的下午三点钟举行,离现在只有两天多了。

临出发前,钱万里又写了五道命令。两道给二、五区小队,让他们分别潜伏在大陆村、大营上两据点以西的汽车路上,准备打击和阻止城里敌人的增援。另两道给三、四区小队,让他们把队伍集中在牙口寨到罗口的封锁沟上,相机夺取大仁岗楼。最后一道给沟外的一区小队,让他们一方面负责与三十一区队和束冀大队打唐邱的部队联络,一方面监视段村岗楼,假若那里的"皇协"想逃跑,就半路上截击和消灭他们。

四十九

十二号天黑以后,薛强把整个大队集合起来,拉到离村二里远的树林子里,他登上一道土岗子,面对着大家,用格外清亮的声调,异常兴奋地对大家说:

"同志们,有一个好事来了,你们猜是什么?"

立在厚草里的战士们轰的一声雷:"打仗!"震得头上的树叶哗啦啦一片响,调子里带着无限快活。

薛强更提高声音说:"对!打仗!咱们要打一个痛痛快快的仗,一个又漂亮又过瘾的仗。大'扫荡'以来,我们把白天当作黑夜,把黑夜当作白天,叫敌人真欺侮够了。现在,我们要翻翻腕子,把白天打回来。这一仗要打好了啊,我们就可以白天在大街上大摇大摆了,就可以在太阳地里上课了,就可以清早在大场里跑步了,就可以排着大队唱着歌,和青抗先、妇救会去开会演戏了,我们就永远不当老鼠了。"

战士们都张着嘴听着,纹丝儿不动,接着副政委把作战计划,战役情况,大体作了介绍。最后他说:

"同志们!牙口寨是我们的眼中钉,肉中刺!几年来我们提心吊胆,没一刻不受它的威胁。宁东的村子,多少房子被那里的鬼子烧了,多少人被那里的'皇协'杀了呀!我们的周队长,就是叫那里的鬼子捉去的,现在,周队长的仇人还在那里待着。同志们,我们是战士,手里拿的是枪,我们要报仇,要去把那里的鬼子杀光。把受苦的老百姓救出来,把咱们的家乡保卫好。什么叫光荣?这就是光荣!"

战士们脚跟一跷一跷的,腿下烧起火一样,憋得直想蹦起来叫。

这一夜,各小队都开始了报名参加突击队运动。数一小队闹得最凶,队伍刚一解散,战士们轰的一下就围起了周铁汉。

丁虎子第一个争着说:"我可得参加突击队呀!"

干巴也说:"我这一份可早就占下了啊!"

占维等一群也乱拉住周铁汉的胳膊说:"周队长,可要算上我一份,这回热闹可不能耽误了!"

张小三也突然从人们的胳膊底下钻上来,把巴掌捧住周铁汉的手说:"周队长,我这回无论如何得去!"

周铁汉使劲摆着双手,让大家静下来说:"参加突击队的,每小队六个人就够了,哪儿用得着这些人。"

丁虎子说:"拣着没有战斗经验的往下刷!"

几个新战士马上反对:"没有打仗的老不叫去,永远也有不了战斗经验。"

干巴故意拱火说:"刷那些怕死鬼,"看了看张小三,"一听枪响就尿裤子的也想当突击队!"

张小三马上烧红了脸,凑上去说:"谁是怕死鬼?你说谁呢?"

干巴缩缩脖子说:"我不知道,反正有人心里觉得虚。"

周铁汉摇晃着胳膊说:"别吵啦,听我说,我叫谁去谁就去,当突击队是打仗,不当突击队也得打仗呀!"

丁虎子几个连嚷:"赞成!"

周铁汉就点起名来:"第一个,当然是我——周铁汉;第二个干巴;第三个,占维;第四个……"点到第六个就宣布说:"就这几个,别人都当预备队。"

丁虎子跳起来道:"为什么没有我?"

周铁汉早料到丁虎子会反对,连忙说:"我一走,一小队没人带,你先代理我一下。"

丁虎子把脑袋摇成个拨浪鼓,乱跺着脚说:"我可干不了,我还是打仗去吧!"

周铁汉见他那股坚决劲儿,一下遭了难,要换个别的事,或许可以严厉地说他一顿,唯独这个事,严厉怎么使得呢?

干巴见这情况,凑到周铁汉耳朵下悄声说:"你问问大伙儿愿意不愿意?"

周铁汉一下省悟过来,丁虎子向来是怕大伙儿说话的,忙举起手对大家道:

"哎,我去当突击队,让丁虎子代理我指挥一小队,你们同意不同意?"

战士们轰的一声说:"同意!"

丁虎子还是摇着头道:"那不行,那不行!"

周铁汉接着又问:"赞成不赞成?"又是轰的一声:"赞成!"

周铁汉道:"看,你还有什么说的,大伙儿全拥护嘛!"

丁虎子哭丧起脸来说:"你让干巴代理多好!"

干巴抢上来拉住一只胳膊把他拽出了人群,一面笑着说:"得啦,好好学学当指挥官吧,这是上级培养你哩!"

一个战士报告周铁汉说:"张小三跑到一旁抹泪去了。"

周铁汉过去一看,果然见他靠在一棵树上,用袖子捂住脸抽搭成一堆。便问道:

"怎么啦?"

张小三越哭欢了,一边抽搭,一边用袖子左右抹着。

周铁汉说:"有什么话你倒是说呀,唉,老毛病还是不改。"

张小三忽然放下袖子,噘着嘴怒冲冲地说:"你看不起我!"

周铁汉说:"怎么我看不起你?"

张小三直着眼说:"为什么不让我当突击队?"说完又捂着脸哭起来了。

周铁汉愣了一会儿,哄孩子一样,拍着他的肩半开玩笑地说:"哎呀,看哭得多伤心啊! 预备队还不是一样得冲锋,冲锋时候你不会再当骨干!"

干巴也上来牵住他的手说:"嘻! 刚才我和你闹着玩哩! 你倒当成真事儿了。"

张小三把袖子一甩,瞪他一眼道:"少挨我!"把脸紧抹了两把,抄起枪来一闯一闯走开了。

半夜,各小队的突击队都选好编了组。三十一区队的两个排由李大队副带着也赶到了。钱万里忙一面给他们介绍情况和作战计划,一面招待战士们住好,并对机枪的使用作了商量。随后就给区里写信,让他们负责集中一千斤套子,三辆大车,明天晚上送到雷庄去。

在往雷庄行军的路上,一小队作后卫。周铁汉一高兴,便跑到最后,和两个后卫尖兵一块儿走。起先和那两个尖兵拉了几句话,慢慢自己又想起张小三的事来:"张小三入伍好几年了,大'扫荡'以后很怕死,打了几个小胜仗,情绪才还上来,现在想当突击队了!嗯,这年头把人什么都改变了……"

正想着,一个黑影立在路边,伸着脖子凝神向每一个人望着。

周铁汉走过去看一看问道:"是三生吗?"

黑影答道:"是啊,我正找你哩。"就跟上来,并在周铁汉一旁走。

走了好一阵,二人都不说话,只不时互相把脸望一望,在黑暗里谁也看不清脸上什么样。又走了老远,三生忽然很不自然地叫了一声"哥"。

周铁汉猛一愣,觉得他好久没有这样叫了,就问一声道:"怎么?"

三生又等了许久说:"共产党是干什么的?"

周铁汉想一想说:"共产党啊,在眼前说是给咱报仇的,从长远说,是叫大伙儿享福的。"

三生说:"为什么呢?"

周铁汉说:"比方吧,眼前咱的仇人是日本鬼子和周岩松,共产党领导咱们大伙去拿牙口寨,打日本,除汉奸,这不是给咱报仇吗?世界上像咱家这样的仇,还多着哩,共产党要一宗一宗都给人们报了。这是说眼前。再说长远的,将来共产党要把世界上人剥削人,人压迫人,人吃人的不平事都消灭了,叫受苦受罪的人都翻过身来,有饭大家吃,有活大家做,把世界闹繁华,叫大伙都过好日子……哎呀,好处太多了,一下说不清,这以后,我还得慢慢跟你讲。"

三生思摸了一会儿说:"我们胡队长说,共产党是解放世界上劳苦大众,为共产主义奋斗的……"

周铁汉忙说:"对,他的意思说成白话,就跟我的一样了。"

三生又问:"什么样的人才算共产党员?"

周铁汉说:"头一条,要有革命到底的决心。比方说,把日本鬼子打出去了,咱家的仇也报了,还不能完,用咱家常话说,还得把普天下的人都解放了,不许半道变心,耍孬种,遭了多大难也得坚持下去,牺牲了也不怕!在打仗上头,要勇敢,冲锋在前,退却在后。干活也处处赶在人头里;还得努力学习,思想进步;还得帮助别人,带着大伙儿一块儿前进……"

三生把眼转了几转:"那么当党员有什么好处?"

周铁汉说:"共产党员没有什么好处,吃苦吃在头里,享福享在后头,拿不着工钱薪水,犯了杀头的罪,一样要掉脑袋。可有一样,他就是光荣!光荣这玩意儿,不能论斤约,也不能用尺量,解不了饿,也解不了渴;可是,这玩意用银子也买不到,用金子也换不来!谁要得着它,穿上绸缎也没它体面,吃上蜜糖也没有它香甜,人人都稀罕,人人都尊敬,有说不上来的那么尊贵。光荣还有一股力量,打仗的时候,一想到它就冲得更猛了,被敌人捉住,一想到它,什么刑罚也不怕了,连死也不怕!"

三生闷着头想了想问道:"参加突击队的,是不是都是共产党员?"

周铁汉说:"大部分是,也有不是的。"

三生又问:"不是的也快参加了吧?"

周铁汉半天没有回答出来,末后意意思思地说:"反正都是好样儿的。"

三生正想又问些什么,已经到了雷庄,他们班长赵福来找他到村边上去搜索,便匆匆和周铁汉分了手。

五十

十三号夜晚的雷庄,大队部院里集中了千来斤棉花套子,里头有被套、褥套,有帽子和小袄里面拆下来的,零零片片,疙里疙瘩,堆了半院子。在大院子的另一头,停着区里悄悄调来的三辆大车,大车上都带有褥子似的窄席两领,各由一匹肥大的骡子驾着。

半夜,钱万里集合了大队和三十一区队的排以上干部,围着大车唧咕了一阵,就开始演习;把突击队的十八人一齐叫来。钱万里吩咐了一声,人们七手八脚把大车套好,把窄席立着装进车厢,前后圆着一围,外面用两根绳子一拢,中间围起个椭圆的池子。都弄好了,钱万里说声:

"上吧!"

周铁汉第一个跳上车去,往下一蹲,恰好露不出脑袋。于是每车六个人,咕咚咕咚都跳了进去。头一车除周铁汉之外,还有占维等几个,三十一区队的大个李,抱着挺机枪,也上了这辆车。第二车是二小队的赵福来几个和金山,第三车是黑仓带的三小队突击组。

人们都蹲好以后,薛强抱上一抱套子往车里一撒,恰好盖在大家头上。接着,干巴、罗锅子、瞪眼虎等人,一齐抱了套

子,小声哧哧笑着,直往车里人们头上垛。不一会儿,垛得与席子一般高了,又按了按,匀了匀,看看活像一车套子了,薛强说声:

"行啦。"

干巴抄起鞭子说:"我赶头一辆。"

钱万里赶了第二辆,罗锅子早分配了第三辆。钱万里说声走,干巴把鞭子轻轻一晃,用鞭杆在骡子屁股上戳了一下,噘着嘴唇小声吆喝着:

"嗒,嗒——驾!"那骡子一耸腰,四蹄蹬开,车轮就开始转动起来。玉柱跑去轻轻开了大门。三辆车相跟住,一串儿轰出了村外。

薛强和李大队副跟在车的左右,看着瞧着,送出村外老远,便叫把车停住。

钱万里跳下来问道:"怎么样?"

两个人都说:"够格。"

薛强又加一句道:"鞭子的拿法你还要跟干巴学学,总脱不了有点学生架子。"

钱万里笑了笑说:"好吧,你们也动身吧。注意明天在村边上多放几个监视哨,绝对保守秘密。顶要紧的是:枪响后,十分钟内,你们一定要赶到!"

薛强和李大队副上去,一人握住钱万里一只手说:"没有错!"

钱万里的三辆大车,一共二十一个人,今夜神不知鬼不觉

253

住在蒋家里了。

薛强率领大队其余人员和地区队两个排,拂晓以前,秘密住在小寨上一家大院里,这里离牙口寨约只几里远。

五十一

十四号下午,三辆送套子的大车擦着小寨上村沿,向牙口寨赶去。

钱万里一面傍着辕子赶车,一面不断用眼扫着牙口寨和小寨上。牙口寨由土寨墙围着,很像个土城;在它的南头,土城上又套个小土城,从里面耸出一个圆岗楼,一个方岗楼,那就是据点了。钱万里朝那里走着,心跳一刻比一刻紧,而步子倒越迈越平稳起来。小寨上只是有几十户的一个小村,树早叫"皇协"们伐光了,远远看去,白花花的,光秃秃的,衬上背后天边的一朵白云,冷落得直像一座荒岛。干巴猛然把鞭子在空中一兜,啪一下,脆脆抽了一个响鞭。钱万里看见立在村口的瞪眼虎翻身进入村里去了。

牙口寨据点的大门前,两个"皇协"在那里无精打采的持枪站着,迷离搭怔地睁着两眼,常常来回走两步又站下,他们站得实在乏味得很。

干巴的第一辆大车赶到了,随后,第二辆、第三辆也停在门口了。干巴把鞭杆插在辕子上,走上去,对着"皇协"大毛腰鞠了一个躬,两个"皇协"斜起眼来望着他。

干巴满脸带笑说:"借光老总,交套子是上这里头吧?"

"皇协"说:"哪村的?"

"雷庄。"

"有手续没有?"

干巴两道眉一皱,眼珠骨碌转了个圈,忙笑着把手伸进怀里,掏了半天,掏出两张"老头票"来,大咧咧挺着腰说:

"得啦哥们儿,今儿个算兄弟我没经验,你二位先对付盒烟抽,下回到我们村里,两只烧鸡一壶酒,兄弟奉陪。"

"皇协"把钱接过去一看,撇起嘴说:"你就拿得出来?"

干巴忙说:"二位多包涵,今儿个算我一时大意,下回咱拿双份的。"

也不等两个"皇协"发话,就朝后面两辆车一招手,高声叫道:

"往里轰吧!"

那两个"皇协"吃他一赖,也不好再拦,三辆大车咯噔噔一齐轰进了大门。

见有大车来了,北房里先出来一群"皇协",不料想正面大圆岗楼上又走下三个鬼子,都持着枪奔向车来。干巴心里一发毛,高声叫道:

"到了!赶快卸车呀!"

只见三辆车上,套子开了花一样,猛然向上一翻,纷纷掀下地来,腾腾腾,十八个战士一齐跳出。钱万里朝"皇协"们啪啪啪一阵盒子枪打过去。周铁汉带了一组人扑向三个鬼子,其中两个还未及拉开枪便被打倒了,第三个却把刺刀安上,直迎着周铁汉一组人刺上来。院子里一片枪响人叫,打成了一锅粥。枪声惊吓了三匹拉车的大骡子,腾开四蹄,满院子飞跑瞎撞起来。

钱万里和第二、第三辆车的人,很快地打散了"皇协",冲上了西北的方岗楼,里头一班"皇协"还未抓起枪来就作了俘房。大个李抱着机枪三步两步就蹿到顶上去了,对着大圆岗楼哗哗哗盖了一梭子。

周铁汉们正对刺那个鬼子,忽听背后钱万里喊道:"周铁汉,赶快抢占西房,大楼上鬼子快下来了!"

周铁汉心里正急,耳边啪啪响了两枪,那鬼子翻身栽个面朝天,胸脯上的黄呢子军装破开两个口子,从里面冒出血来。周铁汉回头一看,却是罗锅子。

罗锅子道:"快抓西房!"

人们马上向那里一拥,西屋的"皇协"正手忙脚乱,关住门子想要上闩。周铁汉心里一急,横过身子,用肩头拼全力撞上去,咣啷一声,西屋门连门框整个给撞塌了架。"皇协"们被挤到屋里,就扔了枪举起手来。

这时,从大岗楼里一连跳出来五个鬼子,挺着刺刀,"呀——呀——"叫着朝西房冲过来。

周铁汉叫声:"打!"拉开老套筒通的就是一枪。占维几个掏出手榴弹,用嘴把盖咬开,左手拉弦右手甩,咣咣几声,几团黑烟从鬼子中间滚将起来;有两个撂倒了,剩下的三个刚往回一卷,哗哗哗一阵响,圆岗楼上两挺"歪把子"一齐朝西屋扫来。立时三根窗棂子碎断着飞落下去,子弹急雨似的噗噗落进屋里地上。一个战士的腿被打折了,坐在地下鲜血直冒。

周铁汉头上冒着汗,嘴里咬着牙,一面告诉干巴几个,守在门口把鬼子顶住;一面忙赶过去把那伤号抱起来,放到一个背敌的屋角里,又拖过一张桌子,靠墙一挡,好像给搭了个三角形的小棚。然后,轻轻告诉那伤号说:"不要哎哟,咬住牙休息!"又即翻回身来,把炕席揭了,盖住那摊血。

敌人机枪仍雨打似的把子弹射进来,屋里无法站住脚。周铁汉又跳过去,用刺刀把炕沿连戳几戳,向外一撬,把炕沿扳倒了。他喊一声:"快!搬坯堵窗户!"战士们七手八脚,垒垒垛垛,用坯把门窗都堵死了,只留了几个枪眼,这才算有了个阵地。

开头这场激烈的混战,总算安定了下来。大队占领了方岗楼和整个西面的房子,大门也控制在手下。但是,毕竟我们火力太弱,整个院子都被敌人的机枪控制着,北、东、南三面的房子仍被"皇协"占着。敌人的暂时沉寂,正说明它在组织力量,准备反扑。周铁汉只占了西面一排房子的三间,往南隔着大门是赵福来一组,往北是方形岗楼,机枪和大队长都在岗楼上。但都隔着墙,通不过去。周铁汉看到:这个位置太死,太危险!便叫人把所有的手榴弹揭开盖放在手下,把枪眼重新修了,一面找来两把铁锹,一把小镐,向北掏着墙,打算跟方岗楼打通联系。半人高的窟窿刚快掏通,鬼子的枪又打欢了。"歪把子"把窗上的坯,一块一块打落下来,碎末喷水一样四外飞溅着。

周铁汉刚说声:"准备!"圆岗楼门前的影壁后面,露出两个顶钢盔的鬼子来。

周铁汉喊声:"打!"啪啪几枪过去,两个鬼子应声倒在门前。随后又是两个鬼子探出头来,但没立即往外跳,又是两枪过去,打掉两块墙角,鬼子忙缩住了头。

猛不防,北房的"皇协"冲来十来个,贴墙根哇呀一声拥到了窗口,一面乱打着枪,一面尖声乱叫:"八路缴枪吧!捉活的!"周铁汉觉得他们正推窗上的坏;果然,那坏晃了两晃,轰隆一声,一扇窗整个儿被推下来了。两个"皇协"的脑袋出现在窗前。周铁汉托起枪一扣机,劈的一声,没有过火;拉开枪一看,原来没子弹了。急挺起刺刀,隔窗朝那脑袋戳去。不想,"皇协"们两厢一闪,一对手榴弹同时飞进来。

周铁汉把腰一弯喊声:"卧倒!"回头看时,两颗手榴弹正在地上打滚,干巴蹦过去抓起便又扔出窗外,轰轰两声,在院里炸响了。可是,马上又有几颗飞进来,周铁汉带领战士一边拾敌人的往外投,一面把自己也往外投,来不及拾起的就炸响了,轰轰轰轰,屋里院外响成一团。战士哪里还听得见响,只见一股股白烟直冒,天上地下碎片乱飞。正打得激烈,大圆岗楼的机枪忽然转了方向,朝北面远方射击起来。那面也有机枪还击的声音。"皇协"们没了火力支援,找不到隐身之地,丢下一堆死尸,逃回东房去了。

在北方的远处,喊杀连天的声音越来越近。周铁汉侧耳听了听说:"小寨上的队伍来了。"扭头看大家时,一个个灶炕里钻出来的一样,满脸黑灰,浑身尘土,汗都湿透了衣服,水洗的菩萨一般。他嘴上笑了笑,忙和大伙重新把窗户堵了,然后把北墙上的窟窿掏通,就三步两步急急蹿上了方岗楼。

从枪眼里朝北一望,见薛副政委正指挥队伍分两路扑了上来:西一路由胡在先带领,直投据点北房,打算打进院来;东一路是三十一区队的两个排,机枪开路,向南抄去。两路都架着梯子,沿街道屋顶前进着。

周铁汉禁不住吼了一声,把褂子挑在枪上,伸出枪眼,一边摇摆,一边高喊大叫起来:"嗨!同志们,勇敢前进,往前冲啊!"摇了一阵,停住看看,对面七八十公尺一座瓦房脊后面,一溜儿伸出四五个人头来,从那里传来声音应道:

"周队长!你好哇!我们马上冲过去了啊!"除了丁虎子的粗大喉咙以外,还有两个尖声奶气的孩子声音喊道:

"冲啊同志们!牺牲了是光荣的!……"

周铁汉恨不能跳起来,伸长脖子高叫道:"张小三,你们赶快打过来呀!我们欢迎你们了!"就放下枪,张开双臂,鸟儿翅膀一样拼命鼓起掌来。他的声音带动了整个方岗楼,岗楼的声音又传染了对方的瓦房脊,哗哗哗热烈的掌声互相呼应着。

掌声未落,丁虎子的高大身影已经翻过瓦房脊,越过一家平房,飞一样跳下一家院子去了。紧跟着他,三生、张小三也纵纵跳跳飞奔下去。尽管鬼子的机枪扫得瓦块乱飞,胡在先带领他的队伍都飞奔下去了,周铁汉还一直挑着褂子,为他们尽力摇着两条胳膊。

丁虎子们跳下的那座院子，就在据点的北面，有一个秫秸扎成的门朝南开着，出了门，再通过二十公尺宽的一带开阔地，便是大沟，沟里便是据点的北房了。不一会儿，已看得见秫秸门后有人在活动，一张高大的梯子，抬一抬头又落下去了。周铁汉看着，直喜欢得乱跺着脚。心想：把北房攻破，"皇协"们马上就可以全部解决了。

果然，一阵排子枪过后，秫秸门向旁边一敞，四个人抬着一张两丈高的梯子冲了出来，周铁汉看见，扛着梯子后尾的正是两个小孩，一个是三生，一个是张小三。可是，刚跑到离大沟四五公尺远，一颗手榴弹飞过去，浓烟一起，走在前面的两个战士扑倒了，张小三和三生也同时跌在地上。周铁汉心里才要喊糟，却见两个孩子一齐爬起，扒住梯子的前一头，拔河一样，倒过身用力往沟里拉，拉一步，顿一下，刚拉了三四步，张小三身子一仄歪又倒下去了，显然打伤了哪里。三生愣着神左右看了两眼，一跺脚，一个人拖起梯子仍然往沟里拉着。一会儿，张小三又摇摇晃晃站起身子，抱住梯子的后脚往前推起来。他俩一拉一推，像搬动一根铁轨，渐渐的，梯子的前一头伸下沟去，后一头渐翘渐高，轰隆一声，和两个孩子一起跌进沟去了。

这时，小院里吼了一声，丁虎子扛着一根"摇山动"①蹦出

---

① 一种破坏墙壁用的工具，类似铁棍，很粗重，一端为铲形，用以插入墙壁，猛力一摇，可以很快凿一个窟窿。

来,三步两步跳进沟去。周铁汉把头顶住墙,恨不能钻出枪眼,可是,仍看不清他们在干什么,但他凭心里猜断:那张梯子已经靠起来了,丁虎子正掏那里的墙。几分钟过后,果然北房里响了两声手榴弹,从窗口往外冒着烟。胡在先带着队伍,成串地涌出小院,跳下沟去。

周铁汉回过头对钱万里说:"北面房子全叫咱占了……"话未说完,便翻身跑下了岗楼。

天黑了,一个圆圆的月亮升在天空。趁着月色,三十一区队的两个排也爬过大沟,打进东房。他们穿墙凿壁,顺着屋子打了东房打南房,夜里九点钟左右,把"皇协"们挤到西南角最后一间房子里,他们再也无路可走了,便一齐缴了枪。

只在战斗告了一段落的时候,人们才发觉在东北方向,二十里开外,也有三四处地方,枪声炮声响成一团,并有一两处闪着火光,说明那里的岗楼也有的被占领了。

跟着钱万里的命令,在半夜以前,据点里所有的房子都打通了。凡对着圆岗楼的门窗,都留下枪眼堵起来,大门洞里也垒了一道墙,断了出入。这一下,围着岗楼的四排房子,就变成了一个"口"字形的防线。现在,只有院子正中的圆岗楼了,上面的鬼子,还在拼死抵抗。

五十二

半夜的时候,敌人作了一次巧妙的突围。鬼子先用了两颗燃烧弹,把南面的房子烧着了,趁着战士们救火的混乱,鬼子突然拥出岗楼,朝大门突上来。可是,他们的算盘未能如意,那道墙是两层坯垒起的,鬼子们一下子没有推倒,反而碰上赵福来一班人的坚强抵抗。到三十一区队的两挺机枪调过来的时候,鬼子们丢了四五具死尸,又逃了回去——但是,南房子却被烧塌了三四间,连墙壁也崩倒了。

方岗楼成了临时指挥所,钱万里和薛强、李大队副都聚在这里,商讨着怎样解决大岗楼上的鬼子。

钱万里觉得:"敌人的下一步计划,必是死守待援。假如天明以前不能解决战斗,天一明,城里鬼子必然要增援的。那么,我们是非撤出战斗不可。这一件,无论如何应该避免。"

强薛想一想道:"是的,敌人是顽强的,又占有最有利的地形,火力也不弱于我们,既然突围不成,必然会死守待援。"他攥起拳头,咬着牙说:"可是,敌人已经被我们抓在手心里了,无论如何,不能放松这个机会。我们必须比敌人更顽强,趁我们士气正旺的当儿,应该马上采取攻击,争取在天明以前,消灭掉它!"

李大队副说:"对,要坚决在天明以前拿下来,这对我们在束冀的部队也是一个鼓舞。"

钱万里说:"现在的问题就是采用什么方法攻击,如何达到伤亡小,胜利大。"

借着月光,三个人从枪眼里望出去:那岗楼霸在当院,耸然矗立,圆圆的,粗粗的,上中下三层枪眼都有爆着火花,顶上的炸弹可以任意投击院内的每一角落,没有隐蔽物可以接近,没有办法可以攀登,李大队副看了半晌,不由叹道:

"要有几百斤炸药,哪怕它不飞上天去。"

一句话提醒了钱万里:"没有炸药,我们怎么也不用火攻攻?"

薛强猛然醒悟说:"对呀!这就正是胜利大,伤亡小的办法了!"

三人观察了一阵,便决定把这个任务交周铁汉去执行。

在胡在先他们打进来以后,一小队就被整个集中到北屋来。这时,周铁汉正伏在一堆砖上,从枪眼里望着岗楼出神。他刚刚从四面房子里转遍一趟回来,把所有的俘虏都问过了,却终于没有找见周岩松。俘虏们只是说:

"他当的是情报组,干的是日本差使,可能在圆岗楼上呢!"

周铁汉趴在一堆砖上,一片月光从枪眼里透进来,照亮了他的半个脸,也照亮了他火星星一双眼睛。对着那岗楼,对着那月亮,就在这曾经制了他四个死的屋子,他忆起了往年的日月和仇恨！他想起了在大"扫荡"中牺牲的千百个战士，在监狱受着苦刑的英雄，在东北煤窑上压得喘不上气的矿工，在根据地里原来过着自由幸福生活而现在糟践在鬼子脚下的妇女和儿童……他恍恍惚惚又看见了那打断腿以后，把手榴弹藏在怀里的张子勤，那睁大灰白眼睛，深深盯视着自己的铁锤儿；随后，更看见了朴实的父亲，活泼的小菊；最后，才想到白发的母亲，以至三生和自己的遭遇来。对着岗楼，对着月亮，他心里的仇恨正一件一件过着数！在今天，他好像要把它们作一次总清算，以便把血债讨还，而讨还的对象，便是眼前的、月亮底下的圆岗楼。

北屋门离圆岗楼约十五公尺左右，在全院是最近的距离。周铁汉接受了薛强传达给他的任务，默默地站了起来，把身上衣服又重新紧了紧，把地势看了看，就派人到村里找来七八个秫秸。然后，把堵门的坏靠左下角偷偷拆开一个窟窿，钻出半截身子去试试。敌人正注意方岗楼，没有发觉。便叫两个战士，各抱上两个秫秸等在窟窿口，对他们说：

"抱上去，就点！点着，就回来！"

两个战士点头应声："嗯。"

周铁汉把手一招，方岗楼上的机枪哒哒哒一叫，两个战士钻出窟窿擦过影壁，把秫秸靠在木板门上。刚刚放好，沙沙的声音惊动了鬼子，一个甜瓜手榴弹落在地上，紧接又是四五个。周铁汉把手一抖，叫声：

"卧倒，点哪！"

两个战士刚一弯腰,轰轰几声,都被卷进滚滚的烟尘中了。

周铁汉还失神地呆在窟窿口望着,肩头猛地被人向后一拉,刚刚仰回身来,啪啪两声,窟窿口落了两颗子弹,三块坯立时变成碎块儿。

薛强立在一边嘿一声道:"糟糕,敌人发觉了!"

周铁汉陡地往起一立,顺手把子弹带解下来,两眉一翘说:"我去!"刚要抱秫秸往外钻,一只粗壮的手拽住了他,一个沉得隆隆的声音说:

"你不能去!"周铁汉回头一看,丁虎子瞪圆两只大眼盯着自己。便问道:

"为什么?"

丁虎子说:"这太危险,你的责任太重,把这交给我吧!"

周铁汉把头坚定地一摇:"危险谁不一样?我不能叫你去!"

丁虎子说:"周队长,你无论如何得让给我,我还没有立下点功劳啊!"

周铁汉却说:"我是共产党员,我得先去!"

丁虎子争道:"我也是共产党员啊!"

这时,薛强上来问丁虎子:"你要去还有别的理由吗?"

丁虎子说:"有,你看,"他指着地下的三床被子:"在这上头浇上水,我披着去,危险就小得多。"

周铁汉说:"这我也可以披着去呀!"

丁虎子说:"不行,我不能让给你,你才打了半天,右胳膊又是残废,你披不动的。"

周铁汉还要争辩,薛强止住他说:"周队长,既然丁虎子已经下了决心,那就让他去吧!你还应该多照顾队伍些。"

周铁汉不言语了。

丁虎子跑过去把被子摊开,干巴提了两桶水来泼上。丁虎子和人要了一匣洋火,掖在袋里,却又在墙角里抓出一团索子绳来。

周铁汉看着不明白,上去问道:"拿这个干什么用?"

丁虎子微微的但却庄严地笑了一下,没有立刻回答,把绳子展开,用一头拴在自己的左臂上,勒紧。然后立正站好,面对周铁汉,从衣袋里掏出一小本油印的党员课本,递过去说:

"周队长,这是党的文件,交给你!"又从衣袋里掏出两张边区票,一齐递给周铁汉说:

"这是我上月的生活费,如果我回不来了,请你不要忘了我是个最光荣的共产党员,这两块钱,就算我交了党费。"

周铁汉双手接着,心里忽然一阵热。他从来不把丁虎子当成下级看,而今,他觉得这友谊一下子又增加了无数倍。但他接着钱,只觉沉甸甸的,却想不出一句话来,半晌,才把钱珍重地装进衣袋里,然后用手按了按说:

"虎子,我一定忘不了,大伙儿都不会忘了,放心去吧!"

丁虎子转过身去,把绳子的另一头交给干巴,对他说:"我如果牺牲了,就拽着绳子把我立时拉回来,不要扔给鬼子,让他们糟践我!"

干巴再也诙谐不上来,挺出拳头作保证说:"好!放心去吧!"

丁虎子扭过身,揭起湿被子,连披带顶,一齐裹在身上。又夹起一秫秸,向窟窿口走去。在路过薛强面前时,平稳地打个立正,举起右手敬了个礼。

薛强郑重地还个礼,宏朗朗地说:"祝你胜利完成任务!"

丁虎子又笑着转个身,对大家点点头。全屋人都屏住气息,几十条目光紧紧盯着那高大的身影,一步步送他钻了出去。

虽然岗楼上的枪眼,被掩护的机枪打得土末直溅,鬼子的抵抗却决不松懈,子弹和炸弹不断地飞出来落在地上。丁虎子刚走出十来步,一颗炸弹落在他的脚下,随着轰的一响,湿被子翅膀似的张了一下,一阵烟喷出来,丁虎子扑倒了。全屋的战士都觉得浑身一麥,头发也竖起来。干巴手中的绳子不由落在地下。就在这工夫,丁虎子用双臂挂着地跪了起来,他想立起,但立了两下没有立成,就伏下身,双手抓着地,拖着腿向前爬,每爬一步,身后就留下一摊血印。在飞舞着碎片的浓烟里,他终于爬到了,秫秸首先堆上门去,马上,一道微小的火光一闪,那秫秸冒起烟来了。烟向上卷着,顺岗楼向天空升去。周铁汉抿紧嘴,心跳得快蹦出口来。

猛然,岗楼顶上一个鬼子探出半截身子,一条板凳从空中落下来,砸在火上。又一个鬼子探出身子,紧接又一张椅子落下来,随后又是一条板凳落下来,……周铁汉看见,不仅火被砸灭了,丁虎子头上连挨了两下,头扎在地上再没有抬起来。

周铁汉虎眼一立,脸上的筋都叠暴起来,子弹带马上又解下了,皮带、小包袱也都解下来。

干巴望着他紫起来的脸,小声试探着说:"周队长,还是我去吧!"

周铁汉听也不听,只是急急忙忙往下解着东西,一件接一件朝他丢来。最后,两只袖子挽起,把腰带使劲扎一扎,几乎把腰勒成个葫芦,便回头对薛强道:

"副政委,我去啦!"薛强把眉头翘了两翘,很重地点了一下头,用一种特别畅亮的声调说:

"最要紧的,你要记住回来。"

周铁汉也很重地把头点了一下答道:

"我一定回来的!"

他走上去,把坯墙一推,轰隆一声,堵着的门全给推开了。干巴忙问:

"这是干什么?"

周铁汉说:"这样好出去!"

说着,拿了洋火,往后退了几步,猛向前一蹿,闪电一样,也许人们还未看见,便已到了影壁那边了。一星火亮儿一闪,岗楼门上的火又升了起来。好像周铁汉在那里吹,火苗儿风刮着一般往上卷起来。

鬼子的板凳又落下来了,可是,周铁汉手里抓起一条板

269

凳,像打落树的枣子一样,早在空中把落下来的东西拨到一边去了。眨眼间,火苗儿舔上了木板门,烘烘腾腾,向门里烧去。周铁汉又拾起地上的板凳椅子,往火上填着,火势熊熊,越发大起来。这时,东、北、西各排房子里,同时爆发了风暴似的掌声,夹杂着嗷嗷叫的热烈欢呼,全个院子到处沸腾起说不尽的欢欣!

忽然,岗楼上一阵疯狂的嚎叫,又一阵手榴弹甩下来,周铁汉被一团烟卷倒了。正在西房里快活得手舞足蹈的三生,心上像猛的叫狼叨了一口,叫了一声,急急地跑过北房来,正待扑上去,却又见周铁汉坐了起来,仍然伸着带血的胳膊,向火上堆着木料,身上的衣服已经冒着烟了。

五十三

不知不觉天已走近黎明。

大圆岗楼真正的成了烟囱,大火从门口被抽进去,越着越旺,楼板被引着了,第一层和第二层的枪眼,唧筒似的向外喷着烟。岗楼里一片骚嚷嚎叫,叽里哇啦地响着。渐渐的,二层枪眼里冒出火苗,三层和顶上烟喷雾罩,马上就成了火的世界,手榴弹已渐渐投不出来了。

干巴和三生飞奔过去,抱起周铁汉,救回了北屋。抱他走的时候,他好像什么都不觉得,只瞪着眼,死盯住那越冒越高的火和烟,直到进了北屋,挡住他的视线了,他才喊叫起来:

"放下,放下!就放在这儿吧!"他指着挨在门口的地下。

干巴说:"靠里点吧,这儿太危险。"

可是,周铁汉拼命地摇着头,大叫着:"放下,放下呀!"干巴和三生只好放下。

薛强走过来一看,周铁汉腰里还正往外渗血,连连说:"不行,抬下他去!"

周铁汉翻上眼来,格外强硬地说:"不,副政委,我哪也不去!"

薛强柔和地说:"同志,你还是先治伤要紧,流血过多会有危险的……"

周铁汉说："我在这儿躺着,什么伤都治了!"说完,就再也不言语,只把眼睛望着楼上的火。

干巴看了看副政委,又上去说："周队长,咱还是下去吧。"

周铁汉仍不言语,却像淘气的孩子似的,连身子也摇起来,嘴里不耐烦地哼着,两只眼仍不离开那火。——在那眼睛里面,也有两堆火在熊熊地燃烧着。

突然,周铁汉把两眼往更大里睁了两睁,头也抬了起来。三生急向岗楼上望去,只见几个鬼子的身影在垛口间来回晃了几下。猛然一个鬼子背着枪跳了下来,在空中折了一个斤斗,呱唧一声,跌在地上,脑袋跌进腔子里去了。随后又一个背枪的跳下来,再一声,连动也没有动便摔死了。三生抓起枪跑了出去,他想摘下那鬼子的枪。可是,就在这时候,岗楼东面有一条绑带垂下地来,立刻见一个鬼子顺绑带往下滑着。三生退了两步,托起枪刚要扣火,绑带经不住那鬼子的体重,从中间裂断了,咕咚一声,摔在地上。三生以为又摔死了。可是,那鬼子翻个身爬起来,一直朝南,从烧塌的房子上越过,跑下大沟去了。三生喊一声："不行!"挺着枪跟踪追了去,刚跑上沟沿,见鬼子正从大沟里往外爬。三生一顺枪,啪一声打过去,子弹落在沟沿上,却没有打中,拉开枪栓再打第二枪时,子弹顶不上了,原来卡了壳。三生一急,也跳下了大沟。

在三生爬上大沟去的时候,那鬼子已向南跑出了百十公尺。三生心想:这家伙一定是奔大仁岗楼的。追!决不能放一个敌人漏网!正追上去,那鬼子一回头见有人追来了,马上摘下大枪瞄了过来。三生刚刚扑在地上,叭勾一声,子弹在眼前哧地钻进地里去了,溅起的土撒了一头。抬头看时,那鬼子正使劲地拉着枪,却也拉不开,显然是卡了壳。三生一挺身又追上去,鬼子撒开腿又跑起来。

东方泛起一片白光,天就明上来了。三生追了一程,心想:真要叫他跑了,以后还不知多害多少人哩!脚下便加了劲。可是跑得快,累得快,又追了二三里,便哈哧哈哧喘着大气,汗把衣服全粘在身上了。他毕竟还太年轻,又在火热的战斗里滚了一夜,精力已消耗得差不多了。尽管拼命迈着腿,仍是渐渐慢下来。这时,他忽然记起了周铁汉那双望着火的眼,好像那双眼也就在背后望着自己,立时心里一转,却像听见周铁汉的话在耳朵里响:

"战场上,有机会亲手打死敌人,就不能指望别人!不管碰着多大困难,有多大危险都一样!"

"……什么时候不把鬼子杀光,咱这仇就永远报不清!"

"共产党员,遭了多大难也得坚持下去,牺牲了也不怕!……光荣这玩意儿,不能论斤约,也不能用尺量……可是,这玩意儿用银子也买不到,用金子也换不来!……"

三生脚下的劲又来了,气势提高了,拼命向前迈着腿,能多迈一分就多迈一分。

被追的鬼子,是经受法西斯"武士道"教育的老家伙,满肚子的骄傲和自信。只是已被火烧得昏头昏脑,加上岗楼下的一摔,大大挫折了他的气焰。现在他只有一个想头儿了:拼死逃脱三生的追捕。然而三生追得太急,他没有缓口气的时间,只累得大汗淋漓,一阵一阵眼发黑,几乎喘不上气来。

已经跑出十来里地,竞赛还继续着……

突然,鬼子和三生都看见了:在正前方,大仁岗楼忽然冒起冲天的烟来。三生心里明白:这一定是三区小队把它拿下来了。鬼子心里也明白:他奔向去的安身之所,已经没有指望了!他张大了嘴,喘着气叹了一声,他想他跑不掉了。于是,他停了脚,端着枪转过身来,他决心试着拼一拼。

三生大踏步赶到了他的面前,挺着三八式直扑过去,他想,应该一刺刀过去,从心窝里把鬼子扎透!但是,他的枪被搪了回来。三生立时感到:这是个有经验而扎手的家伙。但他也看到,这是个疲惫到极点的家伙。应该想个别的方法,凭体力摔倒他。三生想着,眼珠一错,鬼子的枪朝右腿扎来了;三生把牙一咬,脚尖向里一扣,哧的一声,刺刀穿在腿肚子上。三生趁鬼子拔枪的时候,急抢前一步,松开枪伸手拢住了鬼子的双臂。他喝了一声,拼尽全身气力一摇,和鬼子一起跌倒了。三生顺势砸在鬼子身上,他挣脱左手,朝鬼子的脖嗓掐下去,像饿狼叼住了鸡嗓,集中浑身力量在左手上,下死劲往地里扼他。尽管鬼子伸拳踢脚拼命地挣扎,然而,三生绝不给他半点得手的机会。三分钟过后,鬼子的猛烈动作缓下来,手渐渐松开。三生又抽出右手,再向脖子狠狠掐下去,像两把铁钳扭着钢钉。直到鬼子的鼻子、嘴、眼,都浸出血来,才稍稍放松了些。

三生眼盯着渐渐吐出舌头来的死鬼子,喘了一口气。他慢慢用手臂支着地立起身来,刚刚向前走了两步,只觉得头嗡的一胀,眼前漆黑,身子连晃了两晃,沉重地摔倒了。过了一刻,他睁开眼看看,眼前是一片乱舞的金花。他想往前爬,猛觉嗓子一热,有股东西涌上来,一口鲜血吐在地上。

从大仁方向,一股队伍走来了,穿便衣的走在前面,后头押着一群徒手的"皇协"。他们大声唱着歌,朝着浓烟滚滚的牙口寨前进着。三生竭力抬起头,用嘶哑的嗓子叫了一声,便昏迷过去了。

牙口寨冒着滚滚的黑烟,大仁岗楼冒着滚滚的黑烟,在东北方向,二十里开外,还有三四处地方冒着滚滚的黑烟……

高升在东方的太阳,扑地射来万道金光。就在这样的清晨,那支队伍越走越近了。他们是那样自由自在地大步走着,一面唱起嘹亮的歌声:

　　我们是平原的子弟兵,
　　　个个是英雄。
　　革命的路上一齐走,
　　　跟着毛泽东。
　　不怕风暴不怕险,
　　　冲破难关千万重,
　　英勇顽强,

灵活机动,
打得鬼子胆战惊!

我们恰像是一团火,
　谁也扑不灭;
战斗在激烈的斗争中,
　烧得满天红。
火把我们炼成钢,
火把敌人来葬送,
烧啊,烧啊!
烧啊,烧啊!
从黑夜燃烧到天明!
我们看见过多少"围剿",
　也见过大"扫荡";
是谁把我们引到胜利,
　伟大的共产党。
从不屈服从不悲伤,
人民给了我们力量,
战斗啊战斗,
从东方升起了万丈光芒!

1949 年 11 月 27 日于天津

附　录

我怎样写《平原烈火》

《文艺报》编辑同志让我写写《平原烈火》的创作经验,这确实使我为难。认真地说,我实在没有什么经验,我在各方面修养都很差,即使有点感触,也不成条理。这次写的只好算是一堆材料,不晓得能不能对谁起点参考作用,在我则是请大家帮忙分析整理一下的。

一九四二年"五一大扫荡"的时候,我正在冀中一支县游击队里工作,活动在石德路南的宁晋一带。那时环境的残酷是不待说的,只要你是游击队的一分子,不管你政治上怎样麻木,感觉怎样迟钝。你都不能不关心当前的斗争,也绝不容你从旁观看的。因为敌我两方的每一举动,不仅与游击队活动的成败相关,也直接与个人的生死相关。敌人用点线织成了网,哪一据点增加了兵力,都立刻构成对你的直接威胁。战斗很频繁,过几天总要打一仗,有时一天打三仗,还常常被敌人四面八方包围起来。只要有战斗,上至大队长,下至炊事员,不管你有枪无枪,都得参加冲锋或是突围。——我那时十八岁,家信还写不大通,当然没有想到这都是些小说"材料",但那时所见的每一种现象,每一个人物,那一脚一步、一举一动,却都给自己留下了很深的印象。

环境越残酷,斗争越激烈,出现的英雄事迹也就越多,自己所受的感动也就越来越强烈。日子长下去,不仅感到那些战士和英雄们用鲜血所创造的事迹,很伟大,很壮烈,就是那连自己也参加在内的一天又一天的生活,也感到是很不平凡的了。记得有时在地洞里大家闲谈起来,常常说:"抗战胜利以后,再想想今天的斗争,不定多么有意思哩!"有时也偶尔想到如果有人把这些编成书,实在太好了,也太应该了。然而,这在当时仅是一种渺茫而遥远的希望,偶尔地一闪罢了。

抗战胜利以后,一九四六年,冀中发起过一个"抗战八年写作运动",号召每一个识字的人,都来写写自己在八年抗战中最使人感动的事迹。我为这运动所鼓舞,也写了两篇类似报告的东西。其中一篇叫《斗争中成长壮大》,两万字左右,就是写一支游击队在"大扫荡"中,如何由失败、退却,经过整顿和斗争又成长起来走向胜利的。但开始写就毫无信心,写成发出去后,也就没了消息。而那段关于整顿的故事,却没有忘记,一直存在心里。

一九四七年,我得了个机会到华北联大文学系去学习了八个月。这一次学习对我很有意义,只在那时候我才稍稍晓得了所谓"创作",才知道文学作品中的形象应该主要是人物,才获得了一些文学上的基础知识。也是在那个时候,才朦朦胧胧觉得:表现"五一大扫荡"那段斗争的责任,自己也应该担负一下,不一定非指望别人不可了。但这也只是个希望,觉得要实现它,也还是个遥远的将来。

既然有了这么一个打算,脑子里对那段经历的回忆,也便增多了。曾经感动过我的一些人物、事件、场面,就时常零零星星地跳到眼前来,重新感动着我。我觉得马马虎虎又放跑它们太可惜,就订了个小本子,把这些随时跳上来的人物、事件、场面,都捉住记进小本子去。下面是这样两条例子:

程××在后方休养中,子弹取不出来,烂肉也挖不净,医生因为怕他太痛苦,打算隔些日子再治。可是他等不得,非要马上弄清。于是他忍着最大痛苦,让镊子伸进肉里乱搅,剪子铰得肉也咯吱咯吱乱响。小看护员起先咧着嘴流汗,以后就不敢看了。程××很生他的气,瞪了他好几眼。可是,医生给别人治伤时,他也不忍看,甚至害怕听伤员的呻吟,一听见就心慌意乱。……

有个调皮战士触犯了他(排长),使他大发雷霆,一顿骂把那战士骂哭了。第二天,他仍然怒气未息。可是,他忽然看见那战士正蹲在太阳地里纳鞋底,心一下子软下来,觉得昨天骂得太过火了,于是又自动找了去给那战士道歉,承认错误。

因为是捉来就记,按条排列,所以毫无次序,也不连贯,有时几十字一条,有时几百字甚至千多字一条,有时一天好几条,有时一两个月也没有一条。

一九四八年我又回到了部队,随后参加了绥远战役、平津张战役、太原战役,全国展开胜利大进军,华北也全部解放。形势给自己带来新的更大的鼓舞,新涌现的战斗英雄的故事也不断传来。这时候,我情绪上、认识上忽然有个变化,给思路打开了一道缺口。为说明这个变化,抄那时(一九四九年六月十二日)的一段日记在下面:

……他(一位和我闲谈的同志)分析了××的演说,归纳为:其本质是自我表现。又说,就是另外不少人的好的表现,归根结底,从思想上追起来,也往往得出同样结论:个人英雄主义,出风头,为名利……今日,我想了好久,觉得这是个极严重的问题,它障碍着对新生事物的看法,会对新生的先进的东西失去歌颂的兴趣!……遇有这类事情(指××的演说),一方面固然要看到其动机的某些不纯,但主要的应看见在党的领导下、在群众正气的鼓励下,人物所产生的新思想和新变化。就是说:把英雄的功劳和党的领导的功劳联系起来看,把个别英雄和广大群众联系起来看。这才会得出英雄产生的基本原因。孤立地只从英雄个人身上寻根源,怎能找出新的因素呢?举个例子说:一个战士曾受过地主很多苦楚,可是他不觉悟,过去打仗并不突出,但诉苦之后阶级觉悟提高了,在一次战斗中他缴了很多枪炮,立了特功。哪怕战绩确实是他独自得来的,还是应把一部分功劳归功于党,没有党给他的阶级教育,他就没有勇敢去立特功。也应把一部分功劳归于群众,没有广大战士协同作战和给他的鼓励,他一个人是打不了仗的。由此看来,抛开党和群众的教育影响,用旧眼光在英雄身上乱窥探什么思想根源,是只会得出:英雄主义,出风头,为名利的结论来的。

那以后的日记中,还很有几段是继续追寻自己为什么常常只看见有毛病的人和"阴暗"的事,为什么在自己过去的作品中,从来没有解答过"解放军为什么打胜仗?为什么能在残酷环境中由小到大并完全战胜了优势的敌人?"这一问题,并在最后批判了自己的工作情绪不够饱满愉快,摆老资格,对新鲜事物缺乏敏感的错误行为。

从上面摘引的日记中可以看到,尽管当时的认识还很模糊、肤浅,但在思想情绪上有一个要求是很明显的,这就是很想解决一下为什么只看见"落后"面,看不见光明面,只"懂得"写"转变",不懂得写英雄的问题。而这一要求,确实对我将来的写作,有着重大的影响。

也算是"只有理解了的东西才更深刻地感觉它"的缘故罢,这个变化之后,表现英雄的欲望,从理性上又更加提高了。脑子对过去的回忆也竟特别活跃,小本子上记的条数,很快增加着。有时从头看看,那些原本互无联系的事件,便联系起来了,原是分散片断的人物,也有的合并了,一些独立单个的场面,也连接扩大起来了。比如"周铁汉",原有一个名叫侯松波的战斗英雄做他的模特儿,但只是侯松波的材料显然还不够,而上面举出的程××等的材料,恰好适合他的身份,这样,"周铁汉"除了越狱之外,便有了一段治伤。……"钱万里"也如此,我本是照宁晋县大队副的模样画他的,可是,在回忆中,便有一些地区队参谋长、分区作战科长的片断,合上他的身来。原来那个大队副的眼睛是平凡的,我就换上了另一位参谋长的"深嵌在眼窝里的黑眼睛"。……

当然,大队副加某参谋长再加某作战科长,并不就等于"钱万里"。"钱万里"身上(别人亦然)还有我的"想象"。比如"刘一萍"被熏死在地洞之后,"钱万里"由痛苦的反省转为坚决的行动的时候,用凉水洗脸的细节,就并非有真人真事作根据,而是依照他性格的要求,凭空加上去的。

小本子里的人物、事件、场面,并不是全用得上的。有一些记入了,也死去了,就离不开本子;有一些却活着而扩大,又离开本子,以新的姿态跳回到脑子来。这样,逐渐的,有几个人物便由模糊趋于明确,由只有一嘴一脸趋于完整。我自己的情绪也感到很振奋,禁不住要找个时间写写试试看。

恰好一九四九年的七月,我在的部队转入了和平练兵环境,给了我一个比较安定的机会和较为长久的时间,于是我动了笔。故事的梗概就大致按"斗争中成长壮大"的发展顺序,只是又扩充了一下。书中的人物则是这样:凡是当干部的(小队长、大队长、政委等,地方干部除外)和侦察员、通讯员们,都有一个真实的人做模特儿,又另外集中一些同类型人物的特征上去。凡是当战士的,则一律没有模特儿,都是随时想出来的。这原因我也说不大清,大约一来那几个战士都是配角,没有用最大的注意去照顾他们;二来也许终究对战士较熟悉些,写来不会遇到严重的挫折罢。

在写作中间,我始终是抱着"试试看"的态度,把它当成是一种练习。我总这样勉励自己:失败了也毫无关系,我只当把这段材料整理一下,又熟悉一遍,将来还会有用处的。因之,既不急于求功,也不厌于修改。但我也尽量做到认真,脑子中能够清除的牵累,尽量都清除,把精神集中。记得动笔之先,甚至把仅有的几千块钱也一气花光,以断掉串大街的念头。先前还曾听人说过:长篇比短篇更容易写,因短篇必须处处严谨、精练,而长篇则可以在某些地方拉长些、从容些。我深恐受了这种说法的影响,在写作中偷懒,就时时警惕和提醒自己:虽在写长篇,也完全应该照写短篇的样子,尽量处处做到严谨、精练,凡认为没有必要的掺杂,绝不故意乱加。当然,由于能力的限制,这些都并没有做好。

《平原烈火》能够写出来,并有机会获得出版,在我是确实有些意外的。因之,常常感到很侥幸。也便常常从心底里发出一种感激:除了感谢共产党对我的培养教育之外,特别使我常常记起的,是那些战争中的英雄们,他们用自己的青春、鲜血和头颅,创造了无数无数惊天地、泣鬼神的事迹!是那般的伟大,那般的壮烈,那般的动人!又是那般的多样和丰富!

任你有多少支笔都是写不完的。我深深感到《平原烈火》中有很多篇页原就是他们用生命和鲜血写成的,只是由于我修养和能力的限制,没有使他们发出应该发出的光彩,才真真觉得惭愧!

——徐光耀 一九五一年二月十三日于北京

注:丁玲曾就这篇文章对我说:"你那篇文章写得不好,以后不论谁再叫你写这类文章,都不要写了。你怎么写的那本书,脑子里朦朦胧胧,还不大懂呢。"
把这几句话附在这里,作为对丁玲的深深感念。

文学上的一次短促突击

一九四九年七月,我随军进驻天津海光寺,安营甫毕,就急急忙忙写起长篇小说来了。

为什么急急忙忙?我当时正在杨成武兵团(二十兵团)编《战场报》。此报每周出一张,除报道兵团大势外,主要是宣传贯彻中央精神,转发收音机里抄来的新华社消息。这是往来奔跑、飘忽无定的野战部队所必需的。然而,解放战争胜局已定,新中国即将定都北平。中央便命令我兵团从西北战场撤下来,沿海布防,以"保卫将来的首都"。

当二十兵团在进军绥远、攻克张家口、包围北平、解放太原诸行动中,《战场报》随军转战,是很好地完成了任务的。可说来令今人稀奇:具体办报的其实只有两个人——徐逸人和我。徐是兵团宣传部部员,还肩负另外一堆工作。我则从组稿、选稿、改稿、数字、排版、送印刷厂(有几匹马驮的一个小印刷厂)、一校、二校、三校,直到把报纸抱回来卷卷儿分发,一概包揽在身。徐逸人只管大政方针的把关,审大样,签字付印。

尽管如此,我却异想天开地想写小说,这由两个缘由引起:其一,部队在大踏步进退中,行起军来无日无夜,常常一次就连续半月十天。为隐蔽计,尤以夜行军为多。在漫漫长夜中,大家一个跟一个,眼盯前人的背包,脚下小心着磕绊,不停顿,不说话,无尽无休地蜿蜒于山曲河湾之野,日日月月,几已形成寂静孤独的习惯。就在这无尽长的跋涉中,我忽生一念,这么多费在路上的时间,为什么不给脑子派点用场?于是想到了抗日战争,想到了我经历过的"五一大扫荡",那艰险到绝顶、残酷到绝顶的一场斗争,该有多少感天动地、威武壮烈的东西可写呀!为什么不趁此大块时间,打个长篇腹稿,以待将来呢?决心既下,脑筋启动,立即有一群群抗日英雄和优秀群众,跳钻钻地活到脑子里来。于是夜复一夜,抗日旧梦占满了我的万里长途。第一个意外而现实的收获是:脑力的活跃,促成脚下的轻快,竟消去不少行军的疲劳。

其二,报纸一周八开两版,尽管人手不多,我算个账,每周仍可挤出二至三天干点别的。就是说,只要处置恰当,每天可有三至四小时用于写作,持之以恒,积少成多,即使战争环境,用慢工夫完成长篇,还是大有希望的,回想起来,当年可真有精力啊!

正当我雄心勃勃作起准备的时候,突然进驻天津,事实上兵团已退出战争。由此宣传部来了通知:《战场报》暂停,部队进入城市,交通便利,中央报纸当天可到。此报是否继续办,待兵团党委研究决定后,另行通知。

我又算个账:递上请示报告,党委开会研究,作出决定,布置下来,这过程,我将有一周到十天的空闲待命时间。真所谓"大块假我以文章",此时不干,更待何时!我当时总共有一万五千多元(相当现在的一元五)人民币。立马上街,买了八张白报纸,一瓶墨水,剩余零票又买几粒糖球,一口气全部吃掉,我之所以把钱花个一分不剩,就为自绝逛街之念。那时刚进大城市,一切新鲜,人皆有很强的逛街欲望,排除这个诱惑,才塌得下心来。

海光寺在日寇侵占时期便是兵营。我生平第一次独自住了一间房,夜晚有很亮的电灯,还有椅子和二屉桌。我早晨起床,打盆冷水往头上一冲,立即伏案两小时,早餐后,伏案四小时,下午,仍是四小时,晚饭后,就在院里的大操场上猛跑猛玩,尽情疏散,到天黑,再伏案四小时,然后往铺有藁荐和被单的铁架床上囫囵一滚,酣然入睡。下个白天,又是十四小时。心中念头只有一个:哪怕一口血喷在桌子上,只要长篇能完成,也算对得起那些尸埋地下的烈士们了!

抗日英雄们真正帮了我的大忙。白天不去说了,夜夜梦中,也都被他们无尽的英勇壮烈苦苦缠绕,他们深入我的灵魂,沸腾我的血液,拉我飞回那场惨烈空前的枪林弹雨中去。一日,风吹开了我的屋门,"咣"的一响,我竟误为炮弹在身边爆炸,惊得一跳……如此大约十天,已写出六七万字,宣传部通知下来:《战场报》不办了,分配我去野战新华分社当记者,要求立即找社长杜导正报到。

我没有去报到,而是捧了一堆草稿,向当时宣传部副部长魏泽南请假,求他准我把小说写完。魏部长无奈也同情,和部长沈图商量一番,批给我半月时间,当时可真让我高兴啊。

还是超了几天假,长篇终于草完,这就是《平原烈火》。可当时全无信心,自料不过是一堆经过整理的素材,待日后有机会再慢慢精雕细刻吧,谁知过了两个月,拿给我在联大的老师陈企霞看,他以为写得很好,可以出版。在"开国大典"前后的一个多月内,我又把稿子整理一遍,次年二月,《人民文学》节选数章,题名《周铁汉》在头题发表,并刊发了我另一位老师严辰(厂民)的评论文章。至六月,《平原烈火》便由三联书店印行了。

新中国刚刚成立,共产党威信正高,小说一时颇得好评。许多中学开"读者讨论会",我被请去"演讲"。《周铁汉》另编入《文学小丛书》,还数度选进中学语文课本。即使在我一九五八年"倒霉"之后,《平原烈火》依然多次再版,到一九八〇年为止,已累计印行四十五万余册。一九五〇年,我入中央文学研究所(后称"讲习所")学习,还忝列作家代表团去被人羡为神圣的苏联访问。丁玲曾经自嘲地说过,她发表了《莎菲女士日记》之后,"睡了一觉,第二天早晨醒来,便成了作家"。我各方面都不能比丁玲,惟这一点恍惚间若有同感。

然而,作家当早了没有好处,《平原烈火》若果真如当时所想,有机会精雕一下,当会比现今的面目要好看一些。可现在再说这句话,已经晚了。

一九九八年戊寅元宵佳节

徐光耀：奋楫时代洪流　讴歌人民英雄

徐光耀，笔名越风，一九二五年生于河北雄县。一九三八年十三岁时参加八路军，同年加入中国共产党。一九四五年，担任解放军随军记者和军报编辑。一九四七年入华北联合大学文学系学习。一九五〇年入中央文学研究所学习，期间曾赴朝鲜战场进行采访。一九五三年加入中国作协。一九五五年任解放军总政文化部创作室创作员。一九五九年到保定市文联工作。一九八一年调入河北省文联，一九八三年任河北省文联党组书记，一九八五年任主席。曾任中国文联第四、五届委员，中国作协第三、四届理事等。现任河北省作协第七届名誉主席。

徐光耀一九四七年开始文学创作，在解放区《冀中导报》发表短篇小说处女作《周玉章》。一九五〇年出版长篇小说《平原烈火》。曾发表中篇小说《小兵张嘎》《冷暖灾星》《四百生灵》等,出版电影文学剧本《望日莲》《乡亲们呐……》、短篇小说集《望日莲》《徐光耀小说选》、散文集《昨夜西风凋碧树》《忘不死的河》等。其中,《平原烈火》《小兵张嘎》《昨夜西风凋碧树》等为其代表作。曾荣获全国少年儿童文艺创作一等奖、鲁迅文学奖等。

四月二十三日,晴空万里。在世界读书日到来之际,我如约前往拜望九十六岁高龄的著名作家徐光耀,并展开了一次心灵之间的对话。

十三岁成为"小八路",同年入党

司敬雪:徐老好!很高兴看到您精神矍铄,身体还是这么硬朗!

徐光耀:谢谢。

司敬雪:您十三岁当兵做了一名"小八路",同年加入中国共产党。能否谈谈您当初为什么要加入中国共产党?马克思主义对您一生有怎样影响?

徐光耀:一九三八年我入党的时候,确实是参军人员,十三岁入伍,十三岁入党。我当兵以后,上进心很强,对自己要求很严,工作上肯吃苦,在各方面都做得比较好,人们比较满意。

那时我在连部工作,常常看见党员们开会。我就问文书陈德山:"共产党是干什么的?"他说:"共产党就是让穷人翻身的,就是要解放中华民族,解放人民大众。"我一个小孩儿知道的事不多,但是家里比较穷,让穷人翻身解放,不受压迫,不受剥削,天下大同,人人平等,这非常对我心思,让我非常向往。陈德山问:"你是不是想加入共产党?"我说:"共产党要是能办这么多的好事,那我当然想加入呀。"就这样,陈德山介绍我加入了中国共产党。那时候是八路军的队伍大发展时期,要吸收各方面人才,入党也没有现在这样的年龄限制。我虽然只有十三岁,但各方面表现都好,就被批准加入了中国共产党。

最初对中国共产党的宗旨只有朴素认识,认为共产党是让穷人翻身解放,大家一律平等,有吃有穿。后来逐渐接受党的知识多起来,慢慢才懂得党的最终目标是普天之下穷人都翻身解放,都不受压迫,这个印象是又过了几年才有的。

司敬雪:您是在现实生活中认识共产党,带着感情加入党组织的。

徐光耀:抗日战争时期,主要是学习毛主席著作,上政治课也是讲毛主席的著作。读马列的书差不多是抗日战争胜利以后的事了。解放以后环境变得好了,读书比较方便,书店里马列的书很多,而且党也比较强调对马列著作的学习,所以那时候我读了一些马列的书。比如《共产党宣言》、列宁的《帝国主义是资本主义的最高阶段》等。

要讲初心,我就是从中国共产党让穷人翻身、不受压迫、不受剥削,开始确立对党的认识的。

司敬雪：党的根本宗旨就是为人民谋幸福。

徐光耀：是的。后来在党的教育培养下，我通过学习，逐渐树立了全心全意为人民服务的思想观念。

在华北联大、中央文学讲习所接受文学洗礼

徐光耀：我文化水平比较低，读到初小四年就参军了，刚到部队时连家信还不会写呢。

司敬雪：这在当时已经算相当有文化了，那个时候中国能读四年书的人很少。

徐光耀：在连队来说，有四年小学文化水平的人还真不多，文盲很多。所以我还算是有文化底子的，很快地从勤务员变成了连队的文书。

司敬雪：抗战胜利后，一九四七年，您在华北联大读过书。

徐光耀：读了八个月。

司敬雪：在华北联大读书的时候，有哪些老师和课程，让您印象比较深、受到的影响很大？

徐光耀：讲创作方法论的时候就讲社会主义现实主义，这是我们文学创作的基本理论基础。现实主义创作理论建立在辩证唯物主义基础上，承认现实生活是第一性的，文学创作是属于第二性的。

司敬雪：这门课当时是谁讲的？

徐光耀：萧殷。新中国成立后他担任了《文艺报》副主

编、中国作协青年作家工作委员会副主任、中国作协广东分会副主席等职务。广东省文学界对他非常敬重,他的故乡不仅有他的纪念馆,还塑了他的像。我的老师里除了陈企霞以外,就对他的印象最深。我在创作理论、文学基础知识方面,获益最多的也是萧殷。

司敬雪:当时陈企霞对您的影响也很大。

徐光耀:陈企霞是系主任,文学水平比较高,之前编过《延安日报》副刊,跟丁玲是上下级、"左右手"。在联大他讲授作品分析课,没有现成教材,他常常临时选一些好的文章发给我们,包括短篇小说和报告文学等。他让我们先讨论这些作品有什么优点、有什么缺点,是怎样结构起来的。等讨论完了,他再根据同学们的理解和认识情况讲课、做结论。因此,他的讲课很透彻。

司敬雪:这种课很见教师的文学功夫,对于作家来说帮助也非常大。

徐光耀:非常见功夫。很实际,非常有指导性。

司敬雪:新中国成立后,一九五一年您又去了中央文学讲习所学习,在那里的时间长一些。

徐光耀:一共是两年。不过有一年我去了朝鲜战场,所以一九五二年那一年基本没上课。在战场上曾经接到丁玲的一封信,她说,现在讲习所在讲中国古典文学,下一季度要讲苏联文学。你在朝鲜战场如果能够适应,就坚持下去。如果不行,你就回来上课。

司敬雪:丁玲一直非常关心您。

徐光耀:是的。丁玲的关心,对我来说是刻骨铭心的。

司敬雪:您说当年讲习所的作家班一直在上课,只有您一个人去朝鲜战场采访了?

徐光耀:对。原来说两个人去,后来那人打了退堂鼓。

司敬雪:听说当年您的夫人申芸也去了朝鲜战场。

徐光耀:是的。她在朝鲜战场的时间比我多一年多。

司敬雪:您第一篇小说是一九四七年写的《周玉章》,现在再读还是觉得非常好,语言很简练,故事非常有趣,也包含深刻的思想。周玉章的性格很鲜明,他平时自以为是,不愿意参加军事训练,最后战斗中的惨痛教训改变了他的思想。小说虽然很短,但是人物形象却很鲜活。

徐光耀:那时在联大学习期间要深入生活,我带领着一个组深入部队去体验生活。在战士里有一些落后的表现,我就想写篇小文章,把它作为墙报贴在墙上,希望能发挥教育的作用。

司敬雪:看来《周玉章》是从连队生活中得来的。

徐光耀:是从生活中来的。回到学校里,我修改了一下就把它投给《冀中导报》了。《冀中导报》的副刊主编恰好是萧殷,那时候他还没有去联大呢。他看了以后决定发表,还加了个按语。那个按语说,这篇小说有人物,有形象,不是从概念出发的。大概是这么个意思。这篇小说在联大的立功运动中还立了一小功。

司敬雪：这确实是非常好的一个短篇。我看您当时用了个笔名"越风"，为什么起这样一个笔名？

徐光耀：我喜欢鲁迅，非常非常地喜欢，非常非常地崇拜。鲁迅是"越人"，我就想沾点鲁迅的光，便起这么个名字，叫越风。

创作新中国第一部长篇小说《平原烈火》

司敬雪：一九四九年，您写了长篇名作《平原烈火》。

徐光耀：一九四八年解放战争胜利在望，一九四九年就天下大定了。我们杨成武兵团当时在内蒙古，那时候还叫绥远，打傅作义的老窝，那时我已经是兵团小报的编辑了。三大战役都在顺利推进，中国共产党要胜利了，这个形势已经非常鲜明了，所以战士们政治情绪非常高。那时候有个口号，叫"敢不敢胜利"。毛主席就说过，我们一定要敢于胜利，一定要将革命进行到底。

司敬雪：就在那期间，您写了《平原烈火》。

徐光耀：三大战役胜利后，我开始写《平原烈火》。新中国刚成立不久，小说写成了，就出版了。

司敬雪：我前一段时间看到一个视频，其中提到《平原烈火》是新中国第一部长篇小说。当时这本书出版后影响很大。

徐光耀：影响相当大。周扬同志做过两次报告，包括在文代会上的报告,都提到《平原烈火》。当时他还提到了陈登科的《活人塘》。

司敬雪:《平原烈火》一直影响很大。

徐光耀:中间有一段沉闷的时候,现在又有点复活的意思。人民文学出版社刚出了最新一版《平原烈火》,是为了纪念党的百年华诞推出的。

司敬雪:经过了这么多年还能再版,可见《平原烈火》的思想艺术分量非常重。

徐光耀:孙犁说过一句话,一部作品如果能够有五十年的生命那就算不错了。《平原烈火》现在已超过了五十年,我还真有点自豪。

司敬雪:请您谈谈当时写作这本书的一些情况。

徐光耀:我在写《平原烈火》的时候,把我们军分区司令员王先臣的照片挂在墙上。抗战时期,我在冀中十一军分区政治部当报道参谋,跟着王先臣在前线打了不少胜仗。一九四五年初,日本虽然还没投降,但是衰落气象已经显露出来了。中国共产党号召各个解放区向敌伪的地盘展开攻势,尽量多争取一些土地,解放更多的人民。我跟着王先臣司令员在赵县、宁晋、栾城一带打仗,夺敌人的县城,打敌人的据点,捷报频传。我对王先臣非常佩服,他是个很乐观豁达的人,非常善于跟敌人斗智斗勇。他在宁晋打了几仗,都胜利了,然后转到赵县,又打了几个胜仗。七月,在前大章村又打了一仗,把很顽固的一股敌人消灭了一大部分,少数跑掉了。打了胜仗,王先臣司令员很开心。当时天气炎热,他穿着个白背心,背着个大草帽,想找个凉快地方休息休息。村外有个独立的宅院,他推开大门想进去凉快一下,谁知道大门后有打散的伪军,朝他打了一枪,一下把他打死了。

司敬雪:真是非常可惜。

徐光耀:非常可惜。王先臣是个大英雄,他坚强的意志、革命的热情、英雄的胆识,给我留下非常强烈的印象。所以我写《平原烈火》的时候,就把王先臣的照片挂在墙上,挂在我写作的桌子对面,激发我的写作热情和灵感。

司敬雪:您的写作是为心目中的英雄立传。小说中的大队长钱万里身上是不是有他的影子?

徐光耀:是的,确实有他的影子。抗日战争胜利之后,军分区召开群英大会,各路英雄集中到军分区开会,第一名战斗英雄叫侯松坡。侯松坡被敌人逮住过,他被俘的时候正在养伤。养伤的一共有四五个人,敌人一下子包围了屋子。他把别人都捅出房外让大家逃走了,最后剩他一个,赤手空拳没办法,叫敌人逮住了。在监狱里,敌人对他百般虐待,给他过电,他表现得非常英勇。就像《平原烈火》里所写的,其中周铁汉的原型就是侯松坡。

司敬雪:原来他就是周铁汉的原型。

徐光耀:对。他受过各种酷刑,始终不妥协,最后与一同坐监狱的狱友们团结起来越狱了。

司敬雪:在狱中还要继续同敌人斗争,而且越狱成功,这很了不起。

徐光耀：写《平原烈火》的时候我就想，我要把抗日战争中的惊险经历都记下来，把英雄的事迹也记下来。写成后我交给陈企霞看，他说："写得很好，你把它再改一改，我给你想法子介绍出版。"《平原烈火》虽然写得很粗糙，但是事情本身是感动人的。我到现在看起来，有时候还热泪盈眶。

司敬雪：确实写得很好，是怀着发自内心的感情写的。

徐光耀：既是发自内心的感情，也是写我自己大部分的亲身经历。

为人民英雄树碑立传

司敬雪：您的《平原烈火》《小兵张嘎》等小说塑造了很多英雄。有些人认为，我们现在生活在一个和平年代，应该少写英雄，更多来写普通人。

徐光耀：我很崇拜英雄，比如侯松坡，我特别佩服他。我发自内心地想把英雄们写出来。现在的一部分文学作品一味强调写个人内心，写个人的一点点生活经历，缺少对英雄人物的挖掘，这跟我们的大时代实在太不相配了。我们的大时代是洪流滚滚，一天一个样子，向光明正确的大道前进。但是我们的文学作品，反映大生活、整个国家命运的还是太少，这是很大的遗憾。习近平总书记说，文艺创作有"高原"缺"高峰"。我就想应该提倡写时代英雄，写文学精品。每当有人提倡写英雄、写精品,我就觉得说得好,应该大力提倡。

司敬雪:您的小说很多都是写自己的亲身经历,注入了很多真情实感,所以今天的人读起来还会觉得非常好,人物非常鲜活,感情非常真挚。现在有时候看一些小说,文字也挺流畅,但就是觉得没多大劲。实际上可能就是缺少生活,缺乏真情实感。

徐光耀:缺少生活是一个大问题。现在呼唤深入生活,但真正能深入到生活里去的作家还不是很多。我当年写《平原烈火》还有一个因素,就是寄托我对烈士们的纪念。我非常怀念我所看见的那些牺牲在前线的同志们,非常痛心。我尤其怀念那些失败的英雄,他们在失败的情况下拼命厮杀,那是比胜利中的英雄更英雄的。所以写烈士、写英雄,我是很热心的。

司敬雪:他们仗打败了,打得很惨烈。

徐光耀:是的,但是他们不怕死,一直抵抗到底,真是提着脑袋打,不怕挥洒一身热血,那是真的。胜利的英雄,他在胜利中得到特别突出的表现;失败的英雄,就是要死了也要骨碌着去咬敌人一口,那是真正的惨烈。我想起这点来就很激动。所以我后来写了《四百生灵》《冷暖灾星》等作品,就是在表达我心里对烈士,特别是对失败的英雄的一种刻骨铭心的情感。

司敬雪:他们是无名的英雄。

徐光耀:是的,但他们是实实在在、真真正正的英雄。因为战斗失败,他们牺牲以后没有留下任何痕迹,也没有留下声名。

司敬雪:实际上,抗战这样一场大的战争中有无数无名英雄。

徐光耀:抗战时期是敌人绝对占优势,我们绝对劣势。但是打起仗来,我们更注重宣传胜利,失败的战斗讲得少。狼牙山五壮士只是一个典型,其实像那样的事迹还是有很多的,报道多了怕引起人的沮丧情绪。朝鲜战争中也一样,有的战斗中整个连队被打得一个人不剩,这不是个别现象。

司敬雪:可能从宣传的角度来看,失败写多了怕影响大家的士气。

徐光耀:怕引起沮丧情绪,这个我也能理解,但是我觉得对不起那些死去的英雄。

司敬雪:朝鲜战争的代价确实非常大,但是这场巨大牺牲对我们新中国的稳定,对我们在国际当中站稳脚跟,是非常重要的。

徐光耀:现在我也觉得,朝鲜战争大大地提高了中国人的信心和志气,应该是大写而特写的。

司敬雪:您的作品里还写到了战争中军队和人民的关系,作为八路军肯定是为解放人民、为解放民族而战斗。但是部队要打仗,然后鬼子就会报复,有时候就报复到老百姓身上。有段时间,有些言论似是而非、不负责任,说鬼子报复百姓错在八路军,是八路军造成的。

徐光耀:这实在太颠倒黑白了。

司敬雪:的确太荒唐。像您的《小兵张嘎》等小说就写出了历史的真实面相,当时的老百姓对八路军充满信任,而且不惜一切保护人民子弟兵。

留取丹心照汗青

司敬雪:您还有一部非常重要的作品,就是二〇〇〇年写的《昨夜西风凋碧树》,出版以后也是影响很大,还获得了第二届鲁迅文学奖。我当时写过一篇短评。我觉得您是充满感情地来书写那段历史,表现了您作为一位老作家、一位知识分子的宝贵良知。您在逆境当中坚守理想、坚守忠厚之道,令人动容。请您谈谈这本书的创作情况。

徐光耀:在反右运动中,我自己挨了冤,觉得被冤得实在太厉害。这是我记忆非常深刻的,到现在想起来都有点气愤。但是我还有很多方面的感受。那时,有很多事情是非常可笑的、完全不正常的。这在我的遭遇上就体现得很明显。但是我不能用撒气的态度去写它,我当时给自己定的调子就是我要站高一点,尽可能地把自己放在第三者的位置来讲这个故事。所以我在作品一开头就说,我是要讲故事。讲故事是为了免得读者痛苦,也免得自己痛苦。

司敬雪:抛开个人恩怨,还原历史真相。

徐光耀：我不是要写个人的怨气，主要是想让后人吸取教训。我觉得最沾光的一点，就是刚才说的，尽可能地站在第三者的位置上，站得高一点。对很多人我都采取原谅的态度。我提到某些人的时候，心里会有气，有人当时的所作所为是很可笑的，但是我尽量把他写得客观一点，尽量地理解他、原谅他。我引了孙犁的一句话，孙犁说他有进退失据的地方，这是对他最严厉的一次批评了。

司敬雪：您刚才说站在第三者的角度来讲故事，我觉得实际上是站在历史的角度讲故事，对历史负责任。比如一个人，在不正常的环境中可能做了一些错事，但是您抱着一种原谅、宽容的态度来回顾那段往事，给历史留下一个教训，就是为了让后人避免重蹈覆辙。

徐光耀：写这部作品的时候我不是很感情用事，比较冷静，比较平静，努力做到公正，着重讲历史的教训。

司敬雪：实际上，这样做对于后人、对于历史来说更重要。

徐光耀：是的。

（原载《文艺报》，二〇二一年五月十七日，记者：司敬雪）